JN319070

山田風太郎　吉川英治 ほか

軍師は死なず

実業之日本社

実業之日本社文庫

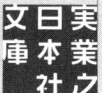

軍師は死なず　《目次》

太田道灌《どうかん》の最期

――太田道灌――

新田次郎

新田次郎《にったじろう》　（一九一二〜一九八〇）

長野県生まれ。無線通信講習所を卒業後、中央気象台に勤務。気象学者としての業績も大きく、一九六三年から始まった富士山気象レーダーの建設では責任者を務めている。気象台在職中から小説の執筆を開始、『強力伝』で直木賞を受賞する。『槍ヶ岳開山』、『八甲田山死の彷徨』などの山岳小説（ただし本人は山岳小説という呼称を嫌っていたという）だけでなく、推理小説、SF、ジュブナイルなど幅広い作品を発表している。郷土の英雄を主人公にした『武田勝頼』、『新田義貞』などの歴史小説もあり、『武田信玄』で吉川英治文学賞を受賞している。

一

文明十七年（一四八五）十月二日。

白い海岸線と青い松並木が平行して走っている街道を一団の騎馬武士が品川に向って、ゆっくり馬を走らせていた。

騎馬隊が通ると、通行人は道をよけて、礼を送った。相手が領主だと知っているものもいたが、大部分は領主の顔を知らなかった。だが多くの騎馬武士に守られている年輩の武人がかぶっている陣笠《じんがさ》に書いてある桔梗《ききょう》の家紋や、その人物の風貌《ふうぼう》から、その男が唯《ただ》の人ではないことは誰も知っていた。

戦乱に明けくれしている時代であったから、彼等は街道を砂煙を上げて疾駆する兵馬の姿には馴《な》れていた。しかし、彼等の前をゆっくり走っていく一団の武士は戦場に臨むような緊張した顔はしていなかった。特に、一団の長と看做《みな》される人物は、顔に微笑さえ浮べていた。

太田道灌《おおたどうかん》様だよと一行が通り過ぎてから、漁師たちが囁《ささや》き合った。品川から大森にかけてはほとんど人家らしい人家は見当らなかった。松並木の間から海が見えた。

「大森で出合うことになるだろうな」

太田道灌は彼の直ぐ背後に続く、後藤主馬之助《しゅめのすけ》に言った。

「多分そういうことになると存じます」

二人はそれだけ言って前方に眼をやった。松並木のずっと向うに、木立にかこまれた部落が見える。大森である。

茶店の前の松の木に馬が幾頭か繋《つな》いであった。

太田道灌たちの一行を認めると、武士が走り出て来て道灌の前に手をついた。

「御苦労だったな」

道灌は武士に声をかけてから、茶店の縁台に腰をおろしている詩人速水万里《はやみばんり》の前へ進んでいった。

江戸城を築いて以来、関東一円の覇者《はしゃ》となりつつあった太田道灌と、当時屈指の詩人であった速水万里とは、立ったままで初めて言葉を交わした、言葉は短かったが心は充分通じ合っていた。

太田道灌が、詩人万里を江戸城に招待しようと考えたのは、ずっと以前からであった。詩人万里が応仁《おうにん》の乱で焦土と化した京都を逃れて美濃の国に淋しく暮して居ると聞いたのはもう十年も前であった。その時から道灌は、江戸に万里を迎えようと考えていた。しかし、その頃関東は戦乱の渦中にあった。古河公方足利成氏《こがくぼうあしかがなりうじ》と、上杉《うえすぎ》一族とが戦っていた。上杉一族は上杉定正《さだまさ》と上杉顕定《あきさだ》が主軸となって連合軍を作っていた。

その後上杉顕定の家臣長尾景春《ながおかげはる》が主家に叛旗《はんき》をひるがえすに及んで、関東は三つ巴《どもえ》の戦乱場になった。

しかし、太田道灌の智略によってこの戦争も文明十二年一応終結を見た。

関東の地図はこの戦争によって大きく塗りかえられていた。江戸を中心とする太田道灌の勢力は、もはや動かすべからざるものになっていた。

戦いが終り、領域が確定してから、道灌は五十四歳という年を考えた。主家上杉定正を援《たす》けての三十年間の戦いの毎日を思い返すと、なにかものたりないものがあった。

（俺《おれ》は主家の上杉定正を援けて、上杉の家を安泰にした。これで俺の役目は一応終ったようなものだ。しかし……）

太田道灌は若くしていんきょした、父太田道真《どうしん》のことをふと考えた。

（俺も父を真似《まね》て風月と共に余生を送るか）

道灌はまだ五十四歳だった。余生をどうやって送るかを考えるほど老けてはいなかったが、周囲の者にはよくそれを言った。半分が本気で、半分は今尚《なお》、彼の胸の中で燃えている闘争本能をおおいかくすための方策でもあった。

彼が詩人万里を江戸城に招聘《しょうへい》しようとしたのも、詩人としての道灌の心と、武人としての道灌が演じた周囲の敵に対する一種の策略でもあった。

（戦乱の中に詩を作る道灌）

（文弱に流れていく道灌）

二つの見方があった。前者は敵をして余裕綽々《しゃくしゃく》の道灌として畏怖《いふ》せしめ、後者は道灌に対する軽蔑《けいべつ》であった。道灌に取っては、敵が道灌を畏怖しても、軽視してもどちらでもよかった。

道灌は詩人万里の前に二重の人格で立っていた。

「遠路はるばるお出で下さいまして有難うございます」

と、江戸の領主という身分を傍に片寄せて、詩人万里の前には詩人道灌となって最上級の歓迎のことばを述べた。

「わざわざお迎えをいただきましてかえって恐縮いたします」

詩人万里は、この慇懃《いんぎん》な江戸の領主の前で、いささか固くなりながら、彼の妻与志《よし》と十歳になったばかりの一子百里を道灌に紹介した。

「百里と申されるのか、いい名前だな、百里どのも、詩をやられるかな」

道灌は百里の頭を撫《な》でながら笑顔で言った。

「この子は詩よりも歌の方が好きでございます」

道灌にそう言ったのは、万里の妻与志であった。

「ほほう歌を……」

和歌は道灌のお手のものであった。歌人道灌として、知らぬ人は居ないほど彼の名は知られていた。

「はい、伊野が手ほどきを……」

与志はそう言って、百里のうしろに立っている女人を道灌に紹介した。

「あなたが……」

可愛い先生ですな、とでもいいたそうな軽いからかいを眼尻によせて道灌は伊野を見た。伊野は有名な歌人道灌に、紹介されただけで赤くなっていたが、道灌に声を掛けられると顔を上げた。十八、九歳、はっとするような美しい娘であった。けがれを知らない、澄んだ眼が道灌の顔を瞬間覗《のぞ》き上げるように見て直ぐ顔を伏せた。

「和歌はどなたに教えられたのかな」

「伯父《おじ》の木村桃泉《きむらとうせん》から教えられました」

伊野は下を向いたまま答えていた。それ以上道灌は身元調べらしきことは言わずに眼を海に移すと、

白帆の通う大森の海

と小さい声で歌った。

すると伊野は、道灌の声に誘われるように眼を海に投げると、ほとんど寸刻も入れ

ずに、

東路《あずまじ》をたずね来りて杖《つえ》とめん

と前の句をつけた。

東路をたずね来りて杖止めん
白帆の通う大森の海

道灌と伊野は合一した歌を中に挟《はさ》んで互いの顔を見合っていた。

二

太田道灌は江戸城中の菅公祠《かんこうし》の近くの梅林の中へ、詩人万里のためにあらかじめ家を用意して置いた。

詩人万里は城中から見える、美しい景色を詩に書いた。その中に、

潮気舟を吹いて旅顔を慰む

という一句がある。当時の江戸城は現在の皇居ほど大きなものではなかったが、城の位置はそう違っていなかった。城の直ぐ近くまで海になっていた。詩人万里が江戸城から眺《なが》めて、潮気舟を吹くと言った海は現在はずっと後退している。

詩人万里が江戸へ来て一カ月ばかりたった頃、江戸城中で詩人万里を中心とする詩の会が開催された。

太田道灌は彼の主人の相模国糟屋《さがみのくにかすや》の城主、上杉定正をこの会に招待した。

上杉定正は太田道灌より十歳年下の四十三歳、働き盛りであった。若くして名門扇谷《おうぎがやつ》上杉の後継者となって、戦場を疾駆した人だけあった。年よりは幾分ふけて見えた。

上杉定正が関東に大きな勢力を得たのは、主として太田道灌の力によるものである。上杉定正は家宰の道灌になにごとによらず相談した。特に戦場でのかけひきはすべて道灌にまかせておいた。

この点上杉定正は凡庸な太守ではなく家来を見る眼があったと言える。定正と道灌とは完全に一体であった。

上杉定正と太田道灌は緊密な連絡を取って戦った。戦えば必ず勝った。

太田道灌に抵抗して亡び去った豊島《としま》氏や滝野川《たきのがわ》氏の領地は結果として太田道灌のものになり、太田道灌の人気と領地は以前の比ではなかった。上杉定正は、このことについても、なにも言わなかった。言わなかったというよりも、言えなかった。最も苦労したのは太田道灌であるから、彼が戦い取ったものは彼に与えるのが当然だと考えていた。上杉定正はそれだけ寛容だった。

「太田道灌の名誉は主家上杉の名誉である」

上杉定正はそれほど太田道灌を信用していた。

道灌もまた、自分より十歳も下の上杉定正によく仕えていた。なにごとによらず、主家と相談してやった。

江戸城の石垣のほんの一部が大雨のあとで崩れたことがある。この石垣の補修をするにも、主家定正の許可を得るほど彼は主家に対して慎重だった。

上杉定正と太田道灌の間に感情の溝ができる余裕はなかった。

詩人万里を江戸城に招聘することについても、前以て、太田道灌から主家に知らせて、その許可を得ていた。

秋はたけなわであった。城内の草木は、よそおいを変えて、来るべき冬を待っていた。

詩会は午後から始まって夜になった。

広間に銀の燭台《しょくだい》が置かれ蠟燭《ろうそく》のあかりが、明け放された庭から風を送って来ていた。上杉定正の詩や、道灌の詩が披露《ひろう》され、最後に万里の作った詩が吟ぜられた。詩会が終って、酒宴になった。

「銀燭光を添え月は漸《ようや》く円《まど》かなり」

と上杉定正が詩を吟じた時であった。城中ずっと深いところから琴の音が聞えた。その琴の音が上杉定正の吟ずる詩にうまく合った。彼は詩を吟じ終ってから、太田道灌に琴の主を聞いた。

「さて……」

と道灌は首を傾けた。彼も、その琴の音について疑問を持っていた。城内には幾人かの女人がいた。琴を弾ける女も幾人かいた。しかし、今聞いたようなすばらしい弾き手はいない。

道灌は侍女のひとりを呼んで、琴の音の源泉地を聞こうとしかけた時、一時止んだ琴の音が再び聞えた。梅林の方向からであった。

道灌の顔に微笑が浮んだ。彼は隣に坐っている万里に尋ねた。

「あの琴は伊野どのが弾かれるのでしょう」

「そうです。よくお分りですね」

万里は道灌の得意然とした顔を見ながら、梅林の中の万里の私宅には、妻の与志もいる。まず、順序から言えば、妻の与志が弾いているかどうかを聞くべき筈《はず》なのに、養女の伊野が弾いたと断定するあたり、道灌という人はさすがに鋭い感覚の持主だなと思っていた。

「琴は聞いて弾き手の年齢が分るものだ」

道灌は万里に、そんなふうに言って、万里の疑問を解いてやって置いて、上席に坐っている上杉定正に言った。

「万里先生と同行せられた、伊野と申す女が弾いているのでございます。伊野は和歌もよくするなかなかの才ある女です」

「歌をやるのか、ほほう」

上杉定正は眼を庭を越えて向うの梅林に投げた。歌をやる女に会って見たいという顔であった。

詩会が終ってから、道灌は上杉定正につきそって、彼の部屋へ行くと、顔をつき合せるようにして密談をはじめた。戦争は終ったように見えるが、それは見かけであって、実際は、戦争に飽きたから一時的に争いを休止しているにすぎなかった。古河の城にいる足利成氏は盛んに、堀を深くしているし、長尾景春は、しきりに付近の豪士に呼びかけて、勢力拡大に努めているという情報が入っていた。

「だがこれ等の敵はおそるべき敵ではない、気になりますのは、上杉顕定様の動き方です」

道灌は声をひそめて言った。

上杉顕定は通称山内上杉と言われる上杉家を継ぐ人であった。上杉定正が継承する扇谷上杉と上杉顕定の継ぐ山内上杉とは共に上杉の二大分家であった。同じ上杉であるから、今までは同盟して敵に当って来ていた。

長い戦争が終ると、太田道灌を家宰とする上杉定正の分野がずっと拡大されていた。別に上杉顕定の領地をかすめ取ったのではないが、太田道灌によって多くの城主が滅亡し、それだけ、上杉定正側が肥ったのである。

「上杉顕定様は、私が主家に対して謀叛《むほん》を企てる意思ありという噂を撒布《さんぷ》しておるそうですが、お耳に入ったでしょうか」

道灌は上杉定正の前に手をついて言った。

「聞いた、今度の噂はなかなかしぶとい、噂だけではない、顕定自身が、俺に、注意しろと手紙を書いて寄こしたほどだ……」

上杉定正は豪放な笑い方をして、

「心配はいらぬ、お互いに信じ合っていさえしたら、いかなる者の画策があったにしても、俺とお前の間をさくことはできないであろう」

上杉定正はそれ以上、この問題について話し合うのをさけるかのように、突然、話を和歌に持っていった。

「今日の詩の会、明日は歌の会、……こういう物騒な世の中に、二日も続けて、詩歌を楽しむことのできる人間はそう多くはいないであろう。そう思うだけでも明日という日を大切にしなければならぬ……」

上杉定正はひどく感激に堪えかねたような顔をしてそう言ってから、

「万里の連れて来た伊野という娘はどれほど歌をやるのかな」

「相当なものです」

「腕前をためして見たのか」

「万里先生を大森まで迎えにいった際……」

道灌は計らずも、大森の海岸で、伊野と合わせた歌について、上杉定正に話してやった。

「なるほど、それはなかなかのしたたかものだな、歌の方は分ったが、あっちの方はどうかな」

上杉定正は妙な笑い方をした。

道灌には定正のいうあっちの方という意味はよく分った。容貌《ようぼう》はどうかということである。道灌にとって上杉定正は、よい主人であった。なににつけても、道灌をたよりにしてくれる定正は、磊落《らいらく》で、いささか放縦で、人間味のある男であった。ただひとつ上杉定正には癖があった。疵《きず》になるほどの癖ではないが、女に対して眼がなかった。美しい女と見れば手を出したがる癖、これは上杉定正ばかりではなく、男全般の生理現象であったが、上杉定正のそれは少々度が過ぎていた。

「どうかな伊野と申す女は」

「なかなか美しい女でございます」

嘘は言えなかった。本当のことを答えていながら、道灌はなにか胸の中で音を立てているものを感じていた。

三

歌会は翌日城内で開かれた。

平安朝時代に流行した歌合せ会も、戦国時代になると、ずっと下火になっていた。しかし、歌人の領主をいただく関東では今尚盛んに行われていた。

午後になって紅白歌合せ会が開催されることになった。判者（歌の優劣を決定する審判官）を選ぶ必要があった。太田道灌は主人の上杉定正を推薦したが、上杉定正は、判者を道灌に譲った。歌のうまい道灌の顔を立てる意味もあったが、上杉定正自身、歌会の一員となって優劣を争って見たい相手がいた。伊野である。上杉定正は歌合せ会に伊野が列席すると決ったときからその下心があった。

紅白歌合せ会は男女夫々《それぞれ》八人ずつ選ばれ、左右に分れて行われることになった。平安朝時代に宮中に行われた古風を真似たのである。いよいよ男組女組が向い合って坐る段になって、上杉定正は伊野に向っていった。

「どうぞ、私の前にお坐り下さい」

上杉定正は八人の男組の一番上座に坐っていたから、定正の前に坐れということは、女組の大将格となって定正と歌の優劣を争うことになるわけである。伊野は勿論《もちろん》辞退した。

「いや、遠慮はいりませぬ、昨日は万里先生のための詩の会、本日は伊野どのをもてなすための歌の会……」

定正は大きな声を出して笑った。当時の武将は織田、豊臣、徳川時代のようにがつしてはいなかった。歌は歌、戦いは戦いと、文武両道に生きることを武人の誉れと心がけていたから、歌会の席において、その相手が、男であろうが、女であろうが、また相手がいかなる地位の者であろうがそう気にはしなかった。極端にいえば歌の席では階級はなかった。

歌題は秋であった。一人が十首ずつ作り、紅白それぞれの組の読み人が美しい声で読み上げるのを、判者（審判官）が聞いて優劣を決定した。

優劣が決ると籌刺《かずさし》（勝敗の点数を記録する人）が記帳した。成績は、四十点対四十点の同点で会は終った。偶然そうなったのではなく、判者となった道灌が、そうなるようにうまく点数を按配《あんばい》したのである。その辺にも歌会の判者のむずかしさはあった。

結果はそうであったが、歌会に参加したもので、この歌合せ会が何《いず》れの勝利であるか分らないものは居なかった。男女夫々八人のうち、七人の男女は、公平な眼で見て互角であったが、最後の一組、即ち女組の大将格の伊野と、男組の大将格の上杉定正の歌の力量は断然違っていた。正直に言って、この二人の勝負は十対零《ゼロ》で伊野の勝ちであった。

定正はそれをよく知っていた。読み人によって伊野の最後の二首が読みあげられた時には、定正は思わず、嘆声を洩《も》らしたほどであった。

風吹けば心みだるる雲ゆけば
心泣くなり秋の旅路に

手折るべきひとさえ見えず秋の野に
くちゆく花のいのちかなしも

それは十九歳の女の感傷の歌として片づけるには惜しい歌であった。一般的な女の感傷というよりも、伊野自身の心の中を歌に託して表現したと言っても過言ではなかった。

(伊野は決して幸福ではないな)

上杉定正は読み人が哀調を帯びた声で読み上げる伊野の歌を聞きながら、伊野の方へ眼をやった。空間になにものかを求めるように浮動していた伊野の眼は定正の眼に会うと、動揺を見せた。伏せた顔はなかなか上げなかった。

それが上杉定正には、乙女の羞恥《しゅうち》に見えた。

(伊野は男を求めているな)

定正の直感であった。幾人かの女を体験して来た定正の判断であった。定正はうつむいている伊野の首すじからすきとおるような白い肌を想像してつばを飲んだ。

(伊野は、彼女の身を秋の野に咲く花にたとえて俺に手折ってくれと頼んでいるのかも知れない)

定正は勝手な想像をした。そう仮定しておいて、彼はそれに理屈をつけようとした。歌会は歌合せ会であり、しかも紅白歌合せである。最後に伊野と定正が十首の和歌を持ち出して、互いに優劣を争うことは初めから分っている。そう考えて来ると、伊野の作った歌は、定正だけが対象であるようにも思われた。

上杉定正の気持はずっと現実的に動いていた。

「ちょっと頼みたいことがある」

夜になってから定正は道灌を呼んで言った。道灌は、頼みたいなどというい方をしたことのない主人定正の顔を、大きな眼を開いて見つめていた。

定正は今夜にかぎって、その道灌の大きな眼が邪魔だった。その眼に、なにからなにまで見抜かれていると思うと恥ずかしくもなる。

「実は、伊野を糟屋の城へ連れて帰りたいのだが……伊野をつれていって、糟屋の城にいる女どもに、少々歌の道を教えてやるのだ……」

伊野を連れていきたいだけで彼の欲望の総てを説明しているのに、後が余分だった。こじつけが、この場合むしろ滑稽《こっけい》でさえあった。定正はそう言って置いて、さすが心恥ずかしく思ったのか、道灌から顔をそらして、

「近頃急に寒くなったな」

と天候のことを言った。

しかし、道灌は微動だもせず、大きな眼で上杉定正の顔を眺めていた。いつまでたっても道灌がなにも言わないから、定正が、そむけた顔を元に戻すと、道灌は、二、三度眼をぱちぱちやってから、定正の前ににじりよって、静かな口調で言った。

「伊野の儀でございますが……、いささか不審の儀がありましたので、後藤主馬之助を美濃にやって、伊野の身元を調査いたさせました」

冷たい言葉であった。

「なんと、不審の儀？」

「さよう、万里先生を大森に迎えに参ったみぎりの、歌に対する伊野のあざやかな手並が、私には伊野という女の単なる歌上手というよりも、歌を手づるに近よろうとする、なにかのたくらみのように感じられました」

「思い過ぎではないのか」

「いいえ、最初に会った時眼の配り方といい、口のきき方といい、ただの女とは思われませんでした。まず、昨夜帰城いたしました後藤主馬之助の報告を直接、お聞き下さいますように」

伊野は速水万里が美濃の鵜沼を出発する半年前に万里の養女となった女である。彼の詩友の横川景三《おうせんけいさん》が彼女を万里に世話をしたのである。名義は養女であったが、実際は万里の子百里の世話掛り兼万里一家の手伝い人でもあった。

横川景三は伊野を万里に紹介するに当って、

「伊野は不幸な女です。父は元、足利氏に仕えた梶森三郎左衛門であるが、伊野は幼くして両親を失って伯父の木村桃泉にあずけられて育った女です。可愛がってやって下さい」

そう言って、伊野を万里の元に置いていった。

後藤主馬之助の調査によると、詩人横川景三の知人木村桃泉の素姓があやしかった、桃泉と名乗って詩を作り、詩人の間にはやや名が通った男であったけれども、姪の伊野を万里の養女にやって、間もなく美濃を去って行方が知れない。

「で、梶森三郎左衛門の身元は調べたか……」

上杉定正は後藤主馬之助に聞いた。

「はい、調べましたところでは、確かに梶森三郎左衛門という男が足利氏につかえておりましたし、娘が一人あったことも確実ですが、木村桃泉という人物については全く手掛りがございません」

後藤主馬之助は、そこで一息ついてから、木村桃泉については、手配がしてあるから、やがては身元が判明するでしょうとつけ加えて、二人の前を辞退していった。

「いかように判断するかな」

今までも定正は、なにか問題が起ると、このような言い方でよく道灌の意向を聞いた。

「おそらく伊野は足利成氏か、上杉顕定か長尾景春のうち何れかがよこした間者《かんじゃ》と思われます」

「なるほど考えられそうなことだ。でどうするのだ」

「間もなく身元が分るでしょう。処分はその時になって考えましょう」

道灌の顔に冷たいものが走った。その顔を上杉定正はいかにも残念そうに眺めていた。

四

文明十八年の春を迎えてからも、太田道灌はしばしば上杉定正から手紙を貰った。

（その後、歌の件はどうなっているか、別に差支えなかったら心あるひとを招いて糟屋の城で歌会を開きたい）

こういう意味の手紙であった。心あるひとというのは伊野のことであり、差支えがなかったらということは、伊野が間者ではないということ、糟屋の城で歌会を開きたいというのは、端的に言って、伊野を妾《めかけ》に所望したいという意味であった。

主家の催促状に対して道灌は、

（いましばらく御猶予を願いたい、なにぶんにもまだ春は早い。もう少し暖かくなった頃が歌会にはよろしいと存じます）

今も尚伊野の身元を調査中であるという暗号文めいた回答であった。

　桜が散ってしばらくたった頃、上杉定正のところへ道灌から歌会を催したいから参加されたいという誘い状が来た。上杉定正はその翌日、糟屋の城を立って江戸城に向った。

　久しぶりで主家上杉定正を迎え江戸城内は活気にみなぎっていた。その夜定正歓迎の宴が開かれた。

「伊野を交えての歌会はいつやるかな」

　定正は、そのことがいいたくてたまらなかった。場合によってその時、命令権を発動して伊野を連れてかえってもいいとさえ考えていた。しかし、上杉定正は別の不安がないでもなかった。もし万一、伊野が敵方の間者であったならば寝首をかかれないとも限らないし、殺されないとしても秘密を盗まれる心配はあった。間者の疑いが晴れるまではにわかに手出しは出来なかった。

　彼が道灌に伊野を交えての歌会をいつやるかと聞いたのは伊野を歌会に出せるかと聞いたも同然であった。伊野が歌会に出席できるようならば一応間者の疑いは薄れたと見てよいと考えていた。

「歌会は野外で盛大にやりたいと思っております、歌人伊野も喜んで出席するでしょう」

　道灌は大きな声で答えた。

ます」

「左様、隅田川を舟で登り、適当な場所を見つけて、歌合せの会をいたしたいと思います」

「野外で？」

上杉定正はちょっと心配そうな顔をした。現在は休戦状態ではあるが、いついかなる時に、敵が襲って来るとも分らない時勢である。野宴は危険であった。その定正の不安の心を読取ったのか道灌は、

「御心配は御無用でございます、現在のところ、上杉定正公に楯《たて》つく敵はこの関東にはございませぬ」

いかにも自信に満ちた声で言った。

「いつ、やるのだ」

「明後日と決定してありまする」

定正は、道灌の手ぎわのよさには少々驚いていた。手ぎわもよいが、野宴の日程を大勢の前で堂々と公表するやり方に薄気味の悪いものを感じた。しかし強いて反対はしなかった。今までもそうであったように、なにごとも道灌に任せておけばまず安心だと思っていた。伊野が一度挨拶に顔を見せただけで酒宴には出て来ないのが残念だった。詩人万里が客分扱いであるから、その養女の伊野も客分である。宴席に出て来ないとも、太守の体面上言いにくかった。定正は明後日を待った。その前に、伊野の身

元について、道灌に聞いたが、道灌は、

「今のところ、不審なところはありませんが……」

奥歯にものの挟《はさ》まったようないい方をした。定正には道灌の言葉も気になった。

「いずれは伊野を所望するようになろうぞ」

定正は、にえきらない道灌の態度に対してぴしゃっと先制攻撃をして置いてから、寝所に入っていった。

道灌は上杉定正の部屋を出ると、自分の部屋へはいかず、そのまま、城内の森の中へ出ていった。道灌の散歩は珍しいことではなかった。なにか、詩情が湧《わ》くと、夜中でもふらりと外へ出ることがあって、近習《きんじゅう》を面喰わせていた。

道灌は従《つ》いて来る近習をことわってひとりで外へ出た。朧月夜《おぼろづきよ》であった。一度月光の中に浮び出した道灌の姿はやがて、森の中の暗さにかくれて見えなくなった。

道灌は、詩人万里の住む、梅林の隅に坐りこんだまま切株のように動かなかった。小半刻もたった。

月が動くと、影も動き、とっくに花が散って、青い小さな実をならせている梅の木の影を地上に浮き出させていた。

道灌が足音を聞いたのは月が中天に懸った頃であった。

万里の家から、小さい人影が月光の中に姿を現わした。伊野である。忍び出たようなひそかな出現であった。伊野は明るすぎる月光にかえって驚いたように、一度はもの陰に身をひそめたが、やがて動き出すと、リスのような身軽さで梅林の中を走って、一本の梅の古木のそばにたたずんだ。伊野の横顔を月が照らしていた。

伊野の姿が万里の家へ引込んでから、更に小半刻も経ってから、梅林の中を警士とおぼしき武士が歩いて来て、伊野のたたずんでいた梅の古木のところまで来ると、古木の空洞に手を入れた。引出した手に白いものが見えた。武士の足音が去ってから道灌はやっと腰を上げた。


隅田川には十艘《そう》近くの舟が用意されていた。歌会であるから、警備の武士も少なく、数からいくと、男、女略々《ほぼ》同数であった。上杉定正の所望で、男女歌合せ会が予定の行事に組んであった。

舟が岸を離れ、見送りの人影が見えなくなってから、突然、道灌が、船頭になにか言った。上杉定正と道灌が乗っている舟だけが岸に寄せられて、二人は上陸した。そこに馬が待っていた。

定正と道灌の居ない遊山舟はそのまま、遡行《そこう》して、前もって、筵《むしろ》を敷いて歌会の準備がしてある河岸に繋がれた。

一行が筵に落着いた頃、すさまじい勢いで一騎が土手をかけ上って来た。馬からおりた武士が、岸につながれている舟のとも綱を切った。抵抗しようとした船頭の一人が腕を切られた。合戦はそれを合図に始まった。どこかにかくれていた、騎馬武士の集団が、歌会の筵を襲撃した。しかし襲撃者の予期に反して、そこには定正も道灌もおらず、十数人の腕達者の武士が、かねて、このことあるを知っていたかのように待っていた。敵の襲撃を知ると、彼等は、筵を捨てて、河岸に走り、河を背にかまえた。文字通り背水のかまえであった。筵を中心にして斬《き》り合って、女たちに怪我人《けがにん》のできるのをおそれたのである。

斬り合いが始まって間もなく、背後の森の中で、法螺《ほら》が鳴った。襲撃者が驚いて振り返ると、そこには桔梗の旗印を立てた、太田道灌麾下《きか》の騎馬武士の一隊が砂塵《さじん》を上げて押しよせて来た。

「ひとりも逃すな、殺すな、捕えよ」

馬上で叱咤《しった》するのは道灌の宿将後藤主馬之助であった。

しかし裏を搔《か》かれた襲撃隊もなかなかの精鋭であった。彼等は捕虜になるのをいさぎよしとせず、最後まで斬り結んでいた。手負いになって、いよいよ運命が決すると、自らの刀で自らを成敗する者もいた。

戦いは終った。

歌会を襲撃した三十名のうち、五名は逃れ、二十一名は戦死、四名が手負いのまま捕虜となった。

「誰にたのまれたのだ」

江戸城に連れて来られた捕虜を、道灌が直接吟味した。上杉定正は、意外な事件に顔をこわばらせていた。

「死を賜わりたい」

四人の捕虜はそういうだけで、口を割ろうとしなかった。

「足利成氏の家中の者であろう」

上杉定正が道灌にかわって口を出した。

「けっして、けっして成氏様の家臣ではございませぬ」

四人の捕虜のうち一人は、何度もそれを繰返した。成氏の家来ではないと絶叫していたその男が、突然、首を垂れて血を吐いた。舌を噛《か》み切ったのである。

他の三名の捕虜は出血多量で、もはや、ものを言えない状態にいた。三人は夕刻までに、ともしびの消えるように死んだ。

「成氏の家来ではないと言って舌を噛んだところを見ると、あの狼藉者《ろうぜきもの》は成氏の家臣に違いなかろう。足利成氏の奴め、この城の中へ間者を入れて歌会の催しを探ったのだな」

上杉定正はそう怒鳴って見たものの、間者が誰であるか分らなかった。伊野のことが、ちらっと頭に浮んだが、彼は、伊野ではないと頭の中でしきりに弁護していた。

「歌会が出来なかったことは、残念だが、いたし方がない。足利成氏が戦争をしかけて来た以上、こっちも応ぜずばなるまい、俺は明日糟屋の城へ帰る」

上杉定正が言い出した。

「歌会は明日催します。予定通り、隅田川に舟を浮べて、川を遡行《そこう》し山吹の里近くで歌筵を敷くつもりでございます。……おそらく北条早雲《ほうじょうそううん》は二度と同じ手を用いないでしょう」

「なにっ！　北条早雲」

上杉定正は道灌の意外のことばに顔色を変えた。

「さよう、おそらく間違いないものと存じます。最初予想された三方の敵のうち、上杉顕定と長尾景春の家来にはあれほど腕が立ち、いよいよの最後には舌を嚙んで死ぬほどの剛のものはおりません。いたとしたら、もともと吾々の同族ですから誰か顔見知りが居る筈です。そうすると敵は足利成氏の家来ということになりますが、成氏の家来ならば、成氏の家来かと問いつめられた時には、無言で通すのが普通です。それを、わざと成氏様と様までつけて、成氏様の家来ではないと絶叫して舌を嚙み切ったところがあやしい。見せ掛けです。成氏の家来であるかのように、見せかけたのです。あの刺客が足利成氏の家来でないとすれば、糟屋の城を背後から狙《ねら》い窺《うかが》っている、北条早雲の策に間違いありません。北条の家来には武勇勝れたる者が多くいることを御承知のことと思います」

道灌の理路は整然としていた。上杉定正は、滔々《とうとう》と自説を述べる道灌の顔を見ながら、今更のように、道灌の知恵に感服する一方、この非凡な家臣に対して、圧倒されそうになっている自分の存在を考えていた。

「伊野は北条の間者ではあるまいな」

定正は、また伊野のことを言った。

「大丈夫とは言えませぬ、今度の事件は、船頭のところへ舟の予定を聞きに行った者があるという情報から、敵の伏兵を予想してそれが当ったのですが、敵に、歌会の催しを知らせた者が誰だかは未だに分っておりませぬ、疑えば城内全部があやしくなります。伊野もあやしい者のひとりです」

「しかし伊野は連れて帰りたい……」

定正は強情を張った。こうなれば、なんでもかでも、伊野を妾として、糟屋へ連れて帰りたかった。そのことは、賢臣道灌の前で、主君としての我儘《わがまま》をおしとおすことでもあり、主家の権力の実態を道灌に再確認させるためでもあった。

「伊野の儀は承知いたしました。万里にそう申し伝えておきましょう」

答えていながら道灌は別のことを考えていた。

五

昨夜は朧月夜だったが、その夜は雲が厚く月の光をさえ切っていた。伊野の白い手が、梅の古木の空洞に延びようとした時である。古木の陰に人が動いて、伊野の手を掴《つか》まえた。

伊野は思わず上げようとした声をかみしめた。秘密の行為をしているのでなかったら、おそらく声を上げたであろう彼女も、この場合はいかなることがあっても声は上げられなかった。

掴まれた手がしびれるように痛かった。相手が誰であるか分らないが、相当大男だということは分っていた。男は、掴んだ伊野の手を引いたまま、梅の古木を離れた。梅林を出たところに木立にかこまれて菅公祠の堂があった。男は門の扉を押した。菅公祠の中庭である。狭いけれども、昼見れば立派な庭になっていた。夜は無人である。

「坐れ……」

と男は初めて伊野に口をきいた。伊野は、その場に来るまでに、相手が誰であるか、いろいろと想像していた。もしかすると領主の道灌ではないかという気がしていた。道灌の声を聞いた時、伊野はなぜかほっとした。

「わたしが悪うございました。どう御処分下さいましてもお恨みは申し上げません」

伊野は小さい声で言った。

「誰にたのまれたのだ」

道灌は静かにそう言ってから、

「そう言っても、答えるわけにはいかないだろう、強いて答えろと言えば、お前は舌を噛まねばならないだろう。お前が梅の古木の空洞に入れた諜報《ちょうほう》が北条早雲の手に渡ったことは知っている。俺は敵の裏を掻いたのだ。以前からお前と梅の古木の秘密は知っていた」

道灌はことばを切った。微風が草の上をなでた。

「山吹の花のにおいがする……暗くて、お前の顔も山吹の色も見えないが、山吹の中に坐っている伊野のこまり切った顔がよく俺には分る」

伊野には道灌がなぜそんなことをいうのか分らなかった。間者と分ったらなぜばっさり斬るか、投獄するか、それをしないのが不思議であった。

(ひょっとすると、私に変心を要求して逆間者になれとすすめるのかも知れない)

その時はいさぎよく、伊野はいつでも死ぬ覚悟はできていた。

「道灌様、なぜ私を処分しないのでございます」

伊野は結果をいそいだ。こうやって暗闇《くらやみ》の中で向き合っていることに堪えられなかった。恐怖はなかった。しめつけられるように胸が苦しかった。

「女ひとり殺したところで、どうにもならぬ、おれは無用の殺生は嫌《きら》いだ、俺はお前を逃がしてやりたい。そのために、今宵も待ち伏せていたのだ」

「私のしたことを許して下さるのですか」

「許すことはできない。見なかったことにしてやるのだ。俺は伊野の歌道を惜しむ、お前のように歌の道の分る女まで戦乱の中に巻きこもうとするこの世の中を憎むあまりに、お前の行為を見逃してやるのだ。関東とかかわりのない遠くへいけるように手配してやる。再び間者なぞになるなよ、おそらく、お前が命を賭《か》けてまで北条早雲に尽すほどの理由はない筈だ……」

道灌がそこまで話した時、伊野の嗚咽《おえつ》が聞えた。

「悲しいのか伊野、お前は泣けばそれでいいが、俺は泣けない。お前をこの城から逃がしてやるには主君の上杉定正公に嘘をつかねばならぬことになるだろう――定正公はお前を妾に望んでいるのだ」

「薄々存じておりました。でも私はきらいな男に、身体を投げ出してまで生きようとは……」

あとの方は泣き声だった。

「だから、明日の歌会の帰途逃がしてやるように後藤主馬之助に万事まかしてあるのだ、表面上は北条の女間者伊野が悪事露見をおそれて逃亡したとすればいいのだ……」

道灌の語気はやや強かった。

「お願いでございます。一思いに私のいのちをお召し下さいませ、逃げたところで、どうせよい生涯は与えられませぬ、それよりも道灌様のいまのお心ひとつだけを抱いて死んでいった方が、私には幸福のように思われまする」

伊野は前に泣きくずれた。くずした上体の黒髪が、道灌の膝に触れた。山吹の花のにおいと共に、伊野の髪のにおいが、道灌を衝《つ》いた。

道灌は伊野に対して危険を感じた。伊野を愛しているのではない、伊野の歌道を惜しんで生かしてやろうとしているのだと心に弁解しながらも、膝で乱れる黒髪の音に引かれた。

「伊野、もう泣くな、これが世の中のさだめだ……」

道灌は伊野の肩に手をかけていた。丸いやわらかい肩である。

「さだめでしょうか、このまま道灌様とお別れするのはあまりにもはかないさだめ」

伊野は彼女の情熱のやり場に困ったように、道灌の胸にすがって泣いた。道灌は伊野を抱いた。山吹の花のかおりと伊野の髪のにおいは、道灌の体内の奥深いところで燃えている炎を掻き立てた。道灌は伊野の唇を吸った。危険な蜜《みつ》の甘さだった。ここで思い止まらないと身の破滅にまで発展しそうにも思われるほど、彼の腕の中で伊野の身体はふるえつづけていた。五十五歳という年齢の自覚が道灌の身体の中心を吹き通っていった。

（人生最後の恋……）

それは彼自身が発した声であった。彼は自らの心の声にこたえるように、両腕に力をいれた。伊野の熱い息が彼の頰を撫でた。

ホトトギスであろうか一声鋭く、絹を引き裂くように啼《な》いた。

六

ぼんやりしていると睡りに誘いこまれそうな春の陽を浴びながら舟は隅田川を遡行していた。

十里舟を行《や》る浪自らの花
春遊天涯に在ることを覚えず

詩人万里は舟の中でこのような詩を作って悦に入っていた。

一群の舟は隅田川を静かに遡行して、昼を過ぐる頃に河岸に舟を寄せた。

「山吹の里につきました」

道灌は主家の上杉定正に言った。山吹の里などという地名はなかったが、山吹の花を愛する道灌が数年前ここを通った時に勝手につけた名前である。山吹の里という名にふさわしく、山吹の花がいたるところに咲き乱れていた。

筵は森を背に隅田川を遠く眼下に見おろす丘の上に敷き延べられていた。

紅白歌合せの会は最後のとって置きとして、最初は詩人万里を中心として、詩会が開かれた。

各人が自作の詩を吟じて、諸方から、讃辞を受けた。こういう詩の会は万里が江戸城に来て以来、何回となく開かれていた、たいていの場合真先に詩を作って万里の前で吟ずるのは道灌であった。

道灌は歌もよくしたが、詩もよくした。着想がまとまるまでは、筆を取らずに、渋い顔をしていたが詩情が浮ぶと、筆を取ってさらさらと一気に詩をものにした。この点、初めから紙と睨《にら》み合いで、書いたり消したりしながら、でっちあげ式の詩作とは違っていた。

道灌の詩は彼の心の詩であった。胸の中からほとばしり出るものをそのまま文字に表現するものであった。

彼は詩を作り、その詩を吟じた後では必ず師の万里に批評を乞《こ》うた。万里が、道灌の詩の欠点を言わず、長所だけをあげて讃《ほ》めるようなことをすると、道灌は不快の色を顔に出して、

「遠慮なく詩の欠点を御指摘願いたい」

と言った。万里はそういうことをいう弟子の幾人かを持った経験があった。そういう場合、さらばと言って、その欠点を挙げても、結果はよくなかった。こういう弟子は万里の口には棘《とげ》があると言って、彼の元を去る弟子であった。しかし道灌は違っていた。万里が彼の詩の欠点を指摘すると、承知することもあるし、承知しないこともあった。しばしば口論になることさえあった。

道灌は勝れた詩人であると共に手強《てごわ》い弟子であった。

「今日はまたいつになく慎重ですな……」

万里は、今日にかぎって、中々詩を作らない道灌の顔に催促の言葉をかけた。

「いや、どうも、今日は不思議に詩情が浮び申さぬ」

道灌はそんなふうに答えて上杉定正の方を見た。上杉定正は既に詩二篇を作っていた。

「詩より歌の方が作りやすいとでもいいたいのだろう」

定正は道灌に笑いかけた。

「なにかこう、すべてが際限もなく広々として、しきりに眠りに誘われまする……」

道灌は春の景色をそのように表現した。

「今の御言葉がそのまま詩になりまする。そのままでいいのです。詩はたくまず、心に触れ、心に見えたものをそのまま描く……」

万里は、そんなことを道灌に向っていいかけてから、しまったと思った。道灌は歌人である。歌も詩も、表現方法こそ違うけれども同じものである。釈迦《しゃか》に説法ということばが万里の心に浮んだ。万里は道灌の顔を見た。こんな失礼なことを言って、機嫌を害しはしないかと虞《おそ》れたのである。

道灌は雲を見ていた。春にしては能動的に動く雲であった。道灌は、雲を見ていたが、その顔は天気のことを心配している顔ではない。道灌の眼は雲より大分手前の空間を見つめていた。詩作する時の顔であった。

道灌の唇が動いた。声にはならない。再度道灌の唇が動いた時、道灌は詩を誦《しょう》じていた。

春を駐《とど》むるに春駐まらず
春帰って人寂寞《せきばく》たり
風を厭《いと》うに風定まらず

風起って花蕭索《しょうさく》たり

白楽天の落花古調の詩であった。

道灌はこの詩を二度繰り返した。哀調切々として、人の胸を打った。

筵に連なる者の誰もが、黙って道灌の詩を聞いていた。詩は美しく、悲しいが、なぜその詩を太田道灌が、この場所で突然誦《うた》い出したのか誰にも分らなかった。

（いつもの太田道灌とは違っているな）

誰もがそう感じていた。

道灌の詩に誘われるように、風が起って山吹の花を散らした。その一ひらが、定正と並んで坐っている伊野の膝の上に止った。

彼女はその黄色い花びらを、手の平にのせながらも、もし今朝のことがなかったならば、道灌はあのような詩はうたわないだろうと思っていた。

その日の朝であった。上杉定正は、詩人万里を直接、彼のところへ呼んで、伊野を妾として糟屋の城に連れていきたいと申し出たのである。

万里は養女伊野に取って無上の光栄であると即座に承知した。

定正が伊野に心を寄せていることはうすうす知っていた伊野であったが、改めて万里から、その旨を伝えられた時は身体が硬直した。

〈上杉定正はきらいな男です。たとえ嫌いでなくとも私には彼の妾となる資格はありません〉

万里に、昨夜のことを残らず言ってしまいたかった。道灌と梅林で秘かに結ばれたことを言えば、定正からは逃れることはできるけれども道灌の身にいかようなことが起るか、それを考えるとうかつなことは言えなかった。上杉定正の要求は一方的に通った。強引に通しておいて彼は道灌を呼んでこのことを告げた。

〈なんとしても、俺は伊野が欲しかった〉

と本音を吐いて、今宵から伊野を寝所によこすようにと重ねて命令した。

戦略に関することであったならば、道灌は異議を申し立てることができたが、問題は女一人を妾に迎えることであった。主君にお前の妻をよこせと言われても差出さねばならない時代であった。

道灌は感情をおし殺していた。

道灌が定正のところから自分の部屋へ帰ると、直ぐ万里が、伊野をつれて、ただ今上杉定正から有難いお言葉があったと報告に来た。万里の顔はいくらか上気していたが、伊野の顔は真青だった。

挨拶が終って、出ていく伊野に道灌は声をかけた。

〈伊野、お前に申し聞かせたいことがある〉

万里は、なにか道灌が、伊野に対して、内密な注意でも与えるのだろうと思って席をはずした。

〈俺は昨夜、山吹の花の中で、伊野と話し合っていた夢を見た。お前も、そのような夢を見なかったかな〉

道灌は伊野に心の苦悶《くもん》をうったえるような眼をした。

〈私も、山吹の花のしとねに坐っている夢を見ました〉

伊野は消え入るような小さい声で答えていた。

〈あのように美しい夢は誰にも語らず、自分だけで、しっかり抱いておこう。自分の胸の中にあるかぎり、いつまでたっても消えるものではない〉

伊野は道灌が心の中で泣いているのだと思った。伊野は昨夜以来、北条早雲の間者ではなかった。菅公祠の庭で道灌と結ばれて以来、伊野は道灌の女であった。正式な妾となれる資格が与えられた女である。

だのに、道灌は主君の上杉定正の前で、そのことが言えなかった。

(伊野は前から俺の妾にしたいと言っておった女だ、その女になぜ手をつけた)

上杉定正にきっと言われるにちがいない。そのひとことで、上杉定正と道灌の間に深い溝ができることを道灌はおそれていたのである。

春を駐むるに
春駐まらず

とは、引きとめることのできない伊野の身を言っているに違いないと伊野は思っていた。自然に伊野の眼が涙に潤んでいった。

「どうしたのだ伊野」

傍にいる上杉定正が伊野に声を掛けた。

「はい、ごみが眼に」

彼女はその場をごまかした。上杉定正は道灌の詩の吟誦以来、急に滅入って来た座の空気を引立てるように、

「さあ、紅白歌合せ会を始めるぞ」

周囲に向って怒鳴った。

男女が座を立って歌合せ会の準備にかかった頃から急に風が起った。雲が低くなり、ちぎれた雲の一片が隅田川を横切っていった。

雨だと、誰かが言った。春にしては珍しい大粒の雨が降り出したのである。

一行は筵を巻いて木蔭に驟雨《しゅうう》をさけた。雨はひとしきり激しく降って、しばらく止

み、また音を立てて降った。

「雨具の用意はしてないのか」

上杉定正は部下を叱《しか》った。返事がないとなると定正は更に大きな声で、どこからか雨具を持ってこいと怒鳴った。野原である。付近に人家はない。家来たちは急に不興になった定正の顔をおそるおそる眺めていた。伊野が山吹の花の枝を持って上杉定正の前に進みでると、黙ってその一枝を捧《ささ》げた。

「どうしたのだ、この山吹の花は」

定正は暗愚な武将ではなかったが、歌道についてはそれほど深くはなかった。伊野が山吹の花を定正に捧げたのは、

（残念ながら雨具の蓑《みの》はございません）

という意味であった。雨具の蓑がないことを山吹の花にたとえて歌った前中書王《さきのちゅうしょおう》兼明親王《かねあきしんのう》の作、

ななえ八重花は咲けども山吹の
実の（蓑）ひとつだになきぞかなしき

の古歌から取ったのである。伊野は、たとえ野中であろうとも歌会であるから、歌

会らしいやり方で、定正が部下を叱責《しっせき》するのをたしなめようとしたのであったが、定正にはそれが分らなかった。彼は、伊野が更にもう一枝の山吹を道灌の前で捧げるのを見ていた。

道灌は山吹の花を受取ると即座に、

「蓑がなくとも、苦しくはないぞ、歌蓑を着て、晴れるのを待とう」

と言った。道灌は山吹の花の意味を知っていた。

「蓑がどうしたというのだ」

上杉定正は、妙な顔をして道灌に聞いた。傍から万里が、七重、八重の古歌を引張り出して来て定正に説明した。

「たしかこの歌は後拾遺集にあったと覚えておりまする」

万里は歌道についても学のあるところを披瀝《ひれき》したが、定正は怒ったような顔をして聞いていた。

定正にしてみれば家臣や侍女たちの前で大恥をかかされた気持だった。伊野が山吹を捧げたのはかまわないが、道灌さえ黙っておれば定正は恥をかかずに済んだことである。主君の定正に恥をかかせないためには道灌は知っていても知らない顔をしているのが家来として当り前のことではないか、そんな気がした。

（道灌め、いささか歌道の心得があることをいいことにして）

上杉定正が道灌に対して、憎しみの感情を抱いたのはこの瞬間であった。

（伊野のことだってそうだ、なんだかんだと理屈をつけて長びかせたのは、伊野をなんとかしようとする下心があったに違いない）

定正は隣の道灌に眼をやった。道灌は伊野から贈られた山吹の花を愛撫《あいぶ》するように、手を動かしていた。定正はその手から眼を伊野にやった。

伊野は今にも泣き入らんばかりの眼で、道灌の手元を見詰めていた。

「帰るぞ伊野、多少の雨に濡《ぬ》れても帰るぞ」

上杉定正は伊野をうながして雨の中へ歩き出していった。

七

上杉定正は糟屋の城に伊野を迎えてひどく得意であった。詩人万里の娘、伊野といって、歌人であるから、みなのものも伊野から歌の手ほどきを受けるがいいと、女たちに言った。こういうことが、女たちにどのような反抗気分を起させるかも考慮せず、定正は、江戸から連れ帰った新しい女を自慢した。彼は伊野に一室を与え、お付きの女中を配置した。伊野の妾としての位置は確立した。

彼女は予期しない方向に変っていく運命に抗すべくもなく、言うがままにされていた。どうすればいいのか分らなかった。北条早雲の間者としての初歩的訓練を受けて、伯父木村桃泉の手を経て、詩人万里の養女となって江戸城に入ったけれども、彼女はあの夜萱公祠の庭で北条を裏切って道灌のものになっていた。たった一夜の魂の触れ合いであったが、彼女には道灌は忘れられない男であった。

伊野は灯火を見詰めていた。寝室の用意はできていた。侍女は次の間にさがっていない。

廊下に男の足音がした。伊野の第二の男となった上杉定正は部屋に入ると、そこに固くなって坐っている伊野に、

「淋しいかな」

となぐさめの言葉をかけた。淋しいというよりも悲しい気持だった。自分の意志でどうにもならない、女の身がひどくはかないものに思われた。

灯が消された。上杉定正は期待したよりも意外に素直に自分のものになっていく伊野の体温を感じていた。かかる場合の彼の経験は豊富であった。羞恥に身をこわばらせての本能的な抵抗と、苦痛からあきらめへの推移を彼はよく堪能して知っていた。未通の女が、ほとんど例外なく、きめられたような経路を通って、やがて、自らの肉体を主動的に、彼の身体にぶっつけてくるまでが、興味ある時期である。知り切ってしまった女は、ただの女でしかない。彼が未通の女を求める理由は、過程への耽溺《たんでき》で

あった。

伊野の身体はそれまで定正が体験した未通の女との初交渉における場合と、違っていた。伊野はすべてを放棄しているように見えた。心を放棄しても、身体は生理的な反応を示すのがあたり前であるのに、その反応も稀弱だった。定正に抱きしめられていながら、彼女の身も心も、そこにはなかった。生きた死骸を抱くように彼女の身体はむなしかった。

（ひょっとすればこの女は未通の女ではなかったかも知れない）

定正だけの一方的な営みが終った後で、彼はそのように考えた。幾つかの体験と比較して考えて見たが、そうだと断定する証拠はなかった。一般的には未通の女であったとした方が、彼の経験に照らして妥当のようにも考えられた。

（歌を作る女というものはこういうものかも知れない）

彼は伊野が他の女と相違するのは歌人という別種なものにあるのだと考えた。常の女でないとすれば、その伊野の身体を常の女に持っていく過程に大きな興味を抱いた。

定正は毎夜伊野の寝所に通った。二カ月経った。反応はなかった。その頃になって定正は伊野の肉体について疑問を持った。その夜、定正はあかりを消さなかった。あかりをつけていたら、多分伊野は羞恥の表情をするか、消せというに違いないと思った。行動を露出することによって彼女の凍った感情を溶かす方法になるかとも考えていた。定正はなんとかして伊野の身体に火をつけてやりたかった。

伊野は眼を開いたまま、定正に身体をまかせていたが、その眼は彼の顔を見てはいなかった。首を曲げて、床の間に置かれた葉ばかりの山吹の枝を見詰めていた。菅公祠の庭で山吹の花のにおいを嗅《か》ぎながら、道灌の愛を受けたあの夜のことを繰返し思い出していた。

体位がどう変っても伊野の眼のつけどころは山吹に向けられていた。とうに花の散った葉ばかりの山吹のような野草をわざわざ壺《つぼ》に活《い》けるのもおかしいのに、その山吹に懸命に眼を止めようとする伊野の様子はおかしかった。山吹を見ることによって、現に、おこなわれつつあることから、のがれようとでもする態度だった。

それは一種の伊野の抵抗に思われた。

「なにを見ているのだ」

定正は伊野を叱った。怒鳴ったことによって、行為は中断され、未完のままで二人は対座した。

「なぜ、山吹ばかり見て、気をそらそうとしているのだ、俺より山吹の方が好きなのか」

定正はそういったとたんに、隅田川を遡行して山吹の里で雨に遭った時のことを思い出した。

「もしやお前は道灌に……」

定正は伊野を睨みつけて言った。その言葉は伊野を打った。伊野は蒼白《そうはく》な顔をして身をふるわせた。ふるえを止めようとしてかえってふるえを助長した。明白な解答であった。

「そうか、お前は俺のところに来る前に道灌と通じていたのか、おのれ道灌……」

立上ろうとする定正を伊野はおしとどめていった。

「お慕い申しておりましたが、それは私だけのこと、道灌様はなにも御存じありません」

伊野は嘘を言った。嘘を言わねば、道灌と定正の仲は割《さ》け、場合によっては道灌の生命にまで影響があると考えられた。

「今でも道灌を慕っているのか」

はいと小さく答えて、伊野は下を向いた。

ふびんな奴、それほど道灌が恋しいならば、この女を道灌に与えてよいという気が上杉定正の頭に浮びかけたとき、定正はまたあの山吹の里のことを思い出した。

(道灌はあの時俺に恥をかかした)

定正はその時のいきどおりに、再び身をすえ直して、あの時、道灌が、伊野から贈られた山吹の花を愛撫するような手付をしていたことを思い浮べた。道灌が詩席で誦

じた、

春を駐むるに春駐まらず

の白楽天の詩の謎《なぞ》が解けたような思いがした。

（そう言えば、あの日道灌は一篇の詩も作らずに沈んでいた。あの詩は伊野を惜しむ詩だったのだ。一体道灌が、伊野をなぜそれほどまでに惜しむのか）

そこまでつきつめて考えて来ると、伊野と道灌の仲がただではなかったように思われる。

上杉定正は立上るとすぐ言った。

「伊野、お前のことは道灌に直接聞いて見よう。それまでお前の生命は助けておこう」

定正は伊野の室を出ると、直ぐ家臣を呼んで、江戸に早馬を飛ばして、道灌を呼ぶように命じた。

八

至急打合せしたいことがあるから糟屋の城へ来るようにという上杉定正の手紙を読みながら道灌は、上杉定正の心の中に今までかつてなかったものが大きく浮び上っているのを感じた。手紙は出て来いというごくありふれた文面だったが、定正が手紙の前後に、必ず書く習慣になっている時候の挨拶もなかったし、この間の歌会についても書いてなかった。道灌は定正の心の動きを悪い方へ考えていた。

上杉定正の手紙が届いた日の夕刻になって、後藤主馬之助が、妙な男を道灌の前へ連れて来た。男は町医者のような服装をしていた。内密に話したいことがあるからというので、後藤主馬之助だけを置いて、人払いした。男は北条早雲の家臣と名乗って北条早雲の手紙を懐中から出して道灌に渡した。

「上杉定正は道灌を疑っている。今度道灌を糟屋の城へ呼ぶのは、道灌を殺すためである。殺されるために、おめおめ、糟屋の城へ行くよりは、この北条早雲と同盟して、上杉定正を亡ぼそうではないか、太田道灌と北条早雲とが組めば、この関東に敵はなくなる、ぜひ御一考を願いたい。御返事を待つ」

道灌は一読して、その手紙を懐中に収めると、

「御役目御苦労であった。帰って、北条早雲殿に、道灌を見損っては困る、いずれ、当方より御挨拶に参上するが、濠《ほり》の泥でもかき上げて置かれるがよかろうと伝えていただきたい」

道灌は北条早雲の使者を帰してから、後藤主馬之助にその手紙を見せた。

「この道灌が疑われているとあれば、身の釈明を立てずばなるまい。しかし、今度は容易のことではない、道灌も命をかけるから、お前たちも、この道灌に命をあずけてくれぬか」

道灌の心の中には期するものがあった。彼は太田道灌の旗の本に人ありと言われた、勇士ばかり三十名選んで、江戸を立った。文明十八年七月二十五日、朝から焼けつくような日が照りつけていた。

その日の夕刻、道灌の一行は相模の糟屋の城に入り、別館で旅装を解くと、直ちに道灌は主家上杉定正の前へ伺候《しこう》した。

伊野のことで腹を立てて呼んだものの、主家の命とあって、直ぐはせ参じて来た道灌を見ると、定正も、めったのことが言えなかった。長い間生死を共にして戦って来た主従であった。

「実はこんなものを上杉顕定から送って来た……」

定正は封書を道灌の前へ置いた。道灌の筆蹟を真似て書いた、にせ手紙である。上杉顕定と力を合わせて、上杉定正を亡ぼそうと書いてあった。当時はこのようなにせ手紙が数限りなく横行した謀略の時代であった。

「そのことだけで私をお呼びになったのではございますまい。それがにせものかほんものかの見分けのつかない御主君ではない筈、そういう種類の手紙ならば私も持っております る」

道灌は北条早雲から貰った手紙を定正に見せた。

「こういう時代には味方を信ずる以外に勝ち残る方法はございませぬ、味方同士が信ずると同時に、なにごとも秘密を持たぬことが肝要かと存じます」

道灌は意見を述べ立てた。上杉家の立つか立たないか、道灌がこのまま無事江戸へ帰れるかどうかの瀬戸際だった。

「君臣の間に秘密を持たないと言ったな」

定正は道灌のあげ足を取ってから、

「それでは聞くが、伊野のことはどうじゃ、伊野とそちとの間に秘密がなかったと申し開きができるかな、伊野は白状したぞ」

定正は山をかけた。しかし道灌は顔色ひとつ変えず定正の眼に見入っていた。

「伊野がなにを白状したというのですか、伊野と私の間にはなんの関係もないのに、白状することはないでしょう。しかし伊野に対して、私がどのような感情を持っていたかとお尋ねになるならば、私として正直に答えねばならないでしょう。若し私が御主君と同じぐらいの年輩だったならばあれほどの女はただでは置かないだろうと、思ったことはございます。それだけです」

道灌はぷつんと言葉を切った。

「大分苦しそうな答弁だな……」

定正は道灌が嘘をいっているように感じた。嘘をいっているふうには全然見えないけれども定正には、そう思われた。定正も伊野を愛していた。愛する者を中に置いての定正のかんであった。

二人は互いの眼を見合ったまま、口もきかなかった。どちらか先に口をきいた方が、この戦いは負けのようにも思われた。道灌は額の汗が眼に流れこんでもふこうとしなかった。

蚊が道灌の額にとまっても彼は動かなかった。血を吸った蚊が膝の上にこぼれ落ちた。道灌の長い不動の沈黙は彼の決心でもあるかのようであった。

扇谷上杉の浮沈をかけての沈黙だった。伊野と関係があったと答えれば、定正は道灌に死を与えねばならないことになる、道灌の死は上杉滅亡への烽火《のろし》であることは定正はよく知っていた。

(負けた。道灌に負けることによって上杉を立てよう)

定正はそう決心した。

「もう伊野の話はやめよう。たかが女一人の問題だ、しかし、このことだけは答えて貰わねば、俺の顔も立たぬことになる、いいか道灌、さっきお前が、主従は秘密を持ってはならないと言ったであろう。そのことばにかけても俺の質問に率直に答えて貰わねばならぬぞ」

定正はちょっと上体を押し出すようにしながら、

「俺が、伊野をお前に譲りたいと言ったらどうする」

定正の最後の突貫であった。道灌がこれをどのように処理するか、定正は息を飲んだ。

道灌ははっと答えたまま、しばらくは答えに窮していた。その道灌に、定正は更に追い討ちをかけた。

「よろしい。伊野はお前にやろう。俺のところに置いても、らちのあかぬ女だ」

定正は最後の賭《かけ》を試みた。伊野を与えるといった場合、道灌がなんと答えるか、それによって、道灌の本心を見抜こうと思ったのである。

「御辞退申し上げましたならば」

「主家の命令にはそむかれまい」

そういって置いて定正は、

「道灌、本心はどうだ、伊野を欲しいだろう。欲しければ伊野を今宵のうちにお前の館へつれて帰れ」

道灌は、怒気を含んだ定正の声を聞きながら、その場に手をついた。

一度持った秘密はいかなることをしても、秘密を通さなければならないという、自分の立場を彼は苦しく感じていた。

(今なら言える、伊野を欲しいと一言言えば、秘密の一さいは消える。定正はそれ以上追及しないだろう。それですべては解決するかも知れない)

そう思うと顔が真赤になった。だが、彼はついに秘密を抱きしめたまま定正の部屋を出た。その時、道灌は秘密以上のものにこだわっていた。二人の恋の秘密は二人だけの心に止めておこうと伊野と約束したことを彼は守った。道灌は恋の約束に意地を張った。その時、定正と道灌とは完全に離れていた。

虚脱したような顔で部屋を出ていく道灌を見詰めている定正の心の中をつめたい風が吹きぬけていった。

道灌を送り出した後で、彼は家来を呼んで、伊野を別館の道灌に送っていくように命じた。定正も意地を張った。伊野を譲るといった以上、そのことを実行して、主家の威光で道灌を窒息させたかった。

その夜定正は眠れなかった。眠ろうとすればするほど眼が冴《さ》えた。

（結局伊野の問題では道灌に負けたことになるのではないかな、道灌が実を取って、俺が虚を得たことになる）

道灌の笑い顔が眼に浮んだ。別館で、伊野を抱いている道灌の姿が頭にちらついていた。

（今なら道灌に勝てるぞ。今こそ道灌に勝って定正が独立する時である。道灌があるから上杉があるのだという世論をくつがえすのは今である）

それは悪魔の声である。聞くまいとしても、彼の心の耳に執拗《しつよう》に囁きかける彼自身の声でもあった。

彼は寝所を出た。こういう夜は女と寝るに限ると、妾の部屋へ足を向けた時、さっきまで伊野が居た部屋の前を通った。彼は無人の部屋の襖《ふすま》をあけた。小姓が灯をかかげた。

伊野の居た部屋には伊野のにおいがこもっていた。伊野のにおいにかこまれて、床の間に葉ばかりの山吹が活けてあった。

「山吹……」

彼は山吹の枝を見ているうちに、心の中から赤い炎が燃え出していた。もう消せる火ではなかった。

彼は身震いをした。

「殿様いかがなされましたか」

小姓が聞いた時に、上杉定正の心は決っていた。

「曾我右衛門を呼べ」

曾我右衛門は上杉家の家臣の長老であり、なにかにつけて道灌と対立的にものをいう男であった。道灌の出世を心よからず思っている男だった。

「なにごとでございます」

曾我右衛門は夜中の呼出しに、なにかあるなと感じている顔だった。

「別館に火をかけるのだ」

「別館に火を……」

初め驚いたように定正の顔を見ていたが、なにかにこっとしたような顔をしていかにももっともらしく、二、三度頷《うなず》くと、

「直ちに討手を差し向けて、道灌の首は今宵のうちに上げて御覧に入れまする」

彼はそう言って背を丸めて出ていった。

「ちょっと待て右衛門……」

定正が声を掛けた時は、彼の姿は廊下の闇の中へ消えていた。

家臣の長老に向って、定正は道灌を討てとは言わず、館に火を掛けろと言ったのは、若し、曾我右衛門が、そのような無茶なことはやめろと諫言《かんげん》したら、道灌の成敗につ

いて再考慮してもいいという下心があった。

間もなく鬨《とき》の声があがった。定正はにがり切った顔で闇夜の中に突立っていた。

太田道灌は定正から伊野を送りとどけられた時から、事態が容易ならぬことを知っていた。彼は後藤主馬之助を呼んで、若し、事が起った場合の処置を指示した。それは杞憂《きゆう》ではなかった。

「情けないことだ、俺を殺せば上杉家も亡びるものを」

太田道灌はそう言って、別館を脱出して、洞昌院公所寺《とうしょういんきんそじ》へ逃れた。彼は如何《いか》なる場合も、合戦の用意はあった。この夜も後藤主馬之助以下数名が殿《しんがり》を務めて斬り結ぶ中を、道灌の一行は公所寺へ逃げて防禦《ぼうぎょ》の陣を張った。

彼は公所寺に一時拠って戦うつもりではあったが、勝てる自信はなかった。一日持ちこたえることは三十名の兵力では無理であることを知っていた。しかし彼は乱世の英雄であった。最後まで、武人らしく戦って死にたかった。

公所寺を中心にして戦いは夜から明け方にかけて行われた。

日があがる頃には、道灌の従者はことごとく討たれていた。

道灌は辞世を書き残して自決した。

かかる時さこそ命の惜しからめ

かねてなき身と思い知らずば

道灌のそばで伊野が立派に自決していた。伊野には辞世の歌はなかったが、彼女の死顔は、歌でも考えながら眠っていったように静かであった。

文明十八年七月二十六日、道灌の死んだその日を境として、関東の地図は新しき支配者、北条の名に少しずつ塗りかえられて行った。

江戸城が北条早雲の子北条氏綱のものになったのは大永四年（一五二四）である。

鬼骨《きこつ》の人

——竹中半兵衛——

津本　陽

津本《つもと》 陽《よう》 （一九二九〜）

和歌山県生まれ。東北大学卒。同人誌「VIKING」に発表した「丘の家」が直木賞の候補となり、一九七八年に紀州の古式捕鯨を題材にした『深重の海』で直木賞を受賞。『明治撃剣会』、『薩南示現流』など、剣道有段者の経験を活かしたリアルな剣豪小説で人気を集めていたが、次第に歴史小説の執筆も増え、織田信長の生涯を描いた『下天は夢か』は大ベストセラーになる。一九九五年には『夢のまた夢』で吉川英治文学賞を受賞。歴史時代小説への長年の貢献が認められ、一九九七年に紫綬褒章、二〇〇三年に旭日小綬章、二〇〇五年に菊池寛賞、二〇一二年に歴史時代作家クラブ賞特別功労賞を受賞している。

一

竹中半兵衛《たけなかはんべえ》は、天文十三年（一五四四）九月十一日、美濃《みの》国大御堂（岐阜県揖斐郡《いびぐん》大野町公郷《おおのちょうくごう》）の大御堂城主、重元《しげもと》の子として生まれた。

重元は天文十四年に不破郡《ふわぐん》岩手城（不破郡垂井町岩手《たるいちょういわで》）を攻め、陥《おとし》いれて自らの居城とした。

岩手は近江《おうみ》、美濃の国境に近く、東国と近江をむすぶ交通の要衝である。

重元は岩手四郷など六千貫（約七万石）を領し、菩提山《ぼだいやま》（垂井町岩手）に新城を築いた。

半兵衛が十三歳のとき、美濃の国主斎藤道三《さいとうどうさん》と嫡男義龍《よしたつ》が戦った。父重元が道三についで出陣しているあいだに、敵勢が岩手城を襲ったが、半兵衛は母と弟の久作とともに、鉄砲を撃ち、撃退した。

重元は道三敗死ののちも、岩手城主の地位を保っていた。

永禄四年（一五六一）重元六十五歳、半兵衛十八歳のとき、重元は近江守護六角《ろっかく》氏の要請により、近江に出兵して、浅井《あざい》勢と交戦した。

重元は永禄五年春に病死する。

美濃国境の土豪として、活躍の足跡をのこした重元のあとを、十九歳の半兵衛重治《しげはる》が継いだ。

半兵衛は幼少の頃から儒書、兵書に親しみ、非凡の学才をそなえていた。体軀《たいく》は虚弱な外見であったが、挙措は悠々として迫らず、ひとを威服するに足る風格がある。

小瀬甫庵《おぜほあん》の『甫庵太閤記《ほあんたいこうき》』に、半兵衛について、つぎのように記されている。

「度量は江海にひとしく、のぞめる心がちに見え、暁《さと》かりし事おこがましき事打ちならべつつ、きわめていう所もなかりしなり。しかじか物をもいわざりしが、たまたまいえば理に当れり。小信にも屈せず、小利にも溺れず、正に帰し、よろずの緩急も理に違うことなく、傑出の地位、二十ばかりの頃より、ようやく見えそめしなり」

さしでがましいふるまいもないままに、はたちの頃には、半兵衛の英名はしだいに美濃の国中に聞えていた。

彼は美濃三人衆の一人にかぞえられる斎藤家重臣の安藤伊賀守《あんどういがのかみ》の娘を室にむかえ、斎藤龍興《たつおき》に仕えて稲葉山《いなばやま》城に出仕していた。

龍興は、兄義龍が永禄四年に急死したあとをうけ、美濃国主となったが、無能、惰弱で酒色に傾く性格であった。重臣たちはさまざま諫言《かんげん》するが、いっこうに聞きいれない。

なってきた。
美濃三人衆は龍興に見切りをつけ、隣国尾張《おわり》の信長とひそかに慇懃《いんぎん》を通じるように
半兵衛は家中の不穏な情勢を知って、憂慮していた。重臣のうち日根野備中守《ひねのびっちゅうのかみ》は、
北近江の浅井長政《ながまさ》と通じている。
蒲柳《ほりゅう》の質である半兵衛は、頑健な体格と、死をおそれない度胸を誇りあう戦国の侍
たちに、弱々しい女性のような腰抜けのように見られていた。
主君龍興には、家臣の才幹を見抜く眼識がない。彼は温和で人眼にたたない半兵衛
を日頃から軽んじていた。
龍興の近臣たちも、主君と同様に半兵衛を軽蔑する。一日、半兵衛が下城の際、龍
興の近習が矢倉のうえで待ちかまえていて、下を通る半兵衛にむかい、小便をかけた。
半兵衛がうえを眺めると、大勢の嘲笑が聞えた。
彼は屈辱に堪えて帰宅し、さっそく舅《しゅうと》の安藤伊賀守をたずね、内心をうちあけた。
「今日私が殿様の近習《きんじゅ》どもから、堪えがたい侮りをうけたのは、殿様のお心がけが日
頃からわるく、何の落度もない私を、さげすみ、嘲弄《ちょうろう》なされるからだと存じまする。
ついては、私にも考えがあります。日頃学んでいる兵法を生かし、殿様の反省をうな
がすとともに、世間に私の名をひろめとうございまする」
伊賀守は、おどろいて聞く。

「おのしは、何をしようというのだ」

「稲葉山城を乗っ取るのです」

「われらのみの力でお城を取るなど、とてもできぬ。無謀も極まる考えだ。やり損じたときは叛逆《はんぎゃく》の罪で、一族こぞって処刑されるにちがいない。思いとどまるがよい」

城内には斎藤飛騨守《ひだのかみ》を番頭とする、警固の兵が常時詰めている。

半兵衛は日頃のつつしみぶかい態度を捨て、冒険実行の意志を変えようとしない。

安藤伊賀守は、半兵衛の説く稲葉山城乗っ取りの謀計を聞くうち、成功するかも知れないと、心が動いた。

「おのしがそこまでやるときめたからには、儂もとめはせぬ。力を貸そう。どうも、うまくゆきそうな気がする」

半兵衛は、稲葉山城内に人質として留めおかれている、弟の久作を利用する作戦をたてた。

まず久作に仮病をつかわせ、彼の看病をするという口実をつくって、家来たちに見舞いの品を納めた長持ちを、はこびこませる。

長持ちの底には刀槍、甲冑《かっちゅう》などをひそませていた。

永禄七年二月六日の朝、半兵衛はわずか十七人の供を連れ、稲葉山城にむかった。

城内にはいると帯刀をはずすが、久作の居間にはいって手早く甲冑をつけ、武装する。

主従は一団となり、近習の制止も聞かず走って、番頭斎藤飛騨守ら歴々衆のいる広間に乱入した。

飛騨守はたちまち斬り伏せられる。

なにごとがおこったかと、うろたえつつも立ちむかってくる重臣、近習、小姓を、半兵衛たちは縦横に斬り伏せる。

甲冑武者の数はすくないが、平服の侍たちが取りかこみ斬りかけても、かすり傷をも負わせることができない。

浮き足だった番衆たちは、なだれをうって城外へ逃げ散った。

「何の騒ぎじゃ、慮外者は儂が討ちとってやろうぞ」

龍興が佩刀《はいとう》を手に、闖入者《ちんにゅうしゃ》に立ちむかおうとしたが、重臣の長井新八郎、新五郎らが彼のまえに立ちふさがり、襲いかかってくる甲冑武者とたたかい、乱刃のうちに倒れた。

龍興は正体も知れない敵と斬りあう勇気も失せ、城の一隅に身を隠す。

城中には大勢の侍がいたが、不意の変事に動転し、半兵衛たちの人数を何十倍にも見誤って、抵抗をやめた。

半兵衛の一族竹中善右衛門は、鐘の丸に駆けのぼり、合図の鐘をつく。

城下に待ちかまえていた安藤伊賀守の軍兵二千が、喊声《かんせい》をあげ山上へ攻め登り、城中へ侵入した。

半兵衛は龍興に使者を送って、城外へ退去させ、城を占領した。わずか数刻（数時間）のあいだの椿事であった。

騒動のあと、半兵衛たちは稲葉山城下に禁制を出し、住民の不安動揺を鎮めた。

難攻不落の名城を手中に納めた半兵衛の非凡の軍略は、ひろく諸国へ喧伝《けんでん》された。

城下立政寺《りゅうしょうじ》には、伊賀守と半兵衛から次のような禁制が与えられた。

「　禁　制　　立政寺

一、甲乙人乱妨狼藉之事

一、寺内並門前伐採竹木事

一、諸軍勢陣取之事

右条々若違背之族《やから》これあるにおいては、きつと御注進あるべく、成敗加うべきの状くだんのごとし。

　永禄七　二月七日　　　　　　　　伊賀守（花押）」

「於当寺内、濫妨狼藉、陣執、放火、伐執竹木、非分之族、一切不可有之候、若令違背者、可有交名注進候、恐々謹言。

　永禄七

七月廿九日　竹中半兵衛尉
重虎（花押）
西庄之庄出雲
宝林坊
御同宿御中
」

半兵衛は二月から八月まで、半年余りのあいだ、稲葉山城を占拠していた。

斎藤家重臣のなかには、半兵衛と協力し、城の防衛にあたろうと呼びかけてくる者がいた。

また、しかるべき代償で城を譲ってほしいと、交渉しかける者もあらわれる。

信長も、半兵衛が稲葉山城を明けわたすなら、美濃半国を与えると、交換條件をもちだしてきた。

だが、半兵衛には利になびく気はなかった。彼は自分の軍略家としての非凡の才を、天下に知られるのを、望んだだけであった。

彼は城の処置について、世間に公言する。

「それがしが奇策によって、城をわが手に納めたのは、主君龍興公の浅慮のふるまいを諌《いさ》め、今後の善政を願うために、あえてしたことである。機をみて主君に城をお返しするのは当然のことで、私有するつもりはない」

その年八月、半兵衛は黒野《くろの》城（岐阜市黒野）にいた龍興に稲葉山城を返還した。龍興は半兵衛に礼として、いくばくかの所領を与えようとしたが、半兵衛は受けない。謀叛《むほん》の罪の責めをとるため、岩手菩提山城にも戻らず、近江へゆき浅井家を頼り、隠遁《いんとん》の生活に入った。

二

竹中半兵衛が、ふたたび世に出るのは、元亀元年（一五七〇）六月である。

半兵衛は、永禄十年八月、信長《のぶなが》が斎藤龍興と戦い、美濃攻略に成功した際、稲葉山城に召し出され、仕官をすすめられたがことわった。

当時、彼は岩手の菩提山城に戻っていたが、そののち近江の浅井長政の被官、樋口三郎兵衛尉《ひょうえのじょう》の居城である、長亭軒城に身を寄せ、隠遁の暮らしをつづける。

元亀元年四月、信長は大兵を発し、越前侵入をくわだてたが、浅井長政の離反によって、朝倉攻撃を中止し、退却せざるをえなくなった。

岐阜に戻った信長は、再び兵をもよおし浅井、朝倉を撃滅するため戦備をととのえる。

浅井側は、信長上洛の道程を塞ぐべく、北近江一帯の諸城に兵を増強し、堅固に要害を構えた。

浅井の猛将磯野丹波《いそのたんば》は、箕作、佐保山《さほやま》を固め、北方の国免、横山、新庄は田部式部が兵をいれ、美濃との国境の取出、苅安、たけくらべの諸城は遠藤喜右衛門、鎌刃《かまは》の諸城は堀次郎、樋口三郎兵衛らがたてこもる。

信長は北近江進攻にさきだち、鎌刃の堀と長亭軒の樋口を調略し、味方につけようとした。

堀はもと北近江守護の京極《きょうごく》家の被官であったが、浅井久政《ひさまさ》、長政父子が京極家を追放したのちは、浅井に臣従した。

堀次郎は、家督を継いで日が浅く、若年であるため、鎌刃城に近い長亭軒城の樋口三郎兵衛が、傅役《もりやく》となっていた。

三郎兵衛の父能登守は、かねて信長とは昵懇《じっこん》の間柄であった。能登守は、信長の妹お市御寮人《ごりょうにん》が、浅井長政と縁組の際に、美濃の稲葉良通《いなばよしみち》とともに尽力した縁で、その後も信長とは四季の挨拶を交わしてきた。

永禄十一年信長上洛の際には、道案内役をもつとめたほどである。

信長は、樋口と堀次郎が彼に好意を寄せているのを知っていて、木下藤吉郎《きのしたとうきちろう》に両人を織田方に寝返らせるよう、調略を命じたのである。

藤吉郎は信長の命をうけると、まず守山城の守備にあたっている稲葉一徹《いってつ》に、相談に出向いた。

一徹は藤吉郎に教えた。

「堀次郎らを調略するには、まず長亭軒城に隠棲いたす竹中半兵衛に面談し、種々指示をうけるのがよい」

稲葉一徹は、かつて斎藤家中で交際のあった半兵衛の器量を、よく知っており、ただちに紹介の書状を書いてくれた。

藤吉郎は竹中半兵衛とは面識もあり、その才略のほどを知りつくしていた。

彼は堀次郎ら調略の方策を一徹から教わると、いったん多賀（滋賀県犬上郡多賀町）の陣所へ戻って、舎弟小一郎《こいちろう》（羽柴秀長《はしばひでなが》）、蜂須賀小六《はちすかころく》、前野将右衛門を呼び、相談をした。

将右衛門はいう。

「樋口三郎兵衛は正直にて、信義に厚い男じゃ。順逆道理をわきまえぬ愚か者ではない。堀の若年の主人を守らねばならず、主家浅井の恩義を忘れるわけにも参らぬ。だが、信長公との懇ろな情誼も忘れてはおらぬのじゃ。あやつは進退窮するままに、やむをえず籠城《ろうじょう》しているのであろう。信長公の御心中もまた、尾濃の猛勢二万五千余騎でご出陣なされば、鎌刃、長亭軒城などの小城のひとつやふたつ、蹴散らして通るに不自由はないが、堀、樋口らを助けてやりたいとのご存念にちがいない」

小一郎は、将右衛門とおなじ意見を述べる。

「前野殿の申される通り、信長公は鎌刃、長亭軒を揉《も》みつぶすは易《やす》きことなれども、浅井、朝倉との合戦をひかえ、いらざる一戦は手控えるべしとお考えなされておられるのじゃ。そうであれば、一徹殿のいわれる通り、竹中半兵衛にとりなしを頼むのがよかろうが」

藤吉郎は、ためらう。

「さりとて鎌刃、長亭軒は、考えてみれば虎の口じゃ。万一用談あいとどのわざるときは、われら主従は虜囚のはずかしめを受くるでや。なんとすべきであろうか」

藤吉郎の危惧は、当然であった。

頭領の彼が捕えられれば、木下勢は解散せざるをえなくなる。

小六が膝をすすめた。

「かようの時こそ、命知らずのそれがしにお任せ下されい。御大将は竹中の寓居《ぐうきょ》をおとずれ、半兵衛をご家来に迎えるようお誘いなされよ。そのあいだに私は堀、樋口の両人を調略いたしまするほどに」

藤吉郎は蜂須賀小六、前野将右衛門、前野清助、加藤作内ら郎党あわせて十余人、足軽、三十余人をひきつれ、多賀の陣所を出た。

蜂須賀小六は、途中から主従五人で鎌刃城にむかった。

藤吉郎たちは長亭軒の、竹中半兵衛の寓居をおとずれる。

半兵衛は訪う人も稀な茅屋《ぼうおく》に閑居していた。梅雨の細雨が小川の菖蒲《しょうぶ》の花を濡らし、林間の小径をたどると、鬱蒼《うっそう》と茂った竹林が左右から迫って、頭上をさえぎる。

朽ちかけた大橋を渡り、声をかけると、老僕が応対に出て、門内へ去った。

やがて長身瘦軀《そうく》の半兵衛が迎えに出た。

「これは藤吉郎殿、ひさびさのご対面じゃ。どうぞおはいり下され」

藤吉郎、小一郎らは、半兵衛の威にうたれ、言葉につまった。

半兵衛はわずかの人数で稲葉山城を奪い、世人の胆を奪ってより四年経ったいまも、春風のまつわるような温顔に、切れ長の眼をなかば閉じ、泰然とひかえている。

藤吉郎は、日頃の能弁を捨てた。いかに弁舌をふるっても、半兵衛に胸のうちを見透かされると思ったからである。

彼は円座よりすべり下り、床に手をつき、半兵衛に意中をうちあけた。

「今日こなたにおたずねいたせしは、余の儀にはござりませぬ。堀次郎殿、樋口三郎兵衛殿ご両人を説き、拙者主人信長が味方に誘いいれたく存ずるゆえにござりまする。さすれば稲葉一徹殿には、鎌刃へ参りしならばまず半兵衛殿にお目にかかり、ご助力を乞えとの助言あり。無礼をもかえりみず参ぜし次第にござりまする」

半兵衛は、世俗の煩雑を嫌《いと》うかと危ぶんでいた藤吉郎の、予想に反して、笑みをふくんで応じた。

「さようでござったか。鎌刃城へは、これより参向いたされまするか」

「もはや蜂須賀小六が向うてござりまするが」

　半兵衛は小六とも面識があった。

「うむ、小六殿ならば、三郎兵衛殿を首尾よく説かるるでござろう。堀次郎殿はいまだ八歳なれば、すべては三郎兵衛殿の考えにあることゆえ、さほどの難事にてはござるまい。吉報のとどくまで、ここにてごゆるりと待たるるがようござろう」

　半兵衛は、小六の調略が成功すると見抜いているようであった。

　藤吉郎主従は世間話を交わし、時をかさねるが、半兵衛をたずねた真意をきりだせなかった。

　藤吉郎は、軍師になってもらいたいといいだせば、一言のもとに拒絶されるかもしれないと危ぶむ。だが半兵衛の挙措を眼にし、言葉を聞くうちに、なんとしても協力者としてむかえたい気持が湧きおこる。

　日が暮れてのち、表に足音がして、小六が戻ってきた。彼は酒に酔っていた。

「御大将、上首尾じゃ。三郎兵衛殿、次郎殿はともどもに織田《おだ》に合力いたしくれる様子だわ。そのうえ、できるなれば御大将の旗下にてはたらきたしと、申されたぞ。信長旦那のもとではなし。木下勢に加勢いたしてくれる内意だで」

「それはまことかや。おのしならでは、さような芸はうてぬでや。無事にて吉報を持ちかえりしは、なによりじゃ」

主従は相擁してよろこぶ。

半兵衛は小六の無事の帰還を祝い、酒肴《しゅこう》を出してもてなした。彼は藤吉郎主従が歓談するさまを、笑みをふくみ、眺めていた。

その後鎌刃、長亭軒両城の調略の手筈をすすめる藤吉郎は、所用にかこつけ、音物《いんもつ》をおびただしく半兵衛の寓居へ運ぶが、うけいれられなかった。

彼は機を見て、小六、将右衛門を同道のうえ、半兵衛に出馬を誘った。半兵衛は手をこまぬいたまま応じない。

藤吉郎は飽きることなく半兵衛のもとへ通った。堀、樋口の両人が、あと一歩に至って調略に応じるのをためらっているのは、半兵衛の意向をうかがっているのである。

藤吉郎は朝三暮四のたとえの通り、足しげく半兵衛の閑居をたずねた。

彼はある日、まごころを尽くし、半兵衛に頼んだ。

「われら三人は、虎狼の心を抱き、いたずらに乱をもとめ、勝負をもてあそぶ者にはござりませぬ。また、おこがましきことながら、欲心をもって栄華富貴を願うにもあらず。風雲をのぞみ剣戦の間を往来して久しく、殺伐の所業をあえてし、功名をあげ候いしが、あまたの盟友を失うてござりまする。つらつら世のさまを見るに、乱世の諸将は寸土をあらそい闘争は尽きませぬ。生をよろこび、死を悲しむは、人の天性なるに、合戦に多くの人馬を傷つけ、士卒を苦しめるは、ひとえに平天下《へいてんか》、百姓土民を依怙《えこ》の沙汰、塗炭の苦しみより救い、おそれ多くも主上を安んずるが本意にて、われらが主人信長が武威を張る所以にござります。ご貴殿もなにとぞ天下のために、われらに一臂のお力をお貸し与え下されよ」

半兵衛はいつものように、両眼を半眼にとじ、返答をせずにいたが、不意に口をひらいた。

「木下殿のご所存のほど、あいわかってござる。それがし世間を捨て、ただひとり達観をよそおう。これつまるところは卑怯《ひきょう》と存じまする。それがしはいまより貴殿の幕下に馳せ参じ、天下の争乱にたちむかいとうござります」

藤吉郎たちは、闇夜に月を見たような心地であった。

ただならぬ鬼骨と天下に聞えた竹中半兵衛が、藤吉郎に従うときめたのである。

半兵衛が木下勢の与力となると聞いた堀、樋口も、いまはためらうことなく浅井をはなれ、半兵衛と行動をともにすることとなった。

木下勢は名軍師を得たうえに、あらたな加勢を得て、面目をあらため、千数百人の同勢は三千人に増強した。

半兵衛が、堀、樋口に説いて浅井家をはなれさせた論拠は、両家が譜代ではないという点にあった。

先祖代々の恩をこうむってきた主人であれば、家来は主家に殉じて当然である。しかし、堀家はかつて浅井と同格の京極家被官であった。

それが時世の変化で浅井の下風についたのであるから、この際、堀家存続のためには劣勢の浅井家を捨て、織田方に就くのは理の当然であるというのであった。

三

半兵衛が木下勢の軍師になってまもなく、姉川合戦がおこった。

織田、徳川《とくがわ》連合軍三万四千人が、姉川南岸に布陣を終えたのは、六月二十七日の夜半であった。

翌二十八日未明、浅井、朝倉連合軍一万八千人は、姉川北岸に到着した。

木下勢陣所の正面には、浅井の猛将磯野丹波守《いそのたんばのかみ》が布陣する。磯野は木下の陣中に、堀、樋口がいると知っており、遺恨をふくんでいるため、合戦となれば、無二、無三に突入してくると考えられた。

藤吉郎は夜あけまえに、幕下の頭衆《かしら》をあつめ、軍議をもよおした。

藤吉郎はいう。

「儂は、このたびがようなる大軍が向いおっての、野戦の出入りは、かつていたせしことがないのでや。いかなる段取りで兵を動かせば、よかろうかや」

蜂須賀小六、前野将右衛門、加藤作内らはたがいに顔をみあわし、やがて口をそろえ意見を述べた。

「われらとて、かようなる戦はいたせしことがないだわ。かくなるうえは、ひたすら浅井が本陣をめざして斬り入り、長政が首をとるよりほかはなし」

藤吉郎は、傍に黙然とひかえる竹中半兵衛に聞く。

「御辺《ごへん》は、いかがお考えなされるかや」

半兵衛は諸将を眺め渡し、謙遜した。

「それがしごとき若輩に、とりたてて申すことはござらぬ。なみいる古豪の方々は、櫛風沐雨《しっぷうもくう》の間に強敵を破り、堅城を攻めとられ、武辺の数を重ねなされてござれば、それがしの思いつくことなど、いうまでもござりませぬ」

小六、将右衛門は、半兵衛をはげます。

「半兵衛殿、われらにおかまい下されるな。われらは御大将に従って五年。夜討ち朝駆け、にわかの戦に武辺の技を競いつつ、今日まで一命ながらえて参ったが、このたびのごとき大戦には、兵を動かす智恵はない。術《すべ》もなく乱軍のあいだを駆けまわるのみじゃ。半兵衛殿のご軍略を生かすはこのときじゃ」

敵味方あわせて五万をこえる多数の軍兵が、立錐《りっすい》の余地もなく陣を敷くなかにあっては、藤吉郎たちは策もなく、情勢に応じて戦うほかはなかった。

半兵衛はおもむろに意見をのべた。

「味方の陣形は、左手に徳川殿堅陣の構えをいたされ、織田勢は先陣坂井政尚《さかいまさひさ》殿より縦長十三段の陣を敷いておりまする。木下陣は池田陣についでの三番手なれば、信長公本陣まで一町半ばかり。さて一戦に及ぶとき、もし浅井方が姉川を駆け渡りくるならば、味方に利あり。すなわち暴虎馮河《ぼうこひょうが》はあやうきことにござりまする。さりながら短兵急なる野戦にては、猛勢を支える堀割、防柵とてもさらになければ、馬、人は押されて損亡はなはだしき態となりましょう。さればわれらが横一陣の陣形は、すみやかにたてなおさねばなりますまい」

藤吉郎は半兵衛の指示に従い、さっそく陣形を組みかえた。

騎馬六十余騎は前方横一列に備え、残余の騎馬五十余騎は、そのうしろに円陣を組む。本陣は藤吉郎を中心に四方に槍《やり》衆を配し、はりねずみのように槍衾《ぶすま》の隊形をととのえた。

やがて夜明けとともに、織田勢の正面へ浅井勢が殺到してきた。

先鋒磯野員昌《かずまさ》の猛勢すさまじく、息をつく間もない大乱戦となった。織田勢の先陣坂井の陣地は、たちまち粉砕される。

味方は総崩れとなり、十一段までうちやぶられたが、左翼の徳川勢が善戦して朝倉勢を蹴散らし、横手から浅井勢へ襲いかかったため、劣勢を盛りかえし、辛勝を得た。木下勢は、半兵衛の陣備えのおかげで、損害を最少限度におさえることができたのである。

姉川合戦のあと、藤吉郎は横山城（長浜市堀部町）の守備を命じられた。

あるとき、七千騎ほどの浅井勢が、小谷《おだに》城を出て、土煙をあげて南方へむかってゆくのが、横山城から望見された。

藤吉郎は家来たちに命じた。

「浅井の奴輩《やつばら》は、横山城の背後にまわり攻めかけて、小谷城から別手の人数を繰りだし、われらをはさみうちにいたそうとの計略じゃ。それ、回りこまれぬうちに、こなたよりも兵を出し、決戦いたそうでや」

迎撃命令を出そうとした藤吉郎を、半兵衛はとめた。

「敵の気配は、殺気にみちてござりまするに。あれは横山城の背後にまわろうとみせかけ、実はわれらを誘いだしておるのでござります。こなたより出て参らば、敵の術策に乗せられることとなりまする。われらが城を固めておるならば、敵は進路を変え、こなたへ攻め寄するでござりましょう」

藤吉郎は矢倉に登り、敵の様子をうかがううち、浅井勢はにわかに鋒先を転じて、横山城に襲いかかってきた。

「それ、迎え撃て。存分に馳走《ちそう》いたすのじゃ」

木下勢の鉄砲足軽衆が、筒口をそろえ猛射を浴びせ、浅井勢は大損害をこうむり退却していった。

元亀元年夏から年末にかけ、織田勢の摂州《せっしゅう》出陣、志賀《しが》の陣のあいだ、竹中半兵衛は藤吉郎、小六たちがしばしば出陣する留守をかため、横山城へ敵勢を寄せつけなかった。

天正元年（一五七三）の小谷城攻めでも、半兵衛は才智をあらわす。

信長は小谷本城に浅井長政とともにたてこもる、妹のお市《いち》の方と二人の童女を救出したいが、長政は信長の意をうけいれず、三人を渡さないで、全滅を覚悟の死闘をつづけていた。

半兵衛は、お市の方を救出するには、まず小谷城の出城である、京極《きょうごく》つぶらを攻め落すべきであると主張した。

京極つぶらには長政の父久政がいる。久政がいるかぎり、長政は父に遠慮してお市母子を差しだすまいが、久政が死ねば、きっとお市らの助命をのぞむにちがいないというのである。

木下勢は、山岳戦になれた蜂須賀衆を先頭に、京極つぶらに襲いかかり、城内に乱入して久政を追いつめる。

久政は観念して、近臣二十余人とともに自害した。

京極つぶらが落城し、紅蓮《ぐれん》の火の手があがるのを見た本城の長政は、半兵衛の予想の通りお市母子を織田勢に渡し、自害して果てた。

信長は半兵衛の進言の通り、小谷本城に力攻めをかけずにいたのが功を奏し、お市母子を無事にとり戻すことができ、満足した。

小谷攻めのまえ、藤吉郎は羽柴筑前守秀吉《はしばちくぜんのかみひでよし》と改名していた。

浅井滅亡ののち、秀吉は浅井旧領地のうち、浅井郡、坂田郡、伊香郡三郡を所領として信長よりあてがわれた。

秀吉は今浜《いまはま》に入城すると、重立った家臣に給地を与えた。

木下小一郎八千五百石、木下家定《いえさだ》三千二百石、浅野《あさの》弥兵衛三千八百石、蜂須賀小六三千二百石、前野将右衛門三千百石などにつづき、竹中半兵衛千五十三石とある。

さほどの高禄ではないが、欲のない半兵衛が遠慮したのかもしれない。

四

半兵衛の軍略に長じた能力を証する挿話は、長篠《ながしの》合戦の際にもある。

天正三年五月、織田、徳川連合軍と武田勝頼《たけだかつより》の軍勢が、長篠設楽原《したらがはら》で対戦したとき、羽柴秀吉は連子川をはさみ、武田勢と対峙《たいじ》していた。

合戦のまえの睨《にら》みあいの状態がつづいているとき、突然前面の武田勢が旗差物をなびかせ、羽柴勢の左方へ移動しはじめた。

幕僚の谷《たに》大膳亮衛好《もりよし》が、あわてて進言する。

「敵の同勢を正面に置かねば、戦はなしがたきものとなりまするゆえ、われらも左のかたへ移らねばなりませぬ」

半兵衛は反対した。

「軍勢は右手より攻められるを嫌うものでござりまするゆえ、放っておけばようござりましょう。このまま合戦がはじまるときは、互角の駆けひきとなりまする。敵の動きから察しまするに、いったんは左へ動いたれども、間なしに元の場所へ戻るでござりましょう」

秀吉は、半兵衛の隊千騎のみをのこし、左方へ移動したが、敵はまもなく元の位置に戻った。

「また戻ったぞ。われらも戻らねばなるまい、急げ」

羽柴勢は、やむなく元に戻らざるをえなかった。

武田勢はわざと移動し、羽柴勢を誘い、隙を誘いだして攻めこもうという策略であったが、半兵衛にみやぶられ、手を出せなかったのである。

天正四年正月、信長が安土に築城をはじめた。信長は二月二十三日に安土の仮座所に移ってきた。

四月からは諸国の諸侍、大工、職人、人足の大群が安土に呼びあつめられ、工事がはじまった。

石奉行の津田坊は、蛇石という巨岩を山麓まで運んできた。秀吉は南蛮渡来緋羅紗《ひらしゃ》の陣羽織を着て大石のうえに乗り、扇子をふるって掛け声をかけるが、数千人の人足が、数十本の大綱を曳き、山へあげようとしても、三間、五間と引けば、たちまち土中にめりこんでしまう。

信長は蛇石に執心であった。

「どやつも智恵なき奴輩だで。これしきの石を揚ぐる才覚も持たざるか」

渋面をつくり、不快の様子をみせる信長の命令を、どうしても達成せねば、いかなる罰をこうむるかも知れない。

秀吉は蒼《あお》ざめ、石工棟梁《とうりょう》を呼ぶ。石工はいった。

「修羅をつかえば、平地ならば運ぶに造作はいりませぬ。しかし、この急な坂をいかにして運びあげればよいやら、見当がつきませぬ」

半兵衛は、おもむろに口をひらいた。

「軍学に詭道《きどう》ということがござりまする。万余の人足を使うたとて、この急坂を曳きあげることはできませぬ。一気にあげようとせず、山肌をまわしつつ揚げてゆけば、坂の勾配はゆるやかとなり、蛇石とて頂上に持ちはこべましょう」

秀吉は半兵衛の策を信長に進言し、石道を山肌にひらいて、蛇石を運びあげることに成功した。

天正四年七月、秀吉は信長から播磨《はりま》から中国路経略を命じられた。

中国路征伐は困難をきわめた。羽柴勢は六千余人、摂津荒木村重の加勢三千余人を加えても、たかだか一万人である。

備前の宇喜多《うきた》のほか、西国三家衆の毛利《もうり》、吉川《きっかわ》、小早川《こばやかわ》の動静に気をくばりつつの作戦は、苦労の連続であった。

天正六年三月、秀吉は播州三木城の別所長治《べっしょながはる》が、織田方に背き挙兵したので、ただちに攻撃する。

だが、容易に陥せない。そのうちに毛利の大軍が上月城に襲いかかった。

秀吉は安土に援軍をもとめる急使を派した。信長は滝川、明智、惟住《これずみ》らが先陣して、信忠を大将とする二万余の援兵を送った。

上月城《こうづき》を包囲する毛利勢は三万、羽柴勢は一万であるので、攻める方策がたたない。

上月城は落城し、三木城の別所長治包囲の戦は長びき、苦戦をつづけるうちに、味方の荒木村重が謀叛をする。

　中国経略の苦労で、病がちとなっていた半兵衛は、三木城陥落を見ずに、天正七年六月十三日、三十六歳で世を去った。

　鬼才をうたわれつつ、秀吉の苦闘の時期に軍師として惜しみなく助力を与えた、半兵衛の生涯の足跡は、はなばなしい感は意外にすくなく、目立つふるまいは見受けられない。

　軍師は表面にあらわれず、裏面にあって主人を扶ける存在であることを、わきまえていた半兵衛は、みずからの手柄をすべて秀吉のものとして、惜しむところがなかったのであろう。

叛《はん》の忍法帖

——明智光秀——

山田風太郎

山田風太郎《やまだふうたろう》（一九二二〜二〇〇一）

兵庫県生まれ。少年時代から受験雑誌の小説懸賞に応募、何度も入選を果たしている。東京医科大学在学中に、探偵雑誌「宝石」に応募した「達磨峠の事件」でデビュー。ミステリー作家として活躍するが、一九五九年出版の『甲賀忍法帖』からは、超絶的な忍法を使う忍者の闘争を描く〈忍法帖〉シリーズで一世を風靡する。一九七五年の『警視庁草紙』からは明治時代を舞台にした伝奇小説で新境地を開き、その後『室町お伽草紙』、『柳生十兵衛死す』などの室町ものに移行している。晩年には、シニカルな視点から人生を語ったエッセイも執筆している。

一

「御産室に入るは拙者一人でござるがよろしいか」

と、その男にいわれたとき、産婦の父の光秀《みつひで》も、産婦の夫の忠興《ただおき》も顔見合わせた。

やって来た山伏は、衣服はもとより、袈裟《けさ》のすずかけも安土《あづち》に来てから新しくしたものであろうか、金銀のぬいとりさえ見えるが、それに包まれた肉体は、二人が甲州《こう》から帰ってくる途中に見たと同様、依然として精悍《せいかん》な野性にみちみちたものであった。むさ苦しい、といっていい。皮膚の黒さはいくら洗っても落ちないと見える。

総髪にはしているが、ぬけ上ったひたい、針のように細い光を放つ眼、あぐら鼻、そしてぶ厚い大きな口。——それは二人も承知していたが、いま改めてこうしげしげと見ると、無恥と好色がギタギタとあぶらみたいに全身に浮き出している感じで、とくに若い夫の忠興が辟易《へきえき》した。

「それはこまる」

「では」

と、山伏は頭を下げた。辞退の表現であった。

「待て」

と、光秀がいった。彼は思い出したのだ。甲州陣でのこの男の医術を。

甲州陣で、どこからともなく現われた山伏であった。それが、織田《おだ》方、武田《たけだ》方の区別なく、その傷兵の手当をしてくれるのだが、止血、治癒、実にみごとな効き目を見せる。はじめ、怪しい奴——とも思ったが、この実績には何ぴとも眼をつむることができなかった。山伏姿をしてはいるが、名は阿波谷図書《あわだにずしょ》といい、また永田知足斎《ながたちそくさい》の弟子だともいった。

それをきいて、みな「ああ」とうなずいた。永田知足斎徳本《とくほん》——またの名を、甲斐《かい》の徳本ともいう。甲斐で神医といわれた人物である。信玄の侍医となったこともあるが、必ずしも武田の庇護《ひご》を受けず、牛に乗って「一服十六銭」と呼び歩き、敵味方、貧富を問わず仁術の手をさしのばした奇医である。すでにこの年、七十歳になんなんとしていたが、数年前、甲斐を飄然《ひょうぜん》と去っていまそのゆくえを知る者もない。

観念的には「神医の弟子」というにはふさわしくないが、甲斐の徳本そのひとも実際は豪放不羈《ふき》、また相当にむさ苦しい方であったから、この阿波谷図書がそう名乗っても、べつに疑う者もなく、ともかくその外科のわざを見ると、だれもがさもあらんと肯定した。織田軍の甲斐からの凱旋《がいせん》に、この山伏はのこのことついて来たが、信長《のぶなが》もそれをとめるどころか、安土の城へ入れた。——ほんの十日ばかり前のことだ。

「図書」

と、光秀は呼んだ。

「かりにも産婦じゃ。あかごはもとより、血もながれよう。手助けする女なりと要ろうが」

「いや、女人こそ、もっとも同座しては相ならんのでござる」

「なぜ？」

「この図書の呪術《じゅじゅつ》に障りがござれば」

「呪術？」

忠興がきいた。

「おまえは医術ならぬ呪術でわが妻を出産させようというのか」

彼はもともと自分以外の男に妻の出産を見せるなどいうことは心外であった。そしていまこの男を眼前に迎えて、いよいよそれを忌避《きひ》したい気持になった。――上気した二十歳の夫の顔を見て、阿波谷図書はニタリと笑った。

「呪術なればこそ、拙者、奥方さまの玉のおん肌にこの指も触れず、御安産なし参らせるのでござる。……御安心なされ」

「なに、妻に手も触れず――？」

「拙者これより織田家に御昵懇《じっこん》に願おうとする者、その織田家切ってのおん大将たる日向守《ひゅうがのかみ》さまの御息女に、なんとて悪《あ》しゅういたしましょうや。……もし万が一、悪い目が出たときは、この図書の首刎《は》ねられて結構でござる」

「ふうむ」

光秀は、傍にいた重臣の明智左馬助《あけちさまのすけ》や斎藤内蔵助《さいとうくらのすけ》と顔見合わせたのち、婿の忠興をかえり見た。

「まず、やらして見よ、与一郎《よいちろう》」

「し――しかし、見るであろうが」

「さ、それは拝診いたさずには」

と、阿波谷図書は笑った。いうことは尤《もっと》もだが、その笑いが与一郎忠興には、がまんのならない好色的なものに見える。――

そのとき、廊下をあわただしく駈《か》けて来る跫音《あしおと》がして、美しい侍女が一人入って来た。

「あの、お医師はまでござりましょうか。姫君さまが、姫さまが。――」

細面《ほそおもて》の白い顔が恐怖にあえぎ、胸の前の小さな銀の十字架がゆれていた。お霧《きり》という侍女だ。明智家の侍女だから姫君と呼んだが、むろん忠興の妻のことだ。

「い、いってくれ、山伏」

いちばんこだわっていた忠興が、いちばんさきに腰を浮かしてさけんだ。阿波谷図書も腰をあげた。

「わたしが御産室に御案内いたします」

と、やはり立ちあがったのは、そこにいたもう一人の侍女であった。侍女は忠興を見ていった。

「それからわたしがおかいぞえいたします」

「なに？」

阿波谷図書は、じろりとその女を見た。

「女はこまるといま申したが」

「なぜ女が拝見してはいけないのでございます。女が見ているくらいで障りのあるような術なら、見ていなくともどれほどのことができましょう」

凄艶《せいえん》と形容していい美貌《びぼう》で、ややふとめの声にも力がある。阿波谷図書は狼狽《ろうばい》した。

「いや、わしに障りがあるのではない。見ておる女に障りがあるのじゃ」

「と、おっしゃると？」

「それはいま、ここでは言えぬ」

「おまえさまはいま、姫さまに手も触れぬとおっしゃいましたね」

「申した」

「では、わたしは姫君だけを拝見いたしております。おまえさまの方には眼もむけませぬ。――わたしの心は姫さまの御安産をお祈り申しあげる気持でいっぱいで、たとえ何を見ようとわたしに障りなど起きるはずもなく、またたとえどんな障りがあろうとかまいませぬが、それでもおまえさまの方は見ませぬ。それでもいけないと申されるのですか」

「よし！　刈羽《かりは》、そなたいってやってくれ」

と、忠興はいった。せきこんだ、きっぱりとした口調であった。刈羽はすでに廊下に出ている。――

もはやこれ以上異議を申したてることはできない雰囲気で、山伏阿波谷図書は一礼してそのあとを追ったが、しかしこの場合にも、ニタリとうす笑いを浮かべたようであった。

二

産婦は光秀の娘玉《たま》である。

丹後《たんご》の宮津《みやづ》城主細川幽斎《ほそかわゆうさい》の子息与一郎忠興に嫁せしめた娘で、むろん本来ならそちらで出産すべきだ。事実、おととし長男の熊千代《くまちよ》は宮津城で生んだのだが、これが母子の生死にかかわるほどの難産であった。京の名医曲直瀬道三《まなせどうさん》を急派してやっと難をまぬがれたほどで、そのときの道三の診断では、陣痛微弱ということであった。

で、この三月中旬、信長に従って甲州へ出陣するにあたって、光秀も忠興も最も憂えたのは、お玉が第二子を生むのがこの四月末か五月初めになるということであった。とりあえず、妊婦を安土にある明智屋敷にひきとったのは、両者相談の上のことである。甲州陣は思いのほか急速に終結し、二人の凱旋は間に合ったものの、その戦塵《せんじん》を洗ういとまもなく、またもや妊婦のこのまえ同様の難産に逢着《ほうちゃく》してしまったのだ。頼みに思う曲直瀬道三も、名医もまた病むことがあるのか、それより七十五歳という老齢のためもあって、去年の暮から門を閉じているときく。——かくて、溺《おぼ》れる者は何とやらで、えたいの知れぬ甲州の山伏医者を呼んだのだが。

晩春の夕暮の庭に、大釜《おおがま》が三つ据えられて、ぐらぐらと煮えたぎっている。その一つは薬湯らしい。そのまわりに、水をたたえた大盥《おおだらい》や空桶《からおけ》がいくつかある。老女が四、五人働いていた。

ただ一枚だけ雨戸のあけられた広縁の上から、阿波谷図書と刈羽はそれを見た。すぐ左の障子の中にも、だれやら動いているらしい気配があった。

「わたし一人だけ拝見いたします」

と、刈羽はちらっと図書を見て、またいった。

それから彼女は先に産室に入って、中にいた二、三人の老女を追い出して来た。老女たちは蒼《あお》ざめて、おろおろしていた。

「どうぞ」

阿波谷図書は座敷に入った。

薄暗い産室に、細川家の若い奥方は横たわっていた。ここにも、まわりに盥が並べられ、白布が積みあげられていた。しかし、褥《しとね》のまわりはすでにおびただしい血まみれの布がちらばり、惨澹《さんたん》たるものであった。

枕頭には、小さな経机の上に金色の十字架が一つ置かれていた。

夜具の中から蠟色《ろういろ》の顔がこちらを見た。

「いやじゃ、刈羽」

かすれた、神経質な、必死の声が聞えた。

しかし、すぐにその声は弱々しいうめきに変った。

阿波谷図書は遠慮なくずかずかと歩いていって――しかし、奥方の顔のちょうど向いにあたる壁際にぬうと立った。

「必ずお助けして進ぜる」

野太い声でいい、その壁の下に大あぐらをかいた。

「お女中」

と、叫ぶ。

「そなた、わしの監視役としてついて来たようだが、心配するな、わしはここから動かぬ。従って、奥方さま御産のおんさまも、実はこの眼に入れぬ。あとで忠興さまに報告するがよい。……そなただけ、拝見せよ」

厳然としていった。

「いや、急ぎ、おん股間《こかん》に坐《すわ》れ。急がねばおん母子のおいのちにもかかわる」

かえって刈羽は狼狽した風であったが、しかし言われた通りにした。凜々《りり》しい美貌だが、性質は気丈らしいし、事実また急を告げる事態でもある。

彼女の坐った位置からはすべてが見える。奥方はすでに破水を終り、露《あらわ》になった下半身のあいだから、黒い嬰児《えいじ》の頭部をちょっぴりとのぞかせていた。……しかし、それ以上出ないのだ。

「そこにおれ」

と、図書はいった。

「やがて、わが術により、お子が出で給えば、そこの布を以て、おん会陰部《えいん》を――御陰部と御肛門のあいだの部分じゃ。俗に蟻《あり》の戸渡《とわた》りともいう――力のかぎり押えたてまつれ。押えておらねば、その部分がひき裂けることがある。おん糞《まり》をもらさせ給うかも知れぬが意に介すな。……してみると、女がいるとこまるとは申したが、やはり来てもらって好都合ではあったな。ただし、先刻いったように、そなたはわしを見てはならぬ。そのためにも、しかと奥方さまの御陰部のみに眼をそそいでおった方がよろしいぞ。――よいか？」

「はい！」

と刈羽はうなずいて、必死の眼でその通りにした。いつしか彼女は山伏医者の看護婦と化している。

それと、産婦を、阿波谷図書はじっと見ていた。

奥方の難産に対する曲直瀬道三の診断はすでにきいている。陣痛微弱だ。つまり、子宮の筋肉が弱いか、子宮神経の異常のために分娩《ぶんべん》が正常に行われないのだ。

「奥方さま、拙者をごらんなされ。いや、お女中は見てはならぬ。奥方さま。……いざ」

と、横の壁ぎわにあぐらをかいた阿波谷図書はいって、それから、ふところから妙なものをとり出した。薄い褐色の布きれのようなものであったが、それをひろげて頭からすっぽりかぶったのである。

かぶると、それは半透明の膜となった、あきらかに植物性の布ではない。動物質の薄い皮であった。ぬらりと濡《ぬ》れているような光沢をはなち、その中からいちどぼんやりと図書の顔が見えたが、みるみるうちにふくれて、長さ三十五、六センチもある巨大な卵のようなかたちを呈した。すると、かえって、最初の菲薄《ひはく》さが消滅して、外から見ても厚みのある、つきたての餅《もち》みたいな弾力さえ感じさせる物体――いや、肉塊となった。

それが、やがて――波うちはじめたのだ。ぎゅうっと縮んで、やや細長くなり、やがてゆるんでもとの通りにふくれあがり、一息ついてまた縮みはじめる。――その運動が次第に早くなった。

泣きさけぶようなうめき声が、それと波長を合わせた。それはたしかに奥方の口からもれる声でもあったが、その奇怪な袋の中からも低い牝牛《めうし》めいたうなりとして流れてくるようでもあった。――たちまち刈羽は、細い、しかしつん裂くようなべつの声をきいた。

「おぎゃあ」

あかん坊がこの外界に現われたのだ。

「生まれました。……お生まれ遊ばしました！」

気丈に見えた刈羽だが、動顚《どうてん》した。

「見てはならぬ。わしを見てはならぬ」

というくぐもった声が聞えた。

そのまま図書は壁にもたれて、なお肩で息をしていた。いつのまにか、厚みのある肉頭巾からもと通りに戻った薄い膜をやおらぬいだ。あぶら汗にぬらぬらと濡れひかり、あきらかに消耗した図書の顔が現われた。ぬいだものをいちど振ると、壁にピシャリと液体の散る音がした。折りたたんで、またふところに入れる。

「奥方さまには、この次のお子からはまともにお生みなされるであろう」

と、つぶやいた。あかん坊の産声はつづいている。

「もはやこのあとは、婆あ達にできるであろう。……老女衆を呼べ」

といった。

救われたように刈羽は立ってゆこうとした。

「待て」

と、図書はまた呼んだ。が、見てはならぬといわれたためか、刈羽は立ちどまったが、ふり返ろうともせぬ。

「もう見てもよろしい。……しかし、お女中、そなた、先刻、わしを見たな?」

刈羽ははじめてふり返り、くびをふっていった。

「めっそうな!」

阿波谷図書の充血した眼は、刈羽のむっちりとふくらんだ腰のあたりに粘りついていた。しかも、醜怪といっていい顔は、きゅっと苦笑を浮かべていた。

「まあよろしい。美女ゆえ、ゆるす。……老女衆を呼びなされ」

玉はのちの細川ガラシヤである。
彼女がこのとき生んだ第二子は与五郎興秋《よごろうおきあき》といい、後年父の忠興の意に叛《そむ》いて――或《ある》いはその意を体して――大坂城にたてこもり、落城後、自決した。細川家をついだのは、これから四年後に生まれた第三子忠利《ただとし》である。

三

初夏の夕映えに燃えていた黄金の甍《いらか》、黄金の壁の五層七重の大天守閣のかがやきはすでに消えていたが、代ってその櫓々《やぐらやぐら》にともった灯が、夢幻のごとく琵琶《びわ》湖にうつりはじめた。
それも、城のすぐ下にある大官の屋敷町から、さらに坂道を城下町の方へ下るこのあたりはかえって暗い。六年前、築城とともにこの一帯に運ばれた巨石の石垣は、大樹のかげにもう苔《こけ》むしはじめている。
「人間五十年
化天《けてん》のうちをくらぶれば
夢まぼろしのごとくなり。……」
だれか酔った声で唄《うた》いながら町の方へ下っていったあと、そこはもと通りの静寂に戻った。——甲州陣から帰ったあと、この界隈《かいわい》の屋敷からは連日連夜、きちがいじみた酒宴の声が聞えたものだが、それも十余日、さすがにこのごろは祝いくたびれたと見えて、この一日二日、あたりはそれ以前より静かなくらいであった。

するると、その道を上の方から、シトシトと下りて来た者がある。宵闇《よいやみ》の中にも、あきらかにそれは美しい腰元風の娘であった。

「刈羽どの」

ふいに、錆《さび》のある声がかかった。

一本の大木の蔭《かげ》に切株が二つ三つあり、その一つに山伏が腰をかけていた。

ずっとそこに坐っていたらしい気配だが、先刻の酔っぱらいならずとも、だれでもそこに人が坐っているとは気がつかなかったろう。それはたしかに山伏のかたちはしているのに、ふしぎに人間ではない。無生物の感を具《そな》えていたからだ。

が、明智家の侍女刈羽がふりむいたとき、それは人間どころか、人間ばなれした獰《どう》悪《あく》な精気をはなつ阿波谷図書の姿となった。

「いや、馳走《ちそう》の酒を頂戴《ちょうだい》しすぎてな。——樹の間がくれの湖の暮色に見とれつつ、酔いを醒《さ》ましておった」

薄闇にも蛍のようにひかる眼をむけて、

「どこへゆかれる」

「ちょっと、御用あって、町へ。――」

「では、いっしょに参ろう」

刈羽に困惑のようすが現われた。べつに切株から腰をあげる風もなく図書はいう。

「酔いもあるが、思案もしていたのじゃ。――さきほど日向守さまからお話があってな。どのような褒美でもつかわすと仰せられる。いや、医は仁術、と申して御酒《ごしゅ》だけ頂戴して出て来たが、考えてみるとこの阿波谷図書、これより織田家に随身《ずいじん》して長く医の門を張ろうと望んでおる。となると、やはり妻が欲しい。――」

にたっと例のきみわるい笑いを浮かべて、

「参上する前、明智家のお女中衆には美女が多いときいたが、見参してみてそれがいつわりでないことを知った。わしの見たうちでもその中で抜群のお女中が三人あったな。ひとりはそなた。ひとりはそれ、先刻、御産室から駈けて来た十字架の首飾りをつけたお腰元、それから、これはまだ名も知らぬが、廊下でゆき逢うたお女中じゃ。まずこれを花にたとえれば、白梅、百合、牡丹《ぼたん》とでも申そうか。――御息女をお助け申した日向守さまじゃ、せっかく御褒美下さるとの仰せ、お女中のひとりをこの図書が妻に所望すれば、決していなやは申されるまい。さて、どの女人を頂戴いたそうかな、とな。――で、いろいろ思案して、わしはそなたを選ぼうと思う」

笑いはいよいよ醜怪なものになった。

「いま、そなたを見てその気になったのではない。そう決めたところへ、そなたが来たのだ。これも天の配剤と申そうか。……ここへ来られい。まだ湖の暮光は残っておる。……ここでしばし喋々喃々《ちょうちょうなんなん》と語り合おうではないか」

ぺたぺたと、傍の切株をたたいた。刈羽はそのままゆこうとした。

「待たれい。わしがそなたを選んだわけをききとうはないか。わけはむろんそなたの顔かたちに惚《ほ》れたことじゃが、それ以外に、そなたがただの女人ではないと見たからじゃ」

刈羽は立ちどまった。

「ただの女ではない？」

「左様。――先刻の御産のとき、そなた、拙者を見られたろう」

「み――いえ、見ませぬ。見るものですか。――」

「ふふ、ま、それはどうでもよい。ともあれ、わしという人間がただものではない。であるからして、妻もまたただものであっては勤まりかねる。――」

「わたしがただものでないとは？」

「それをいうてきかせる。まず、ここへ」

また切株をたたいた。刈羽はためらっていたが、その言葉がよほど気にかかったのか、おずおずと寄っていって、その切株にそっと腰を下ろした。

「では、語る。——しかし、語るまえにちょっと」

いきなり図書は、じぶんの裾《すそ》をまくりあげて——何をするかと思ったら、おのれのものをつかみ出した。

「いや、口で語るより、これに語らせた方がよい。百論一根にしかず」

「あれ」

顔をそむけ、立ちあがろうとする刈羽を、阿波谷図書は片手でとらえ、片手でふところから何やらとり出した。——例の膜頭巾だ。

「牝馬の子宮をなめしたものじゃ」

はたいて、また頭からかぶった。

「面《つら》が、うぶな女にはあまり好かれぬことはよく承知いたしておる。じゃによって、かくす。……ただし、下の方は自信があるぞ。いや、これほどの雄物は、わしの知るところ富士の見える国には一本もない。そなた、知っておるか？　夫婦《めおと》となって、女が男をまたなきものに思うは、しゃっ面でのうてこれにかぎるようになることを」

半透明の顔が、みるみる見えなくなった。膜が肥厚しはじめ、卵のかたちに大きくふくれ出したのだ。——分娩期に於《お》ける子宮そっくりのかたちに。

「わしもそなたが見えぬ。そなた、遠慮なく見や」

奇怪な肉頭巾は波うちはじめていた。その中から、くぐもった声が笑った。

「そなた、手にとって見てもよいぞや」

刈羽はあっけにとられたように眼を見張って、眼前に波うつ肉塊を眺め、ついで下の方に眼をやった。そこにも一筒の肉塊が波うっていた。それは上のものに劣らず奇怪なものであったろう。……はじめて見る女の眼には。

数秒の時が過ぎた。——それから刈羽はどうしたか。

相手が肉頭巾をかぶっているせいであろうか、気丈さのゆえであろうか、大家《たいけ》の奥に仕える腰元として、かえって強烈な好奇心に耐えかねたのであろうか、無邪気のためであろうか、それとも魔のような相手に魅入られて、すでに心の常態を失ったのであろうか。

——彼女はそうっと右腕をのばして、まさに手にとったのである。

それは肉頭巾と同じように伸展膨脹した。

「ただものでないな、そなたは」

肉頭巾の中で、喜悦にみちた笑い声がした。

「先刻、奥方さまの御出産、手伝わされてさぞ愉《たの》しかったであろう」

とたんに、きいいっ、というような音が発した。肉頭巾の中からと、彼の下腹部から。

阿波谷図書は、切株の上で弓なりに反っていた。

「な、何をいたすっ？」

飛び離れて、二メートルも向うに立った女の影を見ながら、阿波谷図書はばねのごとくこれも立ち上ろうとしたが、逆に上半身を前に倒して、いわゆるへっぴり腰の姿勢になっていた。

両手で下腹部をかきむしった。が——いままで女の手にとられて膨脹したものは、臍《へそ》のすぐ下からぴったり下腹部に膠着《こうちゃく》して、いかにかきむしっても離れないのであった。まるで皮膚が融合したように。——

「おまえは何者か」

と、刈羽はいった。

「きいても、今はいうまい。わたしが何者かおまえにいう道理がないように。——」

いつのまにやら半透明にもどった膜を頭からかなぐり捨てた阿波谷図書は、ただ眼をかっとむき出して、闇にも清爽《せいそう》に浮きあがった相手の姿をねめつけて、肩で息をしているばかりだ。下腹部を垂直に、まるで糸で縫われたような痛みが走った。

「糸で縫ったのではない。おまえの陰毛で縫ったのじゃ」

冷然として刈羽はいう。

「それはおまえの手ではとれぬ。今の痛みはまもなく消えよう。しかし、やがてそのものがちぢみはじめたとき、それはひきつれてべつの痛みがはじまる。わたしに、おまえの正体を白状しに来ずにはおれないような。——またもし、おまえがわたしを殺したり、明智家にあらぬことを告げたりすれば、おまえの苦しみは永劫《えいごう》に消える日はないと知れ」

ちょっとくびをかしげて、

「そうか。——おまえのその肉頭巾は、女に陣痛を起させるものであったか。……」

と、つぶやいたが、すぐに氷片のふれ合うひびきのような声で笑った。

「いや、怪しき男であることはおたがいさまじゃ。従って、あばきたてるのは、おたがいの損でもある。……わたしは忙しい。では、御用にゆくぞえ。——」

「ま、待てっ」

と、阿波谷図書はさけんで歩み出そうとしたが、下腹部のあたりがひきつれて、まさに別種の激痛が走って、いっそうへっぴり腰になった。

その前を、明智家の侍女刈羽は、もうふり返りもせず、シトシトと優雅に、しかし風のような早さで、暗い坂を下っていった。

四

それから十日ばかりたって、光秀は信長から、家康《いえやす》接待役を命ぜられた。

甲州陣は織田徳川《とくがわ》連合軍によるものであったが、なんといっても武田は徳川にとって当面の、かつ積年の敵であったし、その滅亡により駿河《するが》を徳川領にすることを信長から保証されたので、その謝礼のため家康が浜松《はままつ》から安土に来ることになったのだ。

こういう場合、せっかく壮大な安土城というものがあるのだから、客は安土城に泊めたらよさそうに思うのだが、「川角太閤記《かわすみたいこうき》」や「信長記《しんちょうき》」によると、接待役の光秀の屋敷そのものがその宿にあてられたらしい。いかに友将とはいえ、公式の会見はともかく、軽々しく城へ泊めるものではないという習いだったのであろう。

従って、明智屋敷は、煮え返るような騒ぎとなる。たたみ、建具、調度の新調、料理、膳椀《ぜんわん》の支度、客は一人ではなくその護衛兵もいるし、そもそも主君信長もこの屋敷に臨むかも知れないのだ。――その騒ぎの中を、産後間もない息女は、その夫とあかん坊とともに、急ぎ送り出される。

丹後の宮津へゆくその一行を、安土の西郊に見送った少数の人々の中に、数人の黒衣黒帽の南蛮人がいた。安土山麓《さんろく》にある聖堂の伴天連《バテレン》たちで、細川家の若い奥方が、このごろ切支丹《キリシタン》に帰依していたからだ。

やがてひき返す彼らをさらに送って、明智家の侍女お霧は聖堂に立ち寄った。

安土の聖堂は八階建で、とくに信長の許可により、屋根は安土城と同じ瓦《かわら》――天守閣の黄金の甍とはちがうが――で葺《ふ》かれた美しい建物だ。当時伴天連から「この異教徒の王は甚だ尊大で、まるで神に対するような尊敬を受け、信じられないほど怖れられており、諸人に対しては残酷な暴君である」と評された信長は、一方でいくたびかこの聖堂をふいに訪問し、その清潔と整頓を賞揚し、三階に上って具えつけのクラボ(ピアノの前身楽器)やヴィオラの奏楽を愉しむ人物でもあった。

入るときはまだ夕焼けの時刻で、門前に群れて伴天連たちにやかましくさけびたてたたくさんの乞食たちも、お霧がふたたび出て来たときは、もう暮色の中に汚らしい姿はまばらであった。

「もしっ。……」

溜息《ためいき》のような女の声がした。お霧はふりむいて、眉《まゆ》をひそめた。

女乞食である。まだ若い。――白痴美、というより、完全に白痴の顔だが、肉感的ですらある顔をしている。ややふとり肉《じし》で、それがほとんど半裸にちかい姿なのだ。門を入るときからお霧は、伴天連たちに対して羞恥《しゅうち》の思いを禁じ得なかった女乞食が、まだそこにいた。

しかし、そちらに歩み寄って、銅銭一枚を投げ与えた彼女は、それが地面にちゃりんという音をたてたにもかかわらず、

「もしっ。……」

と、また呼ぶ声をきき、それが男の声であることにはじめて気がついた。

女乞食のうしろにつっ伏していた山伏がしずかに顔をあげたとき、お霧はあっと口の中でさけんでいた。なんと――たしかに十日ばかり前、明智家を訪れたあの山伏なのである。

むろん彼は、あのときのきらびやかな袈裟などをつけてはいない。風雨にさらしぬかれた衣服をまとって、まさに野伏山伏の姿だ。そして――あげた顔も垢《あか》じみて、何やら病んでいるような、哀れなしかめっ面をしていた。

「お願い。……」

と、彼はかすれた声でいい、よろよろと立ちあがった。――と、女乞食も立ちあがる。

「申したきことあり。……」

あきらかにお霧に話しかけている。乞食でない。乞食であるはずがない。

背後の松林の方へ、へっぴり腰であとずさりという妙な姿態で遠ざかってゆく彼を、お霧がやや恐ろしげな眼色ながら追っていったのは、彼のこの奇妙な出現が何やら重大な意味を持っているらしいと感じとったからであった。

そのあいだも、たしか阿波谷図書という山伏の眼は、すぐ前方の女乞食の臀部《でんぶ》にそそぎつづけられている。まるで糸にひかれているように、同じ距離、同じ姿勢でついてくる女乞食の臀部は、気がついてみるとほとんどまる出しにちかく、夕闇の中にくっきりと、真っ白なみごとな曲線を浮きあがらせているのであった。

「なんですか？」

松林の入口まで歩いて来たお霧は立ちどまった、胸の銀の十字架がゆれた。

「これは、なんのまねですか？」

「こ、これを御覧なされ。……」

図書は裾をまくりあげた。——腹部に貼《は》りつけられた棒状のものが現われた。

「これが、このままのかたちで、離れぬのでござる。……」

彼はさらにへっぴり腰になり、女乞食の臀《しり》にいよいよ顔をくっつけた。

「このままのかたちならまだようござる。かたちが変れば、その痛苦いうべからず。されば同じかたちを保つべく、絶えずこのように女人のいかがわしきところを熟視し、みずから心悸昂揚《しんきこうよう》いたしおらねばならず。……拙者をかかる目にあわせたは、お屋敷のあの刈羽どの。……」

眼に入ったものも、耳に入ったものも、ただ不可解、といった表情であったお霧は、このときはじめて、

「え？」

と、さけんだ。

「刈羽さまが？」

「しいっ」

阿波谷図書はまわりを見まわし、その声はいよいよかすれた。

「拙者がかかることを打ち明けたと、あのお女中に知られては万事休すじゃ」

「刈羽さまが、どうしてそんなことを？　なんのために？」

「あの女人、ただものではない。――」

といってから、図書の眼は妙なひかりをおびて、お霧の顔にすえられた。

「拙者、いま申した通り、このかたちを保つためにこの白痴女を使って来たが、それも鈍麻してこのところ刻々痛みが烈しゅうなってくるようでござる。ところが、いまあなたを見て、急速にその痛みが柔らいで来たようでござる」

裾は下ろしたが、彼の姿勢は徐々にまっすぐになって来ていた。

「お霧どの、これより拙者と親しゅうなっては下さるまいか？」

そういいながら、彼の手はふところに入り、例の膜頭巾をソロリとひき出した。

――それもまた不可解の眼で見まもりながら、お霧はまずきいた。

「刈羽さまがただものでないとは、どういう意味ですか？」

「あれは、どういう縁で明智家のお腰元になった女人でござる？」

「細川さまからの御推挙によったのです。忠興さまの御親父、幽斎さまから」

「ふうむ。――」

「さ、刈羽さまがただものでないというわけをおっしゃい」

「刈羽。――ありゃ、男でござるわ」

「えっ？」

あまりの驚きのためであろうか、お霧は一メートルもあとずさり、帯のあいだからのぞいた懐剣のつかに手をかけた。――まるでそんなことをいった眼前の男を変化《へんげ》と感じたように。

それを追って、女乞食をおしのけ、阿波谷図書は前へ出た。

「そ、そんな。――」

わななくお霧の右手から、スルスルと何やら紐《ひも》のようなものが解けて垂れ下る。

「これはわしがいったと、あの男に申されてはこまる、あの男――明智家に、女に化けて奉公しておる奇怪な男、あれの素姓が何者か、お霧どのに探ってもらいたいのじゃ。わしと共同で。――」

膜頭巾をかぶろうとして、阿波谷図書の眼が、ふっとお霧の右手にとまった。解けているのは懐剣のつかの紐だ、その中からちらと見えた人間の皮みたいな色をしたものを、お霧はつかんで、はげしく上下に擦った。と、その掌の中のものが、にゅーっとのびて、あきらかに男性の肉体の一部と同じかたちを現出した。

「――や？」

眼をむいて、それが何かと見きわめる以前に、図書は自分の磔《はりつけ》になった例の部分に異様な熱さと脈波を感覚して、

「あっ……うぬは！」

さけんで、あわてて膜頭巾をかぶろうとしたが、それより早く白濁したものがビュ――ッと噴き出して、彼自身の顎《あご》の下から鼻孔にかけてしぶきを散らした。

「うふっ」

おのれの精汁《せいじゅう》にむせた阿波谷図書が、膜頭巾すら地にとりおとし、あわてて腰の刀に手をかけたときは、すでにお霧はあとずさりに、しかもながれるような早さで遠ざかっている。なおはげしく懐剣のつかを摩擦しながら。……

図書はなお噴出した。急速に磔になった肉体は縮小した。同時に、ひきつれの痛みが彼の腰をふたたび折り曲げた。

「き……きゃつもまた、怪しのやつ！」

からだを二つに折って苦悶《くもん》する阿波谷図書の腰に、そのときひしとしがみついたものがある。それは白痴の女乞食であった。彼女はひざをつき、彼の腰に両腕をまき、夢中になってすすっては舌なめずりし、歓喜の狂笑をあげるのであった。

五

五月十五日、徳川家康は安土に入った。

その日から十七日までの三日間、家康は明智屋敷に滞在するはずであった。しかるにこのことは急遽《きゅうきょ》中止され、家康の宿は大宝坊という宿坊に変更されている。

その理由について、その直前信長がその支度のようすを見に明智屋敷にやって来たところ、用意してあった魚がいたんで悪臭が鼻をついた。そこで、こんなありさまではとても家康の馳走はできないといって信長は腹をたて、右の処置を下したというのが古来の説になっている。

しかし、この説はよく考えてみるとおかしいところがある。信長が饗応《きょうおう》の下見にやってくるほど大事な客だ。その大事な饗応役を命じられるほどの光秀だ。光秀がそのためにこの数日、京、堺《さかい》まで奔走して珍味を支度したことは信長も知っているはずだし、こんなことで急にその役を免ずるはずがない。名門土岐《とき》の流れをくんで故実典礼にも詳しく、織田麾下《きか》の部将の中で最も文化人的な教養のある光秀である。そんなぬかりのあろうはずはなく、またたとえ魚が腐ったにせよ、客が到来する時刻までにその始末をつけぬような光秀ではない。

しかし、饗応役が中止されたのは事実だ。

なぜか。——作者が思うには、それは客の家康から明智屋敷に宿をとることに異議が出たからではあるまいか。むろん主人役のもてなし方について公然と難色を示すようなことはあり得ず、またそんな家康ではないが、極めて婉曲《えんきょく》な方法ながら、宿はべつのところに希望するむね信長に伝えられたものではあるまいか。

つまり家康は、明智屋敷に泊ることに、或《あ》る危険を予感していたのではないか。

——むろん、それは明確なものではないが。——その理由は、その前の甲州陣で光秀と軍を共にする機会があって、そのとき何かくさいものを家康が感じとっていたか、或いはこんどの安土入りに際し、どうにも不審な情報を入手していたからであろう。

家康から異議が出たために光秀が排されたのではないかと思われるのは、本能《ほんのう》寺の変の直後、堺にいた家康の恐怖ぶりがあまりに甚だしいからだ。沈着を最大の特性とする家康がこのときほどのあわてぶりを見せたのは、あとにもさきにも彼の生涯のうちで唯一のものと思われる。光秀が信長を殺した、と伝えられても、まだ情報は完全でなく、大坂や堺には四国出兵のための織田軍も集結していたことであるし、また必ずしも光秀が家康を敵にするかどうかわからない時点に於《お》いて家康は、おのれの胸に矢が立ったような狂乱的狼狽を示し、堺から伊賀《いが》を越えて浜松へ、こけつまろびつ逃れ去っている。

さて、家康への饗応役の代りに、光秀に下されたのは備中《びっちゅう》への出兵命令であった。備中高松《たかまつ》にあった羽柴筑前《はしばちくぜん》から、毛利《もうり》の大軍を迎え、急遽信長自身の出馬を要請して来たのだ。信長はこれに応じたが、それに先立って、まず光秀の出動を命じたのであった。

光秀の城は二つある。本来の城は近江《おうみ》の坂本《さかもと》にあり、新付《しんぷ》の城は丹波《たんば》の亀山《かめやま》にある。兵の大半はその二つの城に置いてあるから、備中へ出兵するならばまず坂本に寄って用意し、次に亀山に帰って整備しなければならぬ。

せっかく奔走した饗応の支度の始末、新しい軍務への準備。——たんなる物理的な変化ではない。心の嵐というものがある。明智屋敷はここ数日に倍加する混乱に明け暮れた。

だれよりも心に嵐の吹きすさんだのは、当の光秀であろう。彼はこのとき、安土の屋敷に詰めていた家来はもとより、老女、女中に至るまで坂本城への総引揚を命じている。

五月十七日の早朝。——

安土から琵琶湖西岸の坂本へ出発した一行は、その行程約十里をその日のうちに引き移る必要もあって、まるで落城の一族のような混乱であった。騎馬の武者や乗物の老女たちはべつとして、道具類をかついだ小者たちは次第に遅れ、足弱な女中たちはさらに遅れる。

それにしても、遅れすぎる。――

街道を横切る野洲《やす》川のほとりの庚申《こうしん》堂に、お霧は休んでいた。五月十七日といっても、いまの暦でいえば六月の半ば、そしてここ数日、このあたりは例の腐った魚の噂《うわさ》が出るくらいむし暑い日がつづいた。骨細の、みるからにかよわいお霧が、この強行軍の途中で疲れはててしまったのもむりはないかも知れない。

もうまひるちかい太陽は、厚い雲の上にどんよりと黄色い輪をひろげていた。

「……あ」

往来で、そんな声をあげた者がある。

刈羽だ。彼女はさらに遅れて、たった一人、しかも疲れたとも見えない早足でスタスタとそこを通り過ぎようとして、ふと庚申堂の縁に腰を下ろしているお霧に気がついたのであった。

「お霧さま。……どうなされましたえ?」

「もう歩けませぬ」

と、お霧はくびをふって弱々しく笑った。

「そんなことを仰せられて。……こんなところに休んでいては、夜までに坂本へゆけませぬ。わたしは御用が残って、こんなに遅れて気をもんでいたところでございます。

さ、早く参りましょう」

「では、もう少し。……刈羽さま、あなたもちょっと休んでおいでなされませ」

そういわれて、刈羽はお霧を見捨ててゆくこともならず、首をかしげながら庚申堂に近づいて来て、ならんで坐った。

お霧はふだん愚痴などこぼしたことのない女であったが、細川家の奥方御出産以来の騒ぎに疲労し切ったせいか、こんどの右府《うふ》さまの気ままな御下知についていささか不平をのべ、そして主人の日向守さまへの同情を口にした。

「わたしたちの殿さまが、右府さまからこんな目にお逢いになるのははじめてです。何か明智家に悪い星がついたようです。……」

「——もっと悪いことが起りそうだ、とはお思いになりませぬか？」

と、刈羽がいった。お霧はその顔を見た。

「もっと悪いこととは？　備中へ御出陣なされた殿さまに？——」

「いいえ」

刈羽もお霧を見た。

「ここ数日、殿さまのお顔にものの、け、が憑《つ》いているようにお感じにはなりませぬか？」

「い、い、ものの、け？」

お霧に凝視されて、刈羽の方がどぎまぎしたようであった。それっきり黙ってしまった刈羽から、なお眼を放さずにお霧がいう。

「坂本へいって、それから殿さまはまた丹波の亀山へおゆき遊ばす。わたしたちはどうなるのでしょう？」

「わたしも亀山へ参ろうと思います」

「え？　殿からおゆるしがあったのですか？」

「いいえ、まだお願いしてはおりませぬが、なぜか刈羽は、殿さまを御出陣までお見送りせねば気のすまぬような思いにかられているのです」

「では、わたしもゆきましょう」

と、お霧は刈羽の顔を見つづけたままいった。

「あなたも？　それは――」

「わたしは、刈羽さまのゆくところへゆく」

「なぜ？」

「わたしはあなたが好きなのです」

「わたしが好き？」

「まえから、どういうものかわたしは、刈羽さま、あなたが好きでした。もう一日もあなたと別れて暮すなどいうことはできない。それがいまわかったのです。……」

「わたしは女ですよ。……」

「女でもかまいません。刈羽さま、いちどわたしを抱いて。――」

しがみつこうとするお霧の両腕を、刈羽はじぶんの両腕でとらえた。二人の女の顔は数センチの近さで相対した。

見ひらかれたお霧の双眸《そうぼう》に、刈羽の眼が閉じられた。それがふたたびひらかれて、次第に夜光虫のような光をはなち出した。めくるめくように、こんどはお霧の方が眼をとじた。

刈羽の両腕がつと動いて、こんどはお霧の頬《ほお》を挟んだ。

自由になった腕で、お霧は刈羽の胸にしがみついた。それから右腕だけを帯のあいだの懐剣のつかにかけたとき、彼女は顔にふっと吹きつけられる刈羽の息を感じた。

「乳房のないことがわかったか？」

男の声だ。その刹那《せつな》にお霧はじぶんの内眥《ないじ》のあたりに、針より細いものがチクと刺さったような痛みを覚えた。

「おれの陰毛じゃ」

声とともに、ピーッと痛みが外眥《がいじ》にむけて走った。まるでファスナーを閉じるように、刈羽の両こぶしが動いてお霧の両眼を縫い閉じてしまったのだ。

「だれからきいた。……あの阿波谷図書からでも吹き込まれたか？」

さしものお霧も、驚愕《きょうがく》のあまり、懐剣をつかんだ手がそのまま硬直してしまった。

動かそうにも、次の瞬間、彼女は背骨も折れよとばかり、強烈な男の力で抱きしめられていたのだ。

「おれもおまえを美《よ》い女だと思うておった。明智家の侍女のうちで、このおれ――刈羽陣四郎《じんしろう》が惚れた二人の女のうちの一人じゃ」

そしてお霧はその口をむさぼられた。いちど離して、刈羽陣四郎という男はいう。


―


「舌をかんで見よ、この口も縫い閉じるぞ」

そしてふたたび吸われた口の中に、あきらかに男のたくましい舌が入って来て、じぶんの舌から歯の内側までしゃぶりつくすのをお霧は感覚した。……この場合に、恐怖をも忘れて、彼女は酩酊《めいてい》したような恍惚《こうこつ》に投げこまれた。

「は、は、は。……女というものは、可愛いものよ喃《のう》」

凄艶な女の姿で、刈羽陣四郎は笑う。それから、盲目のお霧をぐいと横抱きにして、往来の前後に人影がないのを見すますと、疾風《はやて》のように走り出した。どこへゆくのか？　と考えるいとまもない、あれよとさけぶひまもない行動であった。

彼は立ちどまった。足の下に水音が聞えた。

「可愛いが、しかしおれの正体、ここまで知られた上は、坂本までついてこられてはこまる喃」

からだが空《くう》に浮き、しぶきの中にお霧は、じぶんが野洲川の激流に投げこまれたのを知った。

六

五月十七日、坂本城に帰った光秀は、二十六日までの約十日間ここにあって、備中出動のための準備に忙殺された。

この間、彼のもとへは、次々に安土から情報が入っていた。

二十一日、家康が京見物のために少数の家来とともに安土を出発している。信長の長子信忠《のぶただ》も、父の先駆として同日に京に入り、妙覚寺《みょうかくじ》に宿っている。ついで二十九日には信長も手廻《てまわ》りの兵士のみをつれて、妙覚寺ちかくの本能寺に宿泊する予定だという報告も受けている。

二十六日、光秀は坂本城にあった兵をひきいて、丹波亀山に向った。このときすでに彼に謀叛《むほん》の意志があったかというと、確たるものはまだなかったろう。それでは全然なかったかというと、それはすでに黒雲のごとく彼の胸中をながれはじめていたろう。亀山につくやいなや、二十七日、すぐにその地の愛宕《あたご》山に詣でて参籠《さんろう》し、二度も三度も籤《くじ》をひいておのれの運命を占っているからである。

そして黒雲の核は、安土に於ける家康の饗応役罷免などという小事件から突発的に生じたものではなく、それ以前の甲州陣から——或いは彼が一部将として信長の身辺に侍して以来、みずからいくども打ち消し、抑制しつつも、次第に凝結していたものではないかと思われる。


二十七日の日がやや傾いた時刻であった。

京の五山の一つ東福寺《とうふく》、その南側の六波羅《ろくはら》門の外で、一人の僧と話している市女笠《いちめがさ》の女があった。やがて僧は寺に入り、女は京の町を西へ歩き出した。

女が、京の丹波口にさしかかったのはもう黄昏《たそがれ》どきであった。山陰道へ入る路だが、すでに西の残光にはけわしい山々が重なって見える。ゆくての老《おい》の坂は、むかしのいわゆる大江《おおえ》山だという。——彼女は、夜、ひとりでそこを越えてゆくつもりであろうか。

あたりにもう人影もない。——と思っていたら、

「お刑《のり》さま」

と、街道わきの松の蔭から呼ぶ声がした。

「亀山へおいでになるのでございましょう」

そして、これも市女笠をかぶり、杖《つえ》をついた一人の女が現われた。

「刈羽さま。——」

そういって眼を見張ったきり、明智家の侍女お刑は、しばらく口もきけない風であった。ややあっていった。

「どうしてあなたはここへ？」

「わたしも亀山へ参ろうと存じまして」

「いつ、坂本を出たのですか」

「けさ。……お刑さまのあとを追うように」

「わたしのあとを」

「あなたは殿のおゆるしをいただきましたか。わたしは無断です。それに、あなたが亀山へいらっしゃるのかどうか、それもわからず、声をかけようとしては迷い、そのうちにあの京の東福寺まで」

「えっ、東福寺まで。——」

「で、わたしがそんなことをしたと知られたらきっとあなたに叱《しか》られると思って、あわててここまで来たのですけれど、見ればあの西の山々。ついひるんで、ここに坐って眺めているところへ、あなたがおいでになったのです。ね、ごいっしょに参りましょう」

「——刈羽さま」

お刑はきっとなった。これは実に豊艶な顔だちの女で、この女がこういう表情になることは珍しい。

「いまあなたは、わたしに叱られるといいましたね。わたしが東福寺で何をしたか知っているのですか」

「お坊さまと立ち話をしていらっしゃいました」

「まさか、立ち聞きをしたのではないでしょうね」

「とんでもない。わたしはただ遠くに立っていたのです」

「東福寺は……わたしが明智家へ御奉公するのにお力ぞえして下すったお寺です。わたしは亀山へゆくついでに、ちょっと御挨拶《あいさつ》に立ち寄っただけ。――」

と、お刑はいい、自分の言葉の弁解がましさに気がつき、さらに刈羽が妙な笑いを浮かべているのを見て、ふっとその声をとめた。

「あなたはなぜ笑っているのですか」

「わたしはあのお坊さまを知っているものですから」

「えっ？」

「安国寺《あんこくじ》恵俊《えしゅん》さま。――いつか、宮津の幽斎さまのお歌の会でお逢いしたことがあります」

「そ、それがどうしたのですか」

「いま、備中で羽柴筑前さまと対陣している毛利に、安国寺恵瓊《えけい》という えらい坊さまがいらっしゃるそうですね。その御一族の方だと幽斎さまからうかがいましたが」

「恵俊さまの御素姓はともあれ、いまは俗界を離れたお方です。いまあなたは幽斎さまのところでお逢いしたといいましたね。だからこそ幽斎さまも、織田家にお心おきなく恵俊さまをお近づけになったのではありませんか」

刈羽は依然としてうす笑いしてつぶやいた。

「その安国寺恵瓊は、毛利の陣僧でありながら、もう十年も前に、必ずそのうち筑前の世になると予言したほどの男。――どこで読んだのか、その書状の文句も覚えています。――信長の代、五年三年は持たせらるべく候。さ候てのち、高ころびにあおのけにころばれ候ずると見え申し候。藤吉郎《とうきちろう》さりとてはの者に候。……」

「な、なぜ、あなたは、そんなことまで。――」

「いまにして、思い知った。明智家には怪しの者がウヨウヨとしている。怪しいのはわたしだけではない。――」

「か、刈羽さま！」

「たとえそうであったとしても、左伝《さでん》に曰《いわ》く人を謀れば人またおのれを謀る、なるべく事を荒立てとうはなかったが、しょせんわたしの素姓もかくし切れぬときが迫ったような気がする。何やら知らず、事態が急迫して来たような気がする。――しかし、そのときまで、やはりわたしの素姓は知られとうない。――」

刈羽は市女笠をぬぎながらお刑を見て、またにやっと笑った。いままでのうす笑いは、人間同士のからかいの心からに見えたが、このとき彼はまったく別種の生物に化して、人間の女を笑ったようであった。

「あなたには、日向守さまのあとをこれ以上追ってもらいとうはない」

両腕で、お刑の肩をつかんだ。女とは思えない力であった。

「いや、亀山にゆかれてはこまるのじゃ」

刈羽の唇の両はしからは、すでに二本の毛が垂れている。――これを口にふくんで吹けば、その尖端《せんたん》が相手の皮膚につき刺さる。引けば、肉体的な断裂はそのまま縫い閉じられる。刈羽はそのつもりであった。お刑の肉感的な唇を永遠に閉じてしまうつもりであった。

が、――そう決意してお刑の顔に見入ったとき――逆に刈羽の方が魅入られてしまったのだ。いや、この女の両肩をつかんだときから、刈羽は――刈羽陣四郎はすでに強烈な肉欲にとらえられている。彼がお霧に、明智家で惚れた女中のうちの一人、といったのはこのお刑であった。京都五山の一つからすすめられて奉公したらしく、ふだん典雅にとり澄ましてはいるが、その推挙者には似合わしからぬ豊艶の美女だ。眼が黒くうるんだようで、顔の輪郭はぼうっと白い靄《もや》にけぶっているようで、そしてやや厚目の唇は柔らかく閉じてはいても、なぜかいつも半びらきになっているような印象を与えた。

陣四郎としては、この女を処置する前に、と思ったのだ。事実、外見的には、彼はお刑の笠の下に顔を入れ、かぶりつくようにその椿《つばき》の花に似た唇を吸っている。しかし内面の事実は、彼の方が吸い寄せられたのであった。

陣四郎はとろっと濃くてなめらかな蜜の中へのめずりこんだ思いがした。舌を入れたのはみずからの意志ではなかった。ひとりでにそれが出たのだ。

何たること。——

立ったままの陣四郎に、お刑は両腕をそのくびに巻きつけ、両足をその腰にまわしたのだ。完全に体重を陣四郎にかけたわけで、しかも一見したところ、お刑の方がむしろ重げにさえ見えるゆたかな肉づきをしていたのに、陣四郎はそれを意識しなかった。相手がそんな姿態をとったとも気がつかなかった。彼はじぶんのからだの方が、濃い匂《にお》やかな蒸気の中に浮きあがったような気がした。

衣服はつけているのに、熱い肌と肌をぴったり密着させている感覚であった。とろとろと粘っこい肉が、彼の腰のまえで螺旋《らせん》をえがいた。反射的に彼もおのれの腰を蕩《とう》揺《よう》させている。——いつしか、お刑は陣四郎から離れていた。

そのことを陣四郎の眼は見た。にもかかわらず、顔にもからだにも白い粘膜が貼りついて残っているとしか思えなかった。それは厚みさえ持って、なお彼のからだをもてあそんでいるようであった。

彼は舌を出したままであった。肉体の突出部分はすべて硬直しぬいたままであった。舌ばかりではない。耳さえ立った。四肢も指も反った。——それが、女の顔と姿で。

「その顔と姿で亀山にゆかれまするか」

と、闇の中で白い靄につつまれて、しかも華麗な唇が笑った。

「わたしはゆきますぞえ」

そして、市女笠をかぶり直し、お刑は西の山の方へなまめかしい匂いを残して駈け去った。

七

「はて。……」

老の坂を越え、篠野《しのの》という桑畑の中を通る道。——ここをまっすぐに西へ走ればすぐに亀山だ。五月二十七日といえば、いまの暦で六月二十六日、雨こそふっていないが、梅雨どきの雲が垂れ、夜の地上は暗いはずなのだが、世界は水にひたされたような空気のためか、ぼうと淡墨でぼかしたような光があった。夜更け——というより、もう二十八日に入った時刻であったろう。

「あれは？」

そうと気がついたときから、お刑は跫音を消している。

むこうを歩いてゆくものがある。はじめ人間ではない奇怪な生物と見たのだが、すぐにそれは山伏だとわかった。一人の山伏が、からだを二つに折らんばかりにして、這《は》うように亀山の方へ動いているのだ。

病んでいるのか、と思ったが、近づくにつれて、それがいつか――細川の奥方の御産のとき、安土の明智屋敷に来た阿波谷図書という妙な山伏らしいと見て、お刑はいちど足をとめた。その気配に、かえって図書の方がふりむいて、

「――や？」

と、さけんだ。

「そこへおいでなされたは、明智家のお女中ではないか」

「――は、はい」

「この夜中、亀山へゆかれるのか」

「はい、急ぎの御用で」

「安土のお屋敷でお見かけしたな」

お刑はいよいよ怪しんだ。じぶんの方こそ幽暗の中にも山伏と認め、さらにあの魁《かい》

偉《い》な山伏医者を思い出したが、向うの方から、改めて挨拶を交したこともないじぶんを明智家の侍女と記憶しているとは。――

「あなたは甲州からおいでになった山伏どのですね」

「左様。――」

「あなたこそどこへゆかれます」

「わしも急用あって亀山へ」

「どんな急用？」

阿波谷図書の声はしゃがれてはいたが、このとき曲がっていた腰が徐々にまっすぐになって来たようであった。――下腹部のひきつれが回復して来たのだ。

安土の明智屋敷でかいま見た侍女は何人あったか知らないが、その中で最も眼をひいた女の一人――彼が「牡丹」と形容した女は、まさにこのお刑であったのだ。図書はスタスタとこちらにひき返して来た。

「お女中、御朋輩《ほうばい》の刈羽と申すお女中は御存じであろうな」

「はい」

「お霧――どのは？」

「むろん、存じております」

「その両人、いまどこにおる？」

「さ、それがお霧さまは、安土から坂本へひき移る際、どこかへ姿をかくしておしまいになられたので、みなも気づかってはおりましたが、この騒ぎの中でもあり、そのままになっておりますが。——」

「刈羽は？」

「それは、存じませぬ。坂本に残っているのではありますまいか」

「日向どのについて、亀山へいったのではあるまいな？」

「山伏どの、お霧さまや刈羽さまがどうかなされたのですか。どうしてあなたは、あのお二人を御存じなのですか」

「お霧どのは……調べてみると、父の代から明智家に奉公しておるからまずまちがいないとして、あの刈羽と申す女の方はただものでない——」

お刑はじっと図書の顔を眺めている。

「きゃつ、女ではない。——男であるぞ」

お刑に、ふしぎに衝動の色は見えなかった。しかし図書は、彼女が驚きのあまり身動きもできなかったものと見た。それに彼は、いま生じた或る考えに心を奪われていた。

「……………」

「女に化けて明智家に入りこんでおる男。——いうまでもなく密偵じゃ」

「どこから送られた密偵か。きけば丹後の細川家から御推挙になったそうな」

「………」

「あの幽斎どのという御仁、歌うたいに似合わぬ古狸《ふるだぬき》とも思われるふしがあるが、ともかくも子息を明智家の婿どのにするくらいじゃから、細川家からの密偵ではあるまい。幽斎どのも知らずして利用されているものじゃろう」

「………」

「そうまでして日向どのの動静をうかがっておる敵はだれか。明智をうかがうことは、織田の動静をうかがうことじゃから、まず毛利方という見方がある。北条《ほうじょう》、上杉《うえすぎ》、長《ちょう》曾我部《そかべ》、また右府さまに追い出されて諸国をさまよっておる足利公方《くぼう》の手の者とも考えられる。——」

「………」

「しかし、明智の敵は、織田の内部にあるともいえる。柴田《しばた》、丹羽《にわ》、滝川《たきがわ》、みな競争相手じゃからの。——その中で、わしがいちばんくさいと見たは、あの羽柴筑前じゃ！」

そういいながら、阿波谷図書はふところから例の膜頭巾をとり出した。

これほど驚倒すべき事実をききながら、女はなお闇をすかすように図書を見ていた。

「あなたはいったいどういう方ですか」

と、きいた。

「どうしてそんなことを御探索なされたのですか」

これは当然だ、と図書も考える。こういうことをきかされて、これほどこの女が沈着に見えるのは意外でないこともなかったが、しかしまたこちらの言葉の内容以上にこちらの正体に疑惑を持つのは、明智家の侍女としてあり得ることだ。それは彼も覚悟していた。彼に先刻生じた想念とは、この女をじぶんの意志のままに使う、ということであった。あの白痴女を使ったように。

男が女を自由にあやつる最も原始的な武器はきまっている。しかし——彼はその原始的武器は使えないのだ。それは文字通り縛りつけられているのだ。ましてこの女は白痴ではない。——残る手段はただ一つ。

女の問いには答えず、彼はまたいった。

「従って、あの刈羽という女——いや男が、絶対にこれ以上日向守さまに近づくことは防がねばならぬ」

恐れげもなくお刑は山伏の方へ寄って来た。水底のような微光の中に、ぼうっと白い靄につつまれた顔が浮かびあがった。あらゆる男を肉欲の深淵《しんえん》にひきずりこまずにはおかない唇が、にっと媚笑《びしょう》さえ浮かべて。

しかし、それを図書は見ていない。——彼はこのとき頭巾をかぶっている。

妙なものをかぶった、と見たよりも、相手がこちらの顔から眼をふさいだ、という思いにはっとしたのであろう。お刑は一瞬立ちどまって、それを凝視した。

膜頭巾はふくれあがり、そして厚みを増した。が、なおどこか透明なところも残して、おぼろおぼろと山伏の顔が透いている。――それが、波うち出した。

また近づこうとして、お刑は下腹の内部に妙な痛みを覚えた。

「うっ」

たんなる痛みではない。何かぎゅっとしぼられるような――彼女のまだ経験したことのない、全生命的な痛みであった。お刑は下腹をおさえ、しゃがみこんだ。

「この程度にとどめておくから、その程度ですむ。もう少し烈しゅうすれば、おまえは――しぼり出す子のない以上、血を噴出し、さらに子宮《こつぼ》そのものまで生み落すようになるぞ」

幽暗凄絶の光の中に、そのものは水母《くらげ》のように浮遊した。

「おれのいうことをきくか」

図書はきものをまくりあげ、仁王立ちになった。

「来い。もっと寄れ」

――これは本来の彼の目的ではない。そのウォーミングアップだ。彼はこの機会に、たとえ縫いつけられていようとも、この彼が牡丹にたとえたほど豊艶な美女に、淫《いん》虐《ぎゃく》のかぎりをつくしてしばしそのものに愉楽を与えさせようと思い立ったのであった。

「おれのいうことをきけ。よいか。――きかねば――」

肉頭巾はなおだぶだぶと烈しく波うった。

――と、そのとき、

「はてな」

と、彼はふり返った。

西の野末から、地ひびきが伝わって来る。亀山の方からやって来る大集団の跫音だ。じっと眼をこらしているうちに、それは次第に姿をあきらかにして来た。騎馬武者、車さえ混えた軍兵のむれであった。

道は一本道だ。たちまち阿波谷図書は桑畑の中へ姿を没してしまった。通過してゆくのは、小荷駄隊（輸送部隊）であった。

それが通り過ぎていったあと、阿波谷図書はまた街道へ躍り出し、夜鴉《よがらす》みたいにそのあとを追っていったが、やや時を経て、くびをひねりながらひき返して来た。

「はて、三草《みくさ》越えをしていったが。……やはり備中へいったか？」

それから、ふいにあたりをキョロキョロと見まわした。あの明智家の侍女のことを思い出したのである。

しかし、いまにも雨を落しそうな雲はいまや満天にひくく垂れ、夜明前の闇は漆のように深まって、ただ桑畑が風にざわめいているばかりであった。——彼はふたたびへっぴり腰になっていた。

この二十七日の夜を愛宕山で明かした光秀は、二十八日、そこの西ノ坊で、連歌師里村紹巴《さとむらしょうは》らと連歌会を催して、

「時はいま天《あめ》が下しる五月《さつき》かな」

と、発句《ほっく》している。

すでに亀山城から発進を開始していた備中への小荷駄隊は、むろんそれ以前からの予定の通り、帷幄《いあく》の明智左馬助や斎藤内蔵助が命じたものだ。しかし、彼らはまだ知らない。——ただ光秀だけが、その備中への先発隊はカモフラージュであることを承知していた。彼はすでに前日から覚悟をきめていた。

本能寺、溝の深さは幾尺なるぞ。——

八

二十九日、信長は少数の侍臣侍女だけをつれ、安土を出て京四条西洞院《にしのとういん》の本能寺に入った。同日、家康は京から堺へたち、豪商松井友閑《まついゆうかん》のもとに滞在した。

三十日にそれらの報告をたしかめてから、光秀は翌六月一日（陰暦では五月三十

日）夜十時、一万三千の兵をひきいて亀山城を発した。将兵すべて備中への出動をまだ信じている。

ただ重臣明智左馬助ら四、五人には、亀山出発の直前、或いは出発直後、篠野に於てはじめてクーデターの決意を打ち明けたといわれる。いずれにしても、彼の通告も早急なら、参謀連の同意も短時間のうちであった。いったんはいさめた者もあったが、もはやかく相成っては及ぶべからず、とみな決心したというが、しかし、これほどの大事だ、その同意には、必ずやそれ以上の深い理由があったろう。主君光秀の発心は、彼らにとって晴天に霹靂《へきれき》のものではなく、少なくとも暗天霹靂の程度であったろう。右府信長の性格と光秀の性格、これをふりかえったとき、このようなことはいつかは起り得ることだと、みずから肯定せざるを得なかったせいであろう。

亀山から備中へ出るには、途中三草越えをすべきである。それを光秀は、老の坂へ道をとった。「備中出陣にあたり、いちど京へ出て、明朝信長公の御閲兵を受けるためだ」と伝令に伝えさせた。遠征するのにわざわざ午後十時などという妙な時刻に出動するのをいぶかしんでいた兵たちも、それをきいて納得した。

そして老の坂を下り、桂《かつら》川の河原に出てから、はじめて全軍に「敵は本能寺にあり」と布告したのである。そのときにあたっても、光秀の軍令は周到であった。

「天野《あまの》源右衛門《げんえもん》を呼び出し、これより先へ早々急がるべし。その仔細《しさい》は、味方勢より本能寺へのことを注進あるべき者もありなん。左様なる者をも見及び討ち捨てにせよとておん先へ遣わさる。源右衛門畏《かしこま》って承り、急ぎお先へ参り、夏ゆえ東寺《とう》あたりの野に瓜《うり》を作る者ども武者を見つけ、方々へ逃げ散り候ところを追いまわし、二、三十人も斬《き》り殺し候。科《とが》なき者にて候えども、念のためかくのごとしと承り候」

真珠湾へ忍びよる南雲《なぐも》機動部隊が、途中無縁の商船にでも遭遇《そうぐう》すればただちに撃沈せよという命令を受けていたのと同様だ。いかに光秀が事前にこの奇襲の漏洩《ろうえい》することを恐れたかがわかる。

さて、その処置をしたのちに。——

「そこにこのお触れには、今日よりして天下さまにおん成りなされ候あいだ、下々草《しもじもぞう》履《り》取り以下にまで勇み悦び候え。侍どものかせぎ手柄、このたびの儀にあり、馬の沓《くつ》を切り捨て、徒歩《かち》立ちの者ども新しきわらじをはくべきなり。鉄砲の者どもは火縄一尺五寸に切り、その口々に火をわたし、五つずつの火先《ひさき》をさかさまに下げよとのお触れなり」

かくて明智全軍は、すでに六月二日に入った夜の桂川を東へ押し渡りはじめた。


——


天、墨のごとく、鞭《むち》を揚げて指させば天なお早し。

河原にあって床几《しょうぎ》に腰うちかけ、その渡河状況を見まもっていた光秀のまわりで、ふいにどっとただならぬ叫喚が起った。その中で、たまぎるような叫びが聞えた。

「殿っ、殿さまっ」

「……やっ、お霧の声ではないか」

と、光秀はふりむいた。

「何事か。お霧を呼べ」

すぐに軍兵をかきわけ、たしかに侍女のお霧が駈けて来た。夜は暗いとはいえ、水明りもあるのに、彼女は二、三度河原の石につまずいてふしまろんだ。

「お霧、坂本へ移る騒ぎ以来、どこへいっておったか。光秀、案じておったぞ」

この場合に、このような言葉を一侍女に投げるとは、光秀はこの女によほど特別の眼をかけていたと見える。

「その姿はどうした？　それに、や、おまえは盲になっておるではないか」

近づいて来たお霧の衣服は裂けて、腕もふとももむき出しになった惨澹《さんたん》たる姿であった。そして、水明りに——たしかにその両眼は閉じられている。

お霧は、その光秀の声よりも、川を渡ってゆく大軍のひびきに耳をすませている風であったが、ふいにさけんだ。

「殿。……軍をお返しなされませ……」

「な、なに？　ば、ばかめ！」

「明智家には、早くより忍びの者がとりついておりまする。その者どもの正体を知ろうとして、お霧、いままでさまよっておりましたため、とうとう間に合わず。――」

「忍びの者？　何者からの。――」

「まだしかとわかりませぬ。けれど、あの刈羽さま、いえ、刈羽は男でございます。男の忍者でございます。わたしはそれに敗れました！」

「刈羽が。――」

「あれは、たしかにこのあたりをうろついて、殿さまのお動きを見張っているはずです。それから、いつか安土に参った阿波谷図書という山伏、あれもまたべつの向きから放たれた忍者に相違ありませぬ。――」

光秀は床几からがばと腰をあげ、じいっとお霧の顔を凝視していたが、

「何者がわしの心を探ろうとしても、今の今までわしの心が探れたものかわ。……すべてわし一人、わしの意志だけで今動き出したことだ！」

と、うめくようにいった。自信というより、自らにいいきかせる強い声であった。

「いえ、今からでも遅うありませぬ。今、兵をお返し下されませ！」

「いかに光秀秘蔵の甲賀《こうが》者とはいえ、たかがくノ一、僭上《せんじょう》なことを申すな」

と、光秀は面色を藍《あい》のように染めて叱咤《しった》した。

「今となってはもう遅い！　いや天下の遅速そのものを、この光秀が司る！」

そして彼は、そのまま歩き出し、みずから、ザ、ザ、ザ、と桂川に入っていった。武者ぶるいして、明智左馬助や斎藤内蔵助がそれを追う。――

六月二日未明、本能寺を襲撃した光秀は、灰燼《かいじん》の中に信長を屠《ほふ》り、ついで鋒《ほこ》を転じて信忠にかかり、これも屠り去った。

完全な奇襲成功である。

しかるに光秀は、その直後からすべてのことが彼の意志通りに動かぬことを知らなければならなかった。天下の遅速が自分によって司られていないことを知らなければならなかった。

京で織田軍を掃蕩《そうとう》したのち、安土へ向ったのだが、途中瀬田《せた》の橋を落されたため、安土の城を護る蒲生《がもう》父子が信長の一族を捧じて逃れ去ったこと。じぶんに相呼応してくると思った京周辺の諸大名、中川《なかがわ》、筒井《つつい》、高山《たかやま》らはもとより、女婿の父たる細川幽斎までが、火のつくような招請にも容易に腰をあげなかったこと。なかんずく、堺にあって袋の鼠《ねずみ》と思いこんでいた家康が、まるで魔法のように三河《みかわ》へ遁走《とんそう》したこと。

――

家康のこのときの怪速ぶりは前にいった通りだ。まさか家康が光秀の謀叛を事前に知っていたわけはないが、それにしてもこの遁走ぶりは、外見的には鮮かであった。事件が起ってみれば、それならおれはこう逃げるといわぬばかりの伊賀越えのコースである。光秀が家康に対し何ら手を打たないはずはなし、事実家康と同行していた穴《あな》山梅雪《やまばいせつ》などはそれこそ穴におちた獣のごとく殺され、家康もまた途中危ういこともあったのだが、本多弥八郎正信《ほんだやはちろうまさのぶ》と伊賀の郷士によって救われたのだ。

この本多正信という人物の登場ぶりが奇怪である。彼は元来若いころ三河の一向一《いっ》揆《き》にくみして叛乱《はんらん》を起し、家康を苦しめぬき、それ以来三河を逐電《ちくてん》してゆくえをくらましていた男だが、これが実に十九年目、家康生涯の大難のさなかに忽然《こつぜん》と出現し、木津川のあたりに篝火の陣を張り、いかにも家康がここを通ってひきあげるように明智の兵に思わせ、そのすきに家康を、伊賀を経てつつがなく三河に帰らせたのだ。爾《じ》来《らい》、この正信は本多佐渡《さど》として、家康の分身と目されるほどの第一の側近として生涯を終っている。

これが事前に、なんの予測もしていない人間にできたことであろうか。また曾《かっ》て叛乱し、つづく十九年間まったく音信不通であったといわれる家来のしたことであり、またそういう経歴のある家臣がそのあとで受けてよい待遇であろうか。

これは作者の新説のつもりだが、どう考えても本多正信は、そのとき以前から家康と何らかの連絡を持っていて、しかも彼自身は或る万一の可能性に具えて動いていたものとしか思われない。——

それにしても、光秀の最大の誤算は、いうまでもなく備中陣に於ける羽柴筑前の反転であった。少なくとも数か月は釘《くぎ》づけになっているであろうと思われた羽柴軍は、わずか一週間ののちには、彼自身の基地姫路《ひめじ》から勇躍して京へ殺到して来たからである。天下の遅速を司るどころではない。

そしてまた筑前を釘づけにするどころか、たしかに光秀自身から相呼応して起つように飛脚を出したにもかかわらず、ただ黙々としてそれを見送った毛利の動きもそれに劣らぬ大誤算にちがいなかった。

一指頭を以て天下を動かしたつもりであった光秀の脳髄から狂熱の火が消えたとき、彼のがらんどうの頭蓋《ずがい》の中を吹いた風は何であったか。

それは、じぶんこそすべての人間の指のままに動いていた傀儡《かいらい》ではなかったかということであった。だれもかれも、以前からじぶんの叛心をじいっと凝視して、その動静を監視していたのではないか、ということであった。謀叛の計画にたちまち同意したじぶんの参謀たちまでも。

月明暗き小栗栖《おぐるす》の竹藪《たけやぶ》の中を落ちてゆきながら、光秀は、じぶんの謀叛を知らなかったのはただ信長一人だけであり、みなが知っていることを知らなかったのはじぶんただ一人であったような気がした。

九

……さて、明智の全軍が桂川を渡河し終ったあとの河原である。

それまでの地ひびき、水音、鎧《よろい》ずれ、刀槍《とうそう》の鞘鳴《さやな》り、一万三千の人間の叫喚と軍馬のいななき、など——地震《ない》のような音響が震撼《しんかん》していいただけに、そのあとの天地にはかえってこの世ではないような寂寞《せきばく》が満ちた。

茫乎《ぼうこ》として、見えない眼を東の川の方へむけていたお霧が、ふいにくるっとふりむいた。

見えないお霧が、何者の姿を見たわけではない。にもかかわらず彼女は、このとき何とは知らず幻妖《げんよう》の気を感覚したのだ。同時に、背後の河原の草むらから、ぼんやりと三つの影が立ちあがった。立ちあがったきり、その三つの影はしばし何の声も発しない。

「こうしていてもきりがない。——」

右側の影がいった。

「われわれは大事をつかんだ。一刻も早く急報せねばならぬ任務がある。にもかかわらず、われらは相牽制《けんせい》して、三すくみ——いや、四すくみになっておる」

影の腰は折れ曲がっていた。しゃがれた阿波谷図書の声であった。

「すでに日向守どのが能面かなぐり捨てられた上は、われらの能面は無用じゃ。それを捨てて、おたがいに勝負しよう。――まず名乗る。おれは徳川の――というより、徳川の家来、本多弥八郎正信の命を受けた伊賀の忍者阿波谷図書」

すると、お霧から見てまっすぐの遠い影がいった。

「わたしは毛利の忍びの者、お刑。――いかにも、弓矢八幡、この場よりわたしの命にかえても走らせとうない者が少なくとも一人ある」

次に、いちばん右に立った女の影が、へんに拡散した声でいった。

「わしは、羽柴、蜂須賀《はちすか》党の刈羽陣四郎じゃ」

知らない者には、何をいったか、よくききとれなかったろう。それはただ、ひゃ、ひゃ、といったように聞えた。舌を出した人間の声であった。

一瞬、名乗り合っても、四人はその位置から動かなかった。四人はちょうど四角形をなす地点に立っていた。

動けなかったのも道理だ。

明智の忍者お霧は、徳川の忍者阿波谷図書を破ったことがあるが、羽柴の忍者刈羽陣四郎には敗れた。

徳川の忍者阿波谷図書は、毛利の忍者お刑を破ったが、羽柴の忍者刈羽陣四郎と明智の忍者お霧には敗れた。

毛利の忍者お刑は、羽柴の忍者刈羽陣四郎を破ったが、徳川の忍者阿波谷図書には敗れた。

羽柴の忍者刈羽陣四郎は、徳川の忍者阿波谷図書と明智の忍者お霧を破ったが、毛利の忍者お刑には敗れた。

しかし、それはただいちど破り、敗れたことがあるというだけで、必ずしもふたたび破り、敗れるとはかぎらない。その勝敗の転機はただ一髪のタイミングの差にあったといってもさしつかえない。それに、そもそも彼らは、まず第一に、いまだれを敵に選ぼうとするのか。

空よりも地に微光がある。それは桂川の水明りであったが、それより彼らのはなつ妖光であったろう。少なくとも、彼らはおたがいの敵の姿をはっきりと見た。――盲目のお霧さえも。

彼らは動き出した。――当面の敵を狙《ねら》って。

当然といえる組がある。意外といえる組もある。いや、そもそもそれは組を成さなかった。

お霧は刈羽陣四郎めがけて歩いた。明智がまず羽柴を狙う。この場合は、羽柴筑前に急報する者を狙う。これは当然だ。

しかるに刈羽陣四郎はお刑の方へ近づいた。羽柴が毛利へ急報する者を狙う。これも当然だ。

しかし、そのお刑が阿波谷図書の方へ進んだのは意外であった。毛利はなんのために第一番に徳川を狙うのか。

そしてまた、阿波谷図書はお霧めがけて歩き出した。これも意外だ。徳川がどうして明智を狙うのか。

しかも最大の意外事は、それぞれが曾てじぶんを破った相手を敵として迫っていったことであった。曾てじぶんを破った者に駈け向う。これが彼らの忍者魂であったか。

おのれ自身の復讐《ふくしゅう》欲を揚棄するのがまことの忍者魂だ。彼らの第一歩は、もっと高次の信念ないし命令から踏み出されたものであったろう。——すぐに彼らは、じぶんを狙う者がだれであるかを知った。知ったが、もはや反転はできなかった。反転すれば、おのれの目的はとげることなく、いたずらに挟撃を受けるおそれがあった。まず第一に狙い、狙われる敵は敵として、大局的にはここに相対する四人の命令者が、戦国の大敵同士の群雄なのだ。

あたかも彼ら以外の大忍者が魔天に存在して彼らを動かしているごとく、彼らは四角形の一辺ずつを、時計の針とは反対に、同方向へ動いた。それらは次第に早くなり、四角形は円形となり、さらに小さくなった。——怪奇なる忍者の輪舞。

まるで蛇がおのれの尾をのむように、四人の忍者はほとんど一塊となった。

と、だれか叫んだ。四人同時の声のようでもあった。

「勝負っ」

「こちらを向け！」

その念力こめたさけびに、四人はいっせいにふりむいた。四人がいっせいにふりむけば、まだ同方向となっておたがいが顔見合わせることもない理屈になるが、すでにもつれ合うような環であったので、そこに反応が起った。

お霧の摩擦する懐剣のつかを見た刈羽陣四郎は、女装のまま射精した。たんなる射精ではなく、それは血しぶきを噴出した。

血を噴出しながら、舌を吐いたままの刈羽陣四郎はお刑の腰をとらえた。からみ合ってふしまろび、陣四郎の手がお刑の股間に入ると、ぴいいっというような微かな音がそこで鳴った。彼はお刑の陰唇を縫い閉じてしまったのだ。

まろびつつ、お刑もまた阿波谷図書にしがみついた。毛利の忍者が徳川の忍者をまず狙ったのは、安国寺恵俊を通じ、恵瓊からの命令によるものであった。すなわち、毛利にとって未来の大敵は羽柴にあらずして徳川であるという。――家康滅ぶ機あらば、いまのうちに滅ばしめよ、という、それは毛利家を待たずとも安国寺恵瓊その人の易占いによるものであったろう。お刑にしがみつかれて、阿波谷図書の肉体の突起物はみな立った。彼の舌は吐かれ、指もまた反った。そして、すでにかぶって波うっている卵形の膜頭巾そのものも棒状にのびて、その中の首をしぼりあげた。

阿波谷図書の波うつ膜頭巾に、お霧は凄《すさま》じい陣痛を感覚していた。眼は見えないのに、その波うつ肉の音が、彼女に反応をひき起したのだ。図書がお霧を狙ったのは、むろんおのれが堺の家康のもとへ駈けつけるのを、最も妨害するのはお霧だと見たからであった。そして、その膜頭巾が棒状にのびて横に断裂した刹那、お霧の子宮筋膜もまた輪状に裂けた。

凄惨無比の死闘は終った。

折り重なって静止した一塊から、ややあって、一つの影がよろめきながら立ちあがった。

お刑だ。

彼女は背後へ走り出した。老の坂へのぼれば、摂津《せっつ》へ出る街道もある。そこから一路西の毛利へひた走るつもりであろう。

しかし、つづいてもう一つの影もよろめきつつ立ちあがった。

刈羽陣四郎だ。

彼もまた同じ方角へ駈け出した。お刑を追うというより、彼も西の羽柴へ急報にゆくつもりであったろう。

あとの明智と徳川の忍者は、もはや動く気配もない。そして。——

暗黒の地上をこけつまろびつ走る陰門閉鎖の忍者と、射精管全開の忍者が、ついに毛利と羽柴の陣営にたどりついたという記録は史書にない。

背伸び

——安国寺《あんこくじ》恵瓊《えけい》——

松本清張

松本清張《まつもとせいちょう》（一九〇九〜一九九二）

福岡県生まれ。尋常高等小学校卒業後、印刷所の職工などを経て朝日新聞社に入社。一九五〇年に「週刊朝日」の懸賞に応募した「西郷札」が入選。翌年「或る『小倉日記』伝」で芥川賞を受賞する。社会悪を告発する『点と線』、『目の壁』が大ベストセラーとなり、社会派推理と呼ばれる新ジャンルを確立する。社会的な事件への関心は、ノンフィクション『昭和史発掘』、『日本の黒い霧』へと繋がっていく。『無宿人別帳』、『かげろう絵図』、『西街道談綺』など時代小説にも名作が多く、『火の路』、『眩人』では斬新な解釈で古代史に斬り込んでいる。

一

安芸国安佐《あさ》郡銀山《かなやま》の城は、代々、甲斐の武田《たけだ》氏の一族が城主であったが、大内義隆《おおうちよしたか》の勃興とともに滅亡してしまった。

その遺族のなかに、竹若という者がいた。彼は十一歳で京に出て、東福寺の僧となった。この頃は、武人で望みを絶てば、僧籍に入って出世するほかはない。竹若は幼少から怜悧《れいり》であった。それに世に出たい欲望があった。僧になってからは順蔵主と称した。

「慧弁《けいべん》にして学を好み預る才あり、博読暗誦衆に超ゆ」とあるから、かなりの才能であった。

それに努力があった。何としても偉くなりたい。禅僧として一流人になれば、当時の武将の間で尊敬せられた。彼の希望は、その一流にのし上ることであった。彼は己の才能を信じていた。その自信が努力を駆り立てた。愉《たの》しい努力である。

順蔵主は累進して、長老となり、名も恵瓊《えけい》と改めた。南禅寺に遷《うつ》って禄司《ろくじ》となった。もはや、当初の望みの半分は達せられた。

この頃は、信長《のぶなが》が将軍足利義昭《あしかがよしあき》を擁して、京都に入った時分である。うちつづく乱世も、ようやくこの新興実力者によって、支配されるかにみえた。

しかし、まだまだ東には武田、北条があり、北には上杉があり、浅井、浅倉があり、西には毛利《もうり》があり、四国には長曽我部《ちょうそかべ》がいる。戦乱は当分つづきそうである。

高僧が武人の庇護をうけて尊敬せられるのは、平時のことである。あけてもくれても合戦に奔《はし》っている彼らは、僧侶まで顧るひまがなかった。恵瓊は、ほぼ思い通りの地位にのぼったものの、当《あて》がはずれたような不満を覚えた。世間はだれも彼をもてはやさない。

彼は単に一寺の役僧では満足できなかった。時の権力者に結びつこうと考えた。その方が出世の早道である。彼が仏典のむつかしい学問の世界に踏み入って、それを征服したように、権力者をも自己のものにする自信は十分にあった。

時の権力者といっても、将軍義昭には実力がない。信長は忙しいし、あまり坊主を好きでないようである。

恵瓊は眼を毛利に向けた。西国十ヵ国を領し、元就《もとなり》以来の勢力は鬱然《うつぜん》たるものがある。それに、みだりに兵を他国に出さないで、ひたすら実力を蓄積している。

中央の勝者は、信長か、信玄か、謙信か分らぬが、だれにしても将来は必ず、毛利という壁に突き当らねばなるまい。天下を分ける者はだれにしても、一方は必ず毛利であろう。

当主は元就の孫の輝元《てるもと》で、吉川元春《きっかわもとはる》、小早川隆景《こばやかわたかかげ》の伯叔が、がっちりとこれを固めている。元春、隆景とも器量人の聞えが高かった。

恵瓊は、毛利に取り入ることを考えた。幸い彼の出生も安芸である。彼は京にいる間、中央といわず諸国といわず、各武将の動静を細密に研究した。それは下心あってのことである。

彼は安芸国に下ると、荒廃した新山《にいやま》の安国寺を再興した。安国寺は暦応二年、足利尊氏の勧請《かんじょう》によって全国に一国一箇寺を建てた寺の名である。それが足利勢力の没落で衰微したのである。恵瓊は廃れた寺址に堂塔をつくった。彼の天性には土木の才があったらしく、のちに東福寺や博多の承天寺などを修造している。

恵瓊が安国寺を再興したことは、はたして輝元の注目をひいた。輝元は彼を呼び出して引見した。

恵瓊は機会が来たと思った。一回目は、自分の学問知識を披露した。彼はもとから弁舌が爽かだった。自分でも快いほど、その舌にのせてしゃべった。輝元を感心させるには、まず自分が有識僧である印象を与える必要があった。聴いている輝元の顔付きからみて、それは成功したようだった。

三回、四回と会うたびに、彼は上方《かみがた》の情勢をさりげなく少しずつ話の間に混ぜた。投げた彼の餌である。輝元の表情から彼は手応えを感じた。

輝元のいる芸州吉田は、何といっても辺陬《へんすう》の地であった。中央の様子に明るいという訳にはゆかなかった。輝元も、元春も、隆景も、中央や東国の情勢を知ることに渇《かっ》していた。それを恵瓊の直感がよみ取った。

輝元は、進んで恵瓊を呼び寄せ、さまざまな質問をした。恵瓊は、何をきかれても、明快に説明した。単に現状の報告だけではない。各武将の性格から、それぞれの利害関係、これから先の見通しまで、彼一流の情勢の分析があった。それは、彼が京にいて丹念に調べ上げた知識を、基礎にしたものだった。

恵瓊には、自身でも直感のようなものが働いていると覚えた。あやふやなものだが、眼をつぶって前に踏み切るようにして、言い立てた。それははったりだが、輝元を眩《げん》惑《わく》させるには必要のものだった。

「えらい坊主が来おった」

輝元は恵瓊の去ったあとを見送って、横の元春と隆景の顔を見た。この二人は、若い輝元ほど感心したかどうか分らない。が、少くとも反対は唱えなかった。

恵瓊が、輝元の顧問となったとき、彼の眼には己の将来が、金色《こんじき》に光って見えたに違いない。

二

元亀二年ごろから、将軍義昭より輝元のところへ、しきりと内書《ないしょ》が来るようになった。

「信長は傲慢で、将軍である自分を空位にしようとしている。その暴戻《ぼうれい》には我慢ができない。信長は将来、貴国をも侵略するであろう。今のうちに討たねば、災いとなること必至である。すでに、武田、北条《ほうじょう》、上杉《うえすぎ》その他にもこのような書状を出している。みんなで挟撃《きょうげき》すれば、訳なく信長を討ちとれる。どうか自分に協力して欲しい」

そんな意味の内容であった。

輝元は、恵瓊にこれを見せた。

「公方《くぼう》（義昭）は何の力もありません。信長が利用してきただけです。もう厄介ものになったのでしょう。信長の勢力は将来はこちらに向うでしょうが、さりとて、この内書のように武田、上杉、北条らが今すぐに動くとは思われませんから、ご当家がこの誘いに乗るのは悪しく、自重なされたがよろしいと思います」

恵瓊はそう答えた。輝元はうなずいた。もともと彼は出兵する意志は少しもなかった。領国だけを固めて、他国に不必要な兵を用いない。それは元就以来の方針だった。

恵瓊の言葉は、それを心得てのことである。

恵瓊は輝元にいよいよ信用された。

ところが天正元年になると、信長と義昭の間が険悪となって、義昭が信長に反旗を翻したことが伝わった。義昭はしきりと毛利を恃《たの》みにしてきている。

「公方は必ず敗けますな。敗けた結果、ご当家をたよって参りましょう」

恵瓊は判断した。

「困ったな」

輝元は渋い顔をした。

「公方に頼って来られたら厄介なことになります。あの人は実力のないくせに、陰謀ばかりやる人ですから、抱え込んだら、どんな面倒が起るか分りません」

恵瓊は言った。

「おれもそう思う。どうしたらよい？」

「よろしゅうございます。手前が上洛して、信長と公方の間を取りもちしましょう」

「取りもつ？」

「つまり、公方をこちらに来させないようにすることです」

恵瓊は薄い笑いを見せた。輝元は一も二もなく、彼にそのことを許した。

恵瓊は、いよいよ自分の場が開けてきたなと思った。この交渉は彼の腕の試し所だった。これに成功すれば、彼の将来は毛利家で岩のように確固たるものになるのだった。彼は胸を昂《たかぶ》らせて京に上った。

入洛してみると、信長は岐阜から出京して将軍の邸第を焼き、義昭を宇治の真木島に攻めていた。義昭の生命は掻き消される瞬間に立っていた。

恵瓊は、毛利の使者と名乗って信長に面会を申し込むと、多忙だと言って、代りの者を出した。

一人はあから顔の肥った坊主だった。朝山日乗《あさやまにちじょう》だと自ら名を述べた。こちらが坊主だから、信長も坊主を出したのだろうか。

恵瓊はちょっと戸惑ったが、これがなかなかの策士だとは、あとで分った。もう一人出た男は、まださほど高い地位ではなさそうな部将だったが、木下藤吉郎《きのしたとうきちろう》と名乗った。

「信長公は、公方を殺しますか？」

恵瓊がきくと、日乗は大きな頭を振った。

「いや、それはしないでしょう」

日乗は、厚い唇から唾を吐いて言った。そうだろう、と恵瓊はうなずいた。信長がどんなに義昭を憎んでも、殺しはしない。いや、できない。それをしたら、信長は天下に名分を失う。信長は、今や尾張の一介の武辺ではない。

そうなると、義昭は当然に毛利を頼ってくるに違いない。輝元は、それを嫌がっている。彼の肚《はら》は信長との激突を避けたいと望んでいるから、義昭に来られては困るのだ。信長と義昭との調停が空しいものとなった今は、恵瓊の努力は、義昭回避に向けられた。

「公方が毛利の方に来られるのは困るのです。これは織田、毛利両家のためにも面白くない。何とか計って頂きたいですな」

恵瓊の言葉をきいて、日乗は腹を揺すって笑った。よろしいと引き受けた。

このときの木下藤吉郎は、始終、日乗に控え目な態度をとっていた。それは日乗が信長の信寵を一身に受けていたからだった。しかし、眼だけを笑わせている才智ありげなこの将校は、恵瓊の印象に濃い影を落した。

捕われた義昭を、宇治から河内の若江に護送して行ったのは、藤吉郎であった。

「手前からも公方に、くれぐれも申上げて含めておきました。まず大丈夫と思います」

帰洛した藤吉郎から、まだ滞京している恵瓊のもとに、使者をもってそういう挨拶があった。行き届いたことである。

恵瓊は、木下藤吉郎という人物を研究した。無論、計算あってのことだった。漠然だったが、将来、自分の人生に再び出会う重要な男と思ったからである。

彼は藤吉郎評を、輝元の重臣佐世元嘉《させもとよし》に宛てて書信した。

「信長の代、五年三年は持たるべく候。明年あたりは公家などになるべく候かと見及び候、さ候て後、高ころびにあおのけにころばされ候ずると見え申し候。藤吉郎、さりとてはの者にて候」

三

恵瓊が、木下藤吉郎に再会したのは、それから十年の歳月の後だった。彼は羽柴筑前守《はしばちくぜんのかみ》秀吉《ひでよし》と名乗って、信長の中国方面軍の司令官となり、摂津、播磨、備前を靡《なび》かせて、備中の毛利領に逼《せま》っていた。

天正十年五月、秀吉は折からの雨期を利用して高松城を水攻めにしていた。堰堤《せきてい》をつくり、川を切り落して湖水をつくった。高松城は水嵩《みずかさ》の増す毎に水の中にずり下るように呑《の》まれていた。

その前年の秋、山陰の鳥取城を落されて秀吉の手なみを知った毛利では、山陽守備の小早川隆景はもとより、山陰からも吉川元春が馳せ参じ、輝元自身も吉田から出張して高松城救援に赴いた。しかし、目前に見る氾濫した河川を渡ることができない。泥水に沈む高松城を傍観するばかりだった。

恵瓊は、秀吉の成長に驚いた。彼の秀吉研究は、芸州にあっても絶えず続けられていたのだが、二段を一足ずつの速度で上るような累進には眼をみはっていた。あの時、少々、横柄だった朝山日乗は、いつか活動面から姿を消して、謙虚だった秀吉だけが、ひとりで大股に前方を歩いていた。

輝元は、元春、隆景と連日協議した。高松城はとても救える見込みがない。のみならず、秀吉の援軍として信長自身が大軍を率いて西下する情報が伝えられ、すでに安《あ》土《づち》を発ったとの報が入っていた。ここに信長が来れば、敗軍は必定である。今のうちに講和するほかはない。その意見は一致したが、問題は、その条件であった。

「安国寺、その方の考えはどうか？」

輝元は訊いた。

「左様ですな。備中、備後、美作、因幡、伯耆《ほうき》、この五ヵ国は、差し出すほかないでしょう」

恵瓊の返事をきいて、輝元は眼をむいた。

「それは、あまり犠牲が大きすぎる。織田との争いは因幡であった。因幡、伯耆の二ヵ国をやればよいではないか？」

「いや、何年か前の信長なら、それで納ったかも知れませんが、今の信長は承知しないと思います。たとえ五ヵ国を与えても、ご当家にはまだ五ヵ国が残っております。

万一、御武運がなかった節は、すべてを喪うことになります。ここは屈しても五ヵ国を割き、残りの領国によって力を養い、他日の根拠となされた方がよろしきかと考えます」

　恵瓊は、そんな風に説いた。これは正直に思ったままだった。いつも沈んだように寡黙な小早川隆景が、一番にその説に賛成した。つづいて、元春も口を合せた。

「それでは」

　と、輝元もとうとう諦めた。

「その方が秀吉のところに行って、かけ合ってくれるか？」

「委細、お請《う》けいたします」

　恵瓊は、むしろよろこんで言った。この任務は自分より他にない。他人が当てられても、強奪したいくらいの役目だった。

　恵瓊は、毛利の使者として秀吉の陣に赴いた。

　秀吉はすぐに会った。十年前に恵瓊が見た秀吉とは、かなり年齢《とし》とった男になっていた。眼のふちには小皺が寄っていた。が、顴骨《かんこつ》の高い顔には、疲れの代りに、脂の乗り切った精悍さが溢れていた。

　秀吉は恵瓊を覚えてくれていた。久し振りだといって、にこにこした。それからまず茶を飲もう、と言うと、野陣の一隅で自分からお点前《てまえ》した。茶を点《た》てることは、信長から見習ったらしい。余裕のある秀吉の様子には、もはや、一級の武人としての貫《かん》禄《ろく》が充分についていた。

秀吉は、その場にひとりの男をよんだ。

「小寺官兵衛《こでらかんべえ》という男だ。万事、こいつと相談してくれ」

秀吉は、言い残して、さっさとその席を立ち去った。背の低い、小さな男だが、その後姿の肩幅はあたりを圧するように大きく恵瓊には見えた。秀吉の十年間の見違えるような成長であった。

恵瓊は、小寺官兵衛と折衝をつづけた。この男もなかなかの策略家のようだった。毛利が因、伯二国を差し出すといっても、もとより承知しなかった。五ヵ国を出すと譲っても、いい顔をしなかった。

交渉は三回も四回も行われたが、一向にはかどらなかった。

秀吉は、清水長左衛門《しみずちょうざえもん》の首が欲しいのかも知れない——恵瓊は、そう感じ取った。

恵瓊が輝元にそのことを言うと、

「清水を！」

といって、輝元は恚《いか》りを見せた。五ヵ国を割いても、まだ高松城主、清水長左衛門の生命を奪おうとする秀吉の無体《むたい》さを怒っていた。

折衝はつづいたが、相変らず、暗礁であった。交渉の一点は、清水の首に絞られた。

秀吉の方は、はっきりそれを要求してきた。輝元は承服しない。恵瓊は、両方の間を何度も往復した。

恵瓊は、その駈け引きの中に入っているうちに、だんだん不思議な心理になってきた。何となく秀吉の方に肩をもちたい気持になったのである。それは自分の意識にも上らないくらいなものだったが、気づいてみると、毛利よりも秀吉の方に、ずっと心理が傾斜していた。

だから、何度目かに秀吉の陣に行って、いよいよ清水に腹を切らせることを承知したとき、彼の胸には、輝元を裏切ったような後めたい翳《かざし》が、微かに射したのである。

四

恵瓊が、清水長左衛門宗治《むねはる》に死を勧めるために、高松城に入ったのは、六月三日である。

長左衛門は長い籠城で窶《やつ》れ切った顔をしていた。恵瓊は、彼に向って説いた。信長の大軍が間もなく来ること、毛利家のために和議は早急にしなければならぬこと、それには貴殿の死が必要であることなどである。

長左衛門は笑った。

「安国寺どの。これを見られよ」

と、傍を指した。部屋の隅には、真新しい白木の棺があった。長左衛門はこの高松城には、途中から交替して守将となった男である。彼は入城の際、すでに死を覚悟して棺を携えて来ていた。

「長の籠城で皆も疲れている。われらの一死で皆も助かり、毛利家も安泰となるなら、こんな仕合せなことはありませぬ。まことに果報な死場所を頂きましたな」

恵瓊は、晴々と笑っている長左衛門の顔から眼を逸らした。長左衛門の死はぎりぎりの最後の点で、どうにもならないことである。だれが来ても、こうなるのだ。そうは思いながら、恵瓊の心には、やはり多少の後めたさは去らなかった。公平を失った手落ちをどこかでやったような、贔屓《ひいき》をしてはならぬものへ、贔屓をしたような錯覚だった。

「明日、午《うま》の刻（午前十二時）に切腹いたします」

長左衛門は明るい声でそう言い、自刃の場所は、織田、毛利両軍の見ている前で、水上に小舟を出し、その上で決行したいと言い添えた。

恵瓊は、帰って輝元に言うと、輝元も、長左衛門が自らそういう以上、止むを得ない、と暗い顔でうなずいた。

明くる四日の巳《み》の刻（午前十時）、輝元、元春、隆景は西岸に待った。向う岸には秀吉の軍勢がならんでいる。何万という顔が、白い粒のようにこちらを向いていた。敵も味方も、折から高松城から漕ぎ出た一艘の黒い小舟に眼を集めていた。

低い灰色の雲が垂れて、小さい湖水のような水面は、鈍色《にびいろ》ににぶく光っていた。遠くの山の方では雨が降っているらしく、空には縞模様《しまもよう》が立っていた。

見ると、小舟は、両軍のちょうど真ん中にあたる位置で停った。中に、四人の人影があったが、中央に坐っているのが、清水長左衛門らしかった。

そのとき、秀吉の陣から一艘の小舟が走るように漕ぎ出た。三人の人物が乗っていたが、あとで知れたことだが、これが検使の堀尾茂助の一行だった。

検使の舟は、停っている舟の横に吸いつくように添った。検使は長左衛門に何か言っているようだったが、話し声までは届かない。まもなく、検使は舟に積んだものを移すと、退《すさ》るように舟を五、六間離れさせた。

長左衛門の舟は、かすかに揺れていた。その中で四人が相談でもするように寄り合った。が、それは、今、検使から贈られた酒樽を開いて、最後の酒宴をしているのだと分った。

輝元の傍からこの光景を見ている恵瓊には、随分、長い時間の経過のように思われた。やがて、舟からは謡う声が聴えはじめた。それはすぐにあとの三人の同音の謡となった。

その合唱も、恵瓊には、たいそう長いことのように思われた。早く彼らの死が来なければやり切れない、動悸が打って、じっとしておられない、息苦しいほど緊迫した苛立《いらだ》たしさであった。

謡の文句は、はっきりときこえた。それは誓願寺の曲舞《くせまい》だった。謡は終りに近づいていることが分った。しかし、長かった。

やっと謡が終ると、再び水面《みなも》に静寂がかえった。両岸に、何万という人間がひしめいているのだが、声を呑んで、嘘のように静かだった。動いているのは、白い旗や指《さし》物《もの》だけであった。

やがて、中央の長左衛門の影が、こちらに向って一礼した。このとき、薄い陽が射して水面を薙《な》いだ。水が眩《まぶ》しくなって、そのため一層、長左衛門の姿が黒くなった。その黒い影は、見ている前で急に崩れた。――

声にならぬ喚声が、俄《にわ》かに恵瓊の耳を衝《う》った。和議がその瞬間に成立したのである。長左衛門の見事な自決は、敵味方とも賞めぬものはなかった。その賞讃は、時日とともに、次第に高くなっていった。

恵瓊は興奮した。長左衛門に死をすすめたことが、天晴れな事業を仕遂げたように心理が変化してきた。おれがそれをさせたのだ、という自負になったから妙だった。もう微塵も懐疑はなかった。

自負は、——つまり、恵瓊が、一流の武人に成り上ったという自らの意識だった。長左衛門の首をとらせ、両軍の和睦を成立させた仕事は、だれが考えても平凡な人間のできることではない。人々は、おれをどう見ているであろう。安国寺恵瓊という名が、一度に、世間に出たと思った。彼は満足した。

これから、おれはどんどん出られると思った。秀吉と毛利とに両足をかけて、大股に歩くのである。恵瓊は己の未来の幻像に陶酔した。

彼は、袈裟《けさ》をはずした。意識だけは、すでに桑門《そうもん》の人間ではなく、調略を好む武人であった。

五

それからの恵瓊は、秀吉と毛利の間を踏まえて伸びて行った。はじめは、曲芸のようなものだったが、それは可能なのである。輝元は恵瓊によって秀吉の仕置をわが利になるように引込もうとし、秀吉は恵瓊によって輝元を操縦しようとしたのだ。恵瓊は、この二人の心理の上に巧妙に立った。その限りでは、彼は天性の曲者《くせもの》であった。

講和では、秀吉のために毛利が謀られたのだ。本能寺における信長の死は、その前日の三日に秀吉のもとに報《し》らされていたのであった。秀吉はそれを匿《かく》して、毛利に五ヵ国と清水長左衛門を犠牲にさせた。毛利は欺かれたことになった。

「この上は、五ヵ国を割いて秀吉に与える要はない」

といったのは、吉川元春であった。条約は信長との間で、取り決められたのだ。秀吉はただの信長の代理人に過ぎなかったではないか。信長の死んだ今、その約束を守って、秀吉におめおめ渡すことはない、というのである。

理屈であった。もっともなことだと、毛利の家中には、この理論を支持する者が多かった。元春は、一番の強硬論者だった。隆景は自重して多くを言わない。おとなしい輝元は、動揺していた。

恵瓊は京都に来ていた。彼は毛利の出先の外交官だった。

「どうも、毛利が約束を渋るようだな」

と秀吉は、浮かぬ顔をして恵瓊に言った。

「よろしゅうございます。わたしが何とかまとめます」

彼は、請け合って答えた。こうなると、どちらの側についているのか分らなかった。

彼は、輝元の重臣に書信して諭《さと》した。

「毛利家では、五ヵ国の割譲のことで愚図ついているようだが、もってのほかのことである。秀吉は昔の秀吉ではない。中央の情勢は、わたしが一番よく知っている。天下にわたしほど事情を心得ている者はないと思うくらいだ。お国者はとかく見聞がせまくて困る。万事は、わたしの申す通りになされたら、間違いはない。ただ、一部の意見を押えるために、備中だけ半国で済むよう骨を折ってみよう」

おれほど情勢に明るい者はいない、というのは、堂々たる自信の宣言だった。田舎者は仕方がないな、という軽蔑の心がある。中央にいて、一流人と交わり、秀吉からも眼をかけられているという優越心もある。

おれの眼の確かさは自慢していい、と彼は思った。

「信長は、高ころびにあおのけにころばされ候ずると見え申し候。藤吉郎、さりとてはの者にて候」

と、報じたのは、十年前ではなかったか。一介の将校に過ぎなかった当時の秀吉を、そのような眼で買ったものが、はたして何人いたかである。直感は、神秘に当った。信長は不慮の死を遂げた。まさに、文字通りに、高転《たかころ》びに、あおのけに転倒したのだ。ただ者でないと睨《にら》んだ藤吉郎は、びっくりするくらいに大きくなった。当初の思惑以上に、秀吉は巨大になり過ぎた。――

満足そうに、そのような陶酔に耽《ひた》っている恵瓊の心は、とうから完全に秀吉に打ち込んでいたといえる。

秀吉は、関白となった。

恵瓊は、秀吉から重宝がられた。四国征伐に毛利をたやすく使えたのも、恵瓊の弁舌が毛利をそこまで引きずったと見たようである。彼に伊予二万三千石を与えたのは、その功労の褒賞である。

恵瓊は大名になった。

「おれも、とうとうここまで来たか」

と思うと、ひとりでに笑いがこみ上ってくる。しかし、まだ満足の頂上ではなかった。もっと上れる実力が、自分にはある、と彼は信じた。

恵瓊は秀吉の前に出ると、その達弁にものをいわせて喋《しゃべ》りまくった。仏典には通じている。勉強はしておくものだ。若いときの学問に身を入れた苦労が、このようなときに生きてくる。単に儒仏のことだけではない。軍事のことも能弁だった。これは目下の本業だから、唾をとばして話した。直感には自信がある。些細なことは知らなくても、大局に判断があれば事は足りる。独断を心配することはない。――

秀吉は面白そうに聴いた。退屈なときの話相手として、彼を一種の幇間《ほうかん》とみていたのかも知れなかった。

しかし、他の大名たちは、秀吉に親密な恵瓊をたよった。秀吉への頼みごとは、恵瓊に通じるのが一番だと思うようになった。恵瓊はせり上った。いつか十二万石の知《ち》行《ぎょう》となった。大名たちは彼の息を窺《うかが》った。

恵瓊の生活は贅沢になった。何でもできるのだ。行列の壮麗は人目を驚かせた。寺院の建立には、朝鮮から巨材を引かせて、輪奐《りんかん》を飾った。美しい女人を、数が知れぬほど持った。彼の眼からすると、名の聞えた武将たちも、まことに阿呆くさい人間に見えて仕方がなかった。

「これ位では満足せぬぞ。おれは当代一流の武人だ。もっと上に行ける。その力を持っている」

恵瓊の夢は涯《はて》しがなかった。野史が彼を「最も干戈《かんか》を好み、三軍の魁帥《かいすい》たらんと欲す」といっているのは、まんざら、当て推量ではない。

六

恵瓊の空《くう》に描いた虚像が、一瞬に掻き消えたのは、それから僅か二年後の関ケ原の役であった。

彼は、毛利輝元を西軍に引張り込むことには成功した。それは彼が今まで、秀吉につきながらも、片足を毛利に踏まえてきたお蔭であった。輝元は善良だが、強い性格の持主ではない。恵瓊の誘惑を拒み切れなかった。

恵瓊は、関ケ原では、南宮《なんぐう》山麓に陣を構えた。南宮山は兵を使うには、少々高すぎる山だが、ここには毛利秀元《ひでもと》と吉川広家《ひろいえ》がいた。

恵瓊の眼前には、日本中の大大名になっている自分の姿が描かれていた。

それは折柄、慶長五年九月十五日の朝霧が張った乳色の膜に、影像されたものだった。己は二千の軍勢の先頭に立っていた。この朝霧の立ちこめた渓間《たにま》渓間の底には、東西両軍合せて十四、五万の兵がひしめいていた。

恵瓊は、かすかな胴慄《どうぶる》いを感じた。身体の慄えは、前夜半からそぼ降ってきた秋の雨の冷たさばかりではなさそうだった。

霧は辰《たつ》の刻（午前八時）をすぎるころから、少しずつ霽《は》れ上った。黒い山裾を霧は煙のように匍《は》って流れる。戦闘が同時に起ったが、恵瓊の陣では、喚声と貝の音を遠くで聞くだけであった。

南宮山の毛利秀元も、吉川広家も、動かない。何万という軍隊が、山の上で戦争を傍観していた。前を塞いでいる長束正家《なつかまさいえ》の兵も一向に進みそうになかった。恵瓊は、何故、これらの軍勢が前進しないのか不審に思うよりも、それを肯定したくなった。出たら危い、このまま、じっとしていた方が身の為かもしれない、という打算が瞬時に心に起った。彼は相変らず胴慄いをつづけながら、この不合理な打算をつづけていた。

霧は、すっかり晴れ上った。が、小雨は昏《くら》い空から降りつづいていた。その沈んだような鈍い光線の風景の中に、遠くで金扇の旗印が、無数の白い旗に囲まれながら通ってゆくのが見えた。紛れもなく、家康の通過であった。前日までは、東国にいるとばかり西軍に思われていた家康の姿であった。

恵瓊は、恐怖がこみ上ってきた。家康がこれほど恐ろしく思われたことはなかった。ふだん見なれている、自分には愛想のよい、ふくよかな家康の顔が、羅刹《らせつ》の形相よりも怖ろしく感ぜられた。胴慄いはさらに激しくなり、奥歯がかちかちと鳴った。

物見が走り帰ってきて、西軍の敗報を伝えたとき、彼の恐怖は、彼の生涯に決定的な行動をとらせた。彼は、ろくろく下知《げち》もせずに奔《はし》り出したのである。彼の軍隊の間に混乱が渦のように起った。知ったことではなかった。

恵瓊は馬に鞭を入れながら、西の方に逃げた。至るところで敗走兵が走っていた。どの顔も眼を吊って、蒼くなっていた。恵瓊の馬は、彼らとぶっつかりながら、夢中に走った。

恵瓊は一切を失った。たった一日でこんなことになった。どうにも合点のゆかない気持だった。どこかでたいそうな手落ちをしたらしい。彼はまだ自分の直感を信じていたが、それを裏切る大きなものが、この世に魔のようにいることを知った。

一枚の札の表を出すか、裏を出すか、たったそれだけの間違いをしたあとの気持に似ていた。単純な、それだけの錯誤で、死に追いかけられていることが奇妙でならなかった。

しかし、死ぬことは怖ろしかった。彼は逃げた。山つづきに朽木谷《くつきだに》から小原を経て、鞍馬の月照院をたよって匿れた。五、六十人くらいついてきた家来たちも、金銀を奪い取って逃げ散り、僅か五、六人になっていた。

月照院には十何日ひそんでいたが、探索が厳しいので、乗物にかくれて京都に逃れ出た。一寺院にひそんでいたが、危くなったので、本願寺をたよるため、輿《こし》に乗って脱走するところを、所司代の捕吏の向うところとなった。

輿を昇《かつ》いでいた者は、捕吏の姿を見て、仰天して、放り出して逃走した。恵瓊の近侍で、平井藤九郎と長坂長七郎という寵童《ちょうどう》がある。二人は投げ出された輿をかついで逃げて、東寺に走り込んだ。

「もはや、ご運もこれまでです。敵の手にかかるよりも、われらにて介錯いたします」

平井と長坂は、交々《こもごも》言った。

「そうか」

恵瓊は観念した。なるほど、おれは武人であった。死のう、と思った。が、身体はがたがたと震えて止まなかった。かれは沢山な人の死をこれまで見てきた。清水長左衛門に死を勧めたのも彼だった。が、その死が己に廻ってくると、死がこのように恐ろしいものとは知らなかった。

「お腹を」

と、長坂が言ったが、そんなことをいう日ごろの愛童が敵にみえた。とてもわが腹に刃を突き立てる勇気はなかった。

「首を打て」

と、恵瓊は切羽つまって言った。自分で頸《くび》を前に伸ばしたが、錯乱して、あたりが物の判別がつかない位にぼやけ、わけのわからぬものが忙しく廻っているように見えた。

二人の若者が刀を構えた気配だけは鋭敏に知った。

「御免」

と声が聞えた。太刀が風を切って下ろされた。間髪を入れず、恵瓊は夢中で首を引込めた。全く、一秒の何分の一かの時間に間に合って、彼の首は助かった。刀の切先は、恵瓊の縮めた首を逃《の》がし、頬にかすり疵《きず》を負わせただけで済んだ。頭上の太刀の落下を瞬時に知って。首を庇《かば》う。彼が生涯の直感を誇るなら、それが最後だった。世人は、介錯の太刀の寸前で首を引込めるなど、前代未聞の臆病者であると嘲笑した。恵瓊が六条河原で、石田三成《いしだみつなり》らとともに斬られたのは、周知の通りである。その時も首を縮めたかどうかは伝っていない。

片倉小十郎

——片倉景綱——

堀 和久

堀《ほり》 和久《かずひさ》（一九三一〜）

福岡県生まれ。日本大学芸術学部中退。芸能プロダクション、シナリオライター、映像ディレクターなどを経て、一九七七年、ベトナムから徳川吉宗に贈られた象とその世話役の数奇な運命を描いた『享保貢象始末』で、第五一回オール讀物新人賞を受賞して作家デビュー。その後、緻密な時代考証を施した『春日局』、『夢空幻』、『死にとうない』などの歴史小説を発表。一九九四年には、天保時代の勘定奉行・田口喜行を描いた『長い道程』で第二回中山義秀文学賞を受賞している。『江戸風流医学ばなし』、『江戸風流女ばなし』など、ユーモアあふれる文章で歴史雑学を紹介していることでも有名である。

幼君の目玉をえぐる

『伊達世臣家譜《だてせしんかふ》』に「片倉氏、姓は藤原《ふじわら》、その先を知らず、保山公（晴宗《はるむね》）のとき米沢八幡宮神職を片倉式部少輔景重《かたくらしきぶしょうゆうかげしげ》という。その二男、小十郎景綱《こじゅうろうかげつな》。性山公（輝宗《てるむね》）のとき、はじめて挙げられ、天正三年（一五七五）世子（政宗《まさむね》）九歳の折、景綱《かげつな》これに属し、近侍す。……」とある。

小十郎景綱の父・景重は神官であるが、同時に武将でもあったようだ。神社は古来より軍事の守護神として武士の信仰を集めてきたが、神職自身が兵法の奥義をきわめていることが多い。鹿島神宮の「鹿島の太刀」、香取神宮の「神道流」はその例である。

米沢八幡宮は、米沢市（山形県）の郊外成島公園南にある成島（長井）八幡宮とされる。この成島あたりは古くは宮村といい、その宮村に小桜館は呼ぶ砦《とりで》があった、それが片倉氏の居城だったという伝説もある。

いずれにしても、片倉小十郎景綱（以後、片倉小十郎で統一）は単なる神主の子ではなく、由緒ある武門の生まれであり、文武の器量が抜群であったと『政宗記』にある。それゆえ、伊達家の嫡男の傅役《もりやく》（教育係）に抜擢《ばってき》された。天正三年、政宗（幼名は梵天丸《ぼんてんまる》）九歳のときである。片倉小十郎は十九歳、ちょうど十の年齢差がある。小十郎はきりりとした面持の偉丈夫だった。

米沢城にのぼった小十郎が梵天丸にいだいた第一印象は、暗さであった。無口である。引っこみ思案である。ちょっとしたことで顔を赤らめ、うつむく。人前に出ることをいやがり、外で跳ね遊ぶことをしない。面貌のせいだった。五歳のとき、疱瘡《ほうそう》を病み、毒が右眼に入って失明したうえに白く腫れた目玉が半ば垂れている。一見、醜悪な人相だ。このため、両親でさえ梵天丸を嫌い、生まれて間もない二男の竺丸《じくまる》を溺愛している。彼はさらにいじけるという悪循環を来《きた》していた。

「男は、顔、形ではございませぬ」

小十郎は、他の侍臣たちが決して触れようとしない梵天丸のコンプレックスを正面からついて、心身を奮い立たせようと努力する。逆効果であった。ますますおどおどし、武術を教えようとしても根気がなく、書物を読ませても虚ろである。

「そんなことでどうなさる。若君は、奥州探題職の家柄の、その後嗣《あととり》でござるぞ」

叱咤激励する小十郎を、梵天丸はやがて露骨に避けるようになった。病気と称して自室から出てこない。

「あれでは行く末が思いやられる。竺丸に期待するしかないか」

輝宗夫妻はそう思い、家臣たちも、片目殿はどうやら将器にあらず、と内心見放していた。

ある日、小十郎は意を決して、当主の輝宗に拝謁を願い、諫言した。

「殿、おんみずから嫡嗣としてのお心遣いを家中にお示し願いとうございます。今のままでは若君は本当に駄目になってしまいまする」

真摯な若い傅役のまなざしに、輝宗は心打たれたように、

「心得おく」

と答えた。

二の丸に戻ると、久しぶりに自室から出た梵天丸が何かわめいている。「お相手」と称する同年輩の少年や侍臣たちも恐れおののいている。梵天丸は、

「この目玉を刺しつぶせ、えぐり出せ」

と、狂気の態なのだ。

「よろしゅうござる」

小十郎は、進み出て、きっぱり言った。

「今すぐ、切りのぞいてさしあげよう。その醜き心根《こころね》とともに」

本気とわかって恐怖にすくむ梵天丸の手を引っぱって、小十郎は侍医の部屋へ向かう。当直医は金創《きんそう》（外科）もよくする者であったが、殿の下命でもない幼い世子の施術を顔色を変えて辞退した。

「わかっておる。一つ間違えば切腹だけですむものではない。そのほうに責任は及ばぬようにする。あとの手当に全力をあげてくれ」

　小十郎は短刀を抜くと、その白刃に焼酎をかけて毒を消し、

「まないたの鯉と申す諺《ことわざ》がござる。川の魚さえ、まないたの上に乗ると覚悟を決めて、ぴくりとも動きませせぬ。まして、若君は伊達の家を背負って立つ男《おのこ》。歯をくいしばりませい」

　きゃしゃな梵天丸を抱きかかえ、左腕でしっかり肩をおさえる。右手で短刀をかざす小十郎の気迫のこもった目と、仰向いた梵天丸のつぶらな片目が交わった。しばらく見つめあった二人は、やがて、どちらからともなくうなずきあい、梵天丸は歯をくいしばった。小十郎は、一気に腐ったようにとび出している眼球をえぐり取った。鮮血がほとばしる。侍医が急ぎ血止めの膏薬《こうやく》をおしつける。梵天丸は小十郎の腕の中で動かなかった。泣き声もあげない。くいしばる歯ぎしりの音だけが聞こえた。

　半月後には包帯がとれた。右眼の傷跡は依然無気味であったが、梵天丸は生まれ変わったように快活になった。お相手の少年たちとも談笑するようになり、弓・刀槍・鉄砲・乗馬・格闘など武人として必要な兵法はなんでも積極的に取り組む。学問にも精を出す。小十郎の狙い通り、腐った目玉とともに醜い心根も摘出されたようだ。死と直面してそれに打ち勝った、まないたの鯉の試練が自信を植えつけている。

木刀ではあるが、小十郎の実戦さながらの激しい剣術稽古に、息たえだえになりながら起きあがってくるとき、

「わしは、わしは、伊達の家を背負って立つ男だ」

と、おのれに言いきかせる声がもれることがある。そして、なによりも小十郎になつき、親に対する以上の真情を見せるのであった。

自信と快活が面貌を美しくし、鍛練がからだつきを急速に変えた。十一歳にして、もう大人に近い体格である。輝宗は非常によろこび、天正五年（一五七七）十一月に元服させ、政宗の名をあたえた。一門衆家臣もこぞって祝賀した。

しかし、この嘉儀に白い目を向ける一派もあった。二男の竺丸を偏愛する母親とその取りまきである。母親は、自信と快活がともすれば粗暴に見える政宗をますます嫌悪し、美貌で素直な竺丸を伊達家の跡取りに直したいと考えていた。

悪くすると家中は二派に分裂して相剋する。小十郎は憂慮した。今度は小十郎の諫言の前に輝宗が思いきった手を打った。

天正十二年（一五八四）、政宗が十八歳の十月、輝宗は突然、家督を政宗に譲ったのである。輝宗はまだ四十一歳の働き盛りであった。

「政宗は、はや、わし以上の器量である。それに、小十郎はじめ忠義の家臣がついておる。心配はない」

と、憤懣《ふんまん》を秘める妻と竺丸をともなって、早早に米沢から二里半離れた小松城に隠居してしまった。

政宗は本丸へ移り、ここに伊達家十七代の当主として波瀾に満ちた人生がはじまるのである。

以心伝心の主従

伊達家の政権授受は、近隣の大名や小豪族を刺激した。折あらば他領をかすめ取ろうとする戦国時代である。周辺の強敵は、北に最上義光《もがみよしあき》、大崎義隆《おおさきよしたか》、葛西晴信《かさいはるのぶ》、南に畠山義継《はたけやまよしつぐ》、二階堂《にかいどう》一族、芦名《あしな》一族、佐竹義重《さたけよししげ》……と伊達家と同様に由緒を誇る鎌倉以来の名族がひしめいていた。

各家は、互いに複雑な婚姻関係で結ばれている。が、そんなものは気休めにすぎない。今日の味方は明日になれば敵である。力のあるものが勝つ。策謀もまた力の一種である。

若い政宗の家督相続に、さっそく、策動をはじめたのは南の連合体であった。伊達領に近い、伊達麾下であるが向背は時勢次第の小領主大内定綱《おおうちさだつな》などがその手先になって暗躍する。

天正十三年（一五八五）、政宗は裏切りが明白となった大内定綱を誅伐するため、定綱がこもる小手森《こてもり》城を攻めた。その攻城中、定綱と共謀していた二本松城主畠山義継が大軍をもって、不意に背後から襲いかかってきたのである。

政宗の軍は城兵と援軍にはさまれて絶体絶命の状態に陥った。政宗十九歳、小十郎二十九歳。

「殿、正念場ですぞ。ここで弱気を出せば、心服するものがいなくなるでありましょう。勝つか、死ぬか、その二つのうちの一つ」

「うむ」

政宗は、少年時代のように歯をくいしばり、隻眼《せきがん》をぎらぎら光らせた。

「作戦は？」

「三千の軍を三つにわけ、一隊を城兵へ、一隊は畠山勢へ。五百の鉄砲隊を中心に本隊はこの場で遊軍」

政宗はすばやく小十郎の立案通りに軍を編成し、具足櫃《ぐそくびつ》の上に立って高らかに叫ぶ。

「者ども、今こそ伊達武士の心意気を示せ。死ぬも生きるも、この政宗とともどもぞ」

「おお！」

全軍に槍・旗指物を天に突きあげての雄叫《おたけ》びが響き、攻撃の二隊が前後に突進して行った。

激しい白兵戦が小手森城の前面でくりひろげられる。小十郎は政宗のそばで形勢を見守っていたが、

「殿」

指さす。突出した敵は激戦に夢中になって、城門を手薄にしている。以心伝心である。

「続け」

政宗は鉄砲隊を自ら指揮して城門へ走った。

「撃て、撃て、撃ちまくれ」

一帯が硝煙で濃霧のようになる。

「進めっ」

突撃しながらの銃火に、城兵は城に戻ることができず、総くずれとなって畠山勢の方へ逃げる。このため畠山勢も混乱狼狽《ろうばい》して敗走しはじめた。

数カ月後、近郡を平定して、その中心の小浜《おばま》城に入った政宗の前に二本松城主の畠山義継も降伏してきた。

和議が成立した数日後の十月八日、御礼と称して義継は小浜城の支城・宮森の砦に出向いていた政宗の父輝宗を訪問した。この日、それを知らずに政宗は小十郎らをひきつれて早朝から鷹《たか》狩りに興じていた。

策謀であった。義継は帰り際、見送って出た輝宗に、やにわに刃をつきつけ、巧みに輝宗の家来たちを牽制《けんせい》して拉致《らち》していったのである。

「しまった！」

急報を受けた政宗は馬に鞭打《むち》ち、鞭打ち、義継の一団を追う。伊達一族の軍勢も方々から血相を変えて集まってくる。阿武隈《あぶくま》川の東岸で追いつめた。しかし、どうすることもできない。義継は輝宗に刃を擬したまま楯とし、その周囲に抜刀した手勢五十余人を配し、悠悠と川を渡っている。

川幅はひろいが、初冬の渇水期で流れは浅い。すぐに追いつくが、手出しをすれば、即、父の命はないであろう。

政宗は、歯をくいしばって、一定の距離をおきながら川を渡る。彼方に、義継の本拠二本松城がそびえている。城に逃げこまれては万事休す。勝ち誇った義継の高笑いが風に乗って聞こえるようだ。

政宗はつきそう小十郎を見た。苦悩にゆがむ小十郎の目が決然と動いた。即、政宗は左右の鉄砲隊に悲痛な声で下知した。

「お家のためだ、父上に死んでいただく、義継を撃ち殺せ」

一斉に銃声が轟《とどろ》いた。護衛の兵がばたばたと倒れる。義継は仰天し、輝宗を引きずるようにして土手にのぼった。が、猛然とすすんでくる伊達の大軍に、義継も豪傑である。輝宗を刺し殺すと、その死骸にどっかと腰をおろして、腹をかき切った。伊達勢が殺到した。たちまち義継の手勢は一人のこらず討ち取られ、政宗は、泣きわめきながら、義継の死骸をめった切りに斬りきざんだ
代替わりになって最初の大きな試練を、悲痛な思いでのりきった政宗と小十郎主従は、さらに強い絆《きずな》で結ばれたのである。

関白秀吉をあざむく智謀

天正十八年（一五九〇）、政宗二十四歳。すでに、北は出羽、南は岩代にいたるおよそ百万石の領地を掌中にし、奥羽の覇者としてゆるぎない地位を築いていた。本拠も米沢から関東に近い会津（福島県会津若松市）に移し、滅ぼした芦名氏の黒川城（のちの会津城）を居城としている。

だが、政宗は栄光の中で最大の危機に直面していた。中央政界では、関白の位と豊臣の姓を朝廷から賜った秀吉が関東以北をのぞく日本全土の平定を終え、天下統一の最後の仕上げとして大軍を北へ向ける情勢となっていたのである。

秀吉《ひでよし》からは、昨年来、関白の権限をもって臣従を命じる書状が何度も奥羽の諸侯に来ている。大小の領主は去就に迷い、態度表明を一日のばしにしていた。というのも、

鎌倉以来の名族を誇る奥羽の武将は、

「秀吉が何だ、たかが猿面をした百姓の小倅《せがれ》というではないか。攻める気なら攻めてくるがよい。サルの成り上がりが大軍を催したとて、奥州は険難の地、冬の恐ろしさを知らざる遠征軍の持ちこたえるところではない。見事、撃退してくれるわ」

と、口々に息まいているからだ。

政宗の麾下《きか》は少しちがっていた。伊達家は、形骸化しているとはいえ、奥州探題職である。京とのつながりは他家にくらべて深い。情報も多く入ってくる。目ざましく勃興する秀吉にはそれなりの手を打っていた。

五年前の天正十三年（一五八五）七月に盛大に執り行われた関白就任式にも使節団を派遣している。秀吉はもとより、その側近筋にも贈物を怠っていない。だが、服従したくない気持は、伊達家も奥州の諸豪族と同じであった。関東の雄・小田原北条《ほうじょう》氏も秀吉に反旗を翻している。

三月一日、秀吉の大軍が、まず小田原攻略のため、京を進発した。北条は相当に戦うはずだ。両軍が疲労すれば、あるいは漁夫の利を得ることができる……と、狡知《こうち》を秘めて、秀吉の参陣の命令を無視して形勢をうかがっていた政宗は、圧倒的な秀吉の兵力に北条方の支城が次次に落とされてゆく報を受けると、あわてた。

四月初旬には、三十万の秀吉軍が小田原包囲を完了した。

小田原が落ちれば、次は伊達家である。秀吉に臣従の意を表するなら、落城前に命令通り小田原へ伺候することが最低条件である。間に合うか。また、今になって出頭しても手おくれではあるまいか。秀吉は、政宗の狡猾《こうかつ》を見抜いているであろう。殺されるか、殺されないまでも領土の多くを没収されることは必定。それならば、勝ち負けは天にまかせて秀吉の大軍を迎え撃ち、徹底抗戦すべきではないか。

黒川城本丸での評議はいつ果てるとも知れなかった。

政宗が見ると、肝腎の軍師小十郎は目を閉じて黙然としている。重臣会議ではいつもこうであった。極力控え目にしている。伊達家には一門衆や譜代の宿老が多い。傅役上がりの側近が口を出しすぎる弊害と家中の抵抗をよく知っているからだ。

評定は結論がでないままに翌日にもち越された。

その夜、三の曲輪《くるわ》にある小十郎の仮邸に政宗が着流しの姿で微行してきた。小十郎は予期していたように迎えた。人目のないところでは、主従は兄弟のように隔《へだ》てがない。

「存念は？」

「殿の心底と同じ」

初夏（旧暦）である。小十郎は燈火を慕って寄ってくる蠅《はえ》を団扇《うちわ》でゆるやかに追いながら、

「これでございましょう」

「して、わしは、蝿か、団扇か」

「両方に考えられます」

「うむ。一度追っても何度もやってくるのが蝿、殺しつくせるものではない」

「関白殿が団扇であるとすれば……」

「思いきって鼻の頭に近づき、団扇をふりあげれば、ひらりと逃げる」

「死中に活を計る。関白殿も、天下統一の大目的を急ぐため、近づいてくるものと事を構える愚はいたすまい。それより、伊達家をうまく使って奥州を治めたほうが得策と考えるでありましょう。そのように仕向けるのです。殿はお若い。失うであろう領土の回復は、その機会をいくらでも見出せるでしょう。何よりも、軍を温存し、殿も長生きされることです」

「そなたもな」

二人は顔を見合わせて笑った。

政宗は、気持がふっ切れたように勢いよく立ち上がる。

「一日も早く小田原へ出向くことにしよう。神妙面《づら》をさげてな。関白は、早くから臣従していた芦名家をわしが滅ぼし、会津をかすめ取ったことを非常に怒っておる。遅参の理由ともども、その申しひらきを考えておいてくれ」

「心得て候」

六月五日、小田原の秀吉の本陣に着いた政宗は、横着な遅参と芦名攻略の非を追及する詰問使に、小十郎が熟慮した詭弁《きべん》をもって堂堂と釈明し、死中に活を得る作戦に成功した。かねて、秀吉とその側近筋に贈物をして疎通を計っていたことも幸いした。

命は助かり、本領も保全できたが、予想通り旧芦名領の会津四郡等は没収された。政宗は神妙面で黒川城を明け渡し、本拠をもとの米沢城へ戻した。

百万石までひろげた領土が半分ほどに減った。

会津領を召し上げるかわりに、小田原に伺候しなかった北方の葛西《かさい》・大崎《おおさき》領を没収して充足するであろう、という内示も反古《ほご》にされた。頑迷に徹底抗戦をして撃滅されたその葛西・大崎三十万石は、木村吉清《きむらよしきよ》という五千石取りの秀吉の側近に与えられた。なんと、六十倍の加増である。秀吉の母大政所《おおまんどころ》の推挙ということであった。

大政所とは、摂政・関白の母という義で、誰という特定の敬称ではない。太子は皇太子のことだが、聖徳太子の専用のようになっているのと同様、大政所といえば秀吉の母を指す。

秀吉自身、太閤の称を独占している感だ。太閤とは関白の職を子に譲った人をいい、日本史上に無数の太閤がいるのである。

春日局《かすがのつぼね》も『大日本女性辞典』をめくると、六人出てくる。だが、春日局は三代将軍家光の乳母お福だと多くの人が思うようになった。

後世につくられた虚像によって、歴史上の人物は意外なよみがえりかたをするようである。

大政所の実像は、尾張国愛知郡中村（名古屋市）の農婦である。倅《せがれ》が夢のような出世をとげたので、従一位という想像を絶する高位に昇ったが、さして教養もない田舎の老婆そのままであっただろう。

その老婆が口出しして、元は明智光秀《あけちみつひで》の家来だったという木村吉清を、一躍三十万石の大名に押し上げたのだった。吉清はよほど、何不足ない境遇だが場違いの孤独に苦しんでいたにちがいない大政所に、取り入ったとみえる。

葛西・大崎は木村父子に与えたという記述もあるから、あるいは子の清久が大政所のお気に入りだったのかも知れない。

いずれにしても、実力をはるかに越えた抜擢は、幸福をもたらさず、自らの首をしめる結末に至るのが常である。

秋、勝手知らずの、にわか大名である木村吉清が統治する新領地に一揆《いっき》が続発した。

秀吉は、会津に配置しておいた蒲生氏郷《がもううじさと》と地元の伊達政宗に命じて木村吉清を救援させた。だが、一揆は徹底抗戦して浪人となった怨念の奥州武士が中核であり、蒲生・伊達の精鋭をもってしても容易に鎮圧できない。

木村吉清・清久父子はさんざん打ち破られ、ついに佐沼城《さぬま》（宮城県迫町）に追いつめられ、一揆勢によって虐殺される寸前、伊達軍によって救出されるというきわどさであった。

何とか一揆はおさまった。政宗のはたらきがとりわけ賞賛され、奥羽のことは伊達にまかせるのが一番、の評価が秀吉の帷幕《いばく》で固まりかけた。

その矢先、蒲生氏郷が秀吉に重大事を注進した。

「一揆は、じつは伊達政宗の煽動によるもので、政宗は共同作戦を行なうべき蒲生の軍を妨害し、あるいは氏郷の要請に応ぜず急病と偽って怠惰し、あまつさえ敵に武器弾薬を送り、氏郷の暗殺さえ計りました。木村父子を瀬戸際から救出したのも一揆側とのなれあい芝居。この手柄にて奥州のことは伊達に、という風潮をつくり、奥羽五十四郡の大守になれば一揆勢にゆかりの領地を分与する、という狡知な下相談があっての事にござります」

と、証拠の品をそえて訴えたのである。

証拠品は、政宗が方々の一揆勢に与えた自筆の指令書であった。まぎれもなく、政宗独特の、鶺鴒《せきれい》の花押《かおう》が記されてある。

「どうも、うさんくさい若造だと思っておった。すぐに呼びだせ。へたな釈明をしようものなら、今度こそ首をはねてくれよう」

翌天正十九年（一五九一）正月晦日《みそか》、政宗は雪解け道を京へ向かった。従うのは片倉小十郎ほかわずか三十余騎。『会津四家合考』等には、死の覚悟をあらわすため、金箔を貼った巨大な磔《はりつけ》柱をかつがせた足軽を先頭にした行列だったとある。政宗ほどの者が粗末な柱にかけられて処刑されるのは無念千万、の心意気である。

だが、馬を並べて進む政宗と小十郎の表情に暗さはない。時折、不敵な笑みを交わしあう。

聚楽第《じゅらくだい》で、秀吉は自ら裁くため上座につき、政宗と蒲生氏郷を対決させた。氏郷が気負いこんで証拠の指令書を政宗の前に置く。政宗は、平然と手にとり、しげしげとその手紙を眺める。

「どうじゃ、言いのがれは、もはやできまい」

秀吉が恫喝《どうかつ》する。

「恐れながら、筆と紙を……」

政宗は秀吉の小姓から筆と紙を借りると、証拠の文書を見ながら、さらさらと書き写した。

「照らし合わせてくだされとうござる」

秀吉は見くらべる。

「同じではないか。全くもって同一の筆跡ぞ。花押も寸分たがわぬ」

政宗はあわてず恐れず、

「これは、おそらく近ごろ出奔したるそれがしの右筆《ゆうひつ》の偽作でありましょう。その証拠は、それがしが書く花押は、鶺鴒の目にひそかに針で穴をあけてござる。しかるに、この文書の花押にはそれがございらぬ。それがしを陥れるための、偽作であることは明白」

秀吉は直ちに、政宗が発した秀吉あての文書はもちろん、側近や諸大名からも政宗の手紙を徴集した。みんな花押の鶺鴒の目に穴がある。

「うーむ」

秀吉はうなった。

一揆使嗾《しそう》の疑いは色濃く残ったが、秀吉は政宗の用意周到の智謀に、かぶとをぬいだ形で無罪放免した。筆跡を堂々と似せて書いて示した豪胆さも、金箔の磔の豪儀も、秀吉の気に入るところであった。

奥州における一揆煽動は、政宗と小十郎の共謀であろう。また、秀吉をして文字通りかぶとをぬがせた鶺鴒の花押の遠謀深慮も、以心伝心の主従の共作であったにちがいない。

政宗は、策略通り、木村吉清失脚の後、葛西・大崎の旧領を与えられ、本拠を米沢から新領地に睨《にら》みのきく玉造郡の岩出山《いわでやま》城へ移した。

軍師の涙

伊達政宗は、派手な振舞《ふるまい》をいう「伊達《だて》」の語源の主らしく、目立ちたがり屋で万事豪快を好んだが、天下を奪取する野望までなかったようだ。奥羽の王者であることに甘んじた。

消極的の評は当たるまい。政宗が世に出たころは、すでに戦国時代の末期であり、天下の帰趨《きすう》はほぼ定まっていた。流れにさからい、蛮勇を発揮すれば滅亡する。奥州でも、中央でも、九州でも多くの巨族が消え去った。葛西氏、大崎氏、最上氏、北条氏、今川《いまがわ》氏、武田《たけだ》氏、織田《おだ》氏、朝倉《あさくら》氏、浅井《あざい》氏、山名《やまな》氏、大内《おおうち》氏、尼子《あまご》氏、大友《おおとも》氏、竜造寺《りゅうぞうじ》氏……そして豊臣《とよとみ》氏も三代にして滅びる。

幕末まで発祥地奥州の王として六十二万石を保ちえたのは、薩摩から移封されることなく七十七万石を全うした九州の王・島津《しまづ》家と双璧をなすであろう。時勢に鋭かった藩祖の知恵のたまものといわなければならない。

豊臣秀吉が病没する前後から、政宗は次期政権確実とみる徳川家康《とくがわいえやす》に誼《よし》みを通じ、天下分け目の関ヶ原合戦には躊躇《ちゅうちょ》なく家康の東軍に属して功を立てた。刈田郡を加増され、これを機会に仙台に居城を移して伊達六十二万石の基が固まったのである。

慶長七年（一六〇二）、片倉小十郎景綱は、伊達家加増地の刈田郡・白石城《しろいし》（宮城県白石市）を拝領して居住した。一万二千石とも三万八千石とも伝えられる。政宗の宿将ながら堂堂たる大名である。小十郎四十六歳。

慶長十九年（一六一四）、家康が豊臣家抹消を決意した大坂の役の折、五十八年の齢を重ねた小十郎は白石城で病いの床に臥《ふ》していた。白石市史関係の本によると、中風であったようだ。

十月初旬、およそ二万の軍兵を引き具して仙台城を出陣した政宗は、十月十日、白石城に立ち寄り、小十郎を見舞って城に一泊している。片倉勢は、小十郎の名代に三十一歳の嫡男重綱《しげつな》を大将として伊達軍の先鋒をうけたまわることに決定している。小十郎のたっての願いであった。

政宗が来城すると、小十郎は衣服をあらため、家来たちに支えられて主君の前に出た。言語不明瞭だが、倅《せがれ》に先鋒《せんぽう》をお許しくだされた御礼を述べる。

「当然のことじゃ、伊達の騎馬鉄砲は片倉隊が看板じゃ。重綱の手柄を楽しみに、ゆるりと養生されよ」

政宗は老い病んだ傅役軍師をやさしくいたわる。

小十郎の顔面に涙がとめどなく流れた。小十郎は近臣に何か言いつけた。持ち出さ

れたのは片倉家の軍旗である。その釣鐘の馬印《うまじるし》を手ずから重綱に授与し、

「恥じざるはたらきをせよ」

呂律《ろれつ》のまわらぬ口で厳しく命じた。

決意を面にみなぎらせて押しいただく重綱を、上座の政宗が頼もしげに見守り、そのまなざしを小十郎に向けて、深くうなずいてみせた。

翌朝、釣鐘の馬印を高くかかげて、重綱のひきいる騎馬鉄砲組・弓組・槍《やり》組……総勢千余が伊達軍の先鋒として城門を出た。閲兵する独眼竜政宗のかたわらに、往年の戦場同様、小十郎の姿があった。小十郎は、政宗や近臣の心配をよそに、軍列が通りすぎるまで、大刀を杖としながらも毅然《きぜん》と立っていた。

大坂合戦は、その年の冬の陣につづき、翌元和元年（一六一五）の五月に夏の陣が再発した。

五月六日、大坂城の東南およそ五里の、道明寺一帯での攻防は、後世長く語りつがれた激戦であった。豊臣方の主力、後藤又兵衛《ごとうまたべえ》・薄田隼人《すすきだはやと》・真田幸村《さなだゆきむら》の勢と徳川方の伊達政宗・水野勝成《みずのかつなり》の勢が激突し、なかでも伊達軍の先鋒片倉重綱が指揮する騎馬鉄砲隊の目ざましさは『常山紀談《じょうざんきだん》』や当時の戦記に特筆されてある。

翌五月七日、大坂城陥落。掃討戦を終えて九月初旬、伊達軍は奥州に凱旋《がいせん》した。

十月十四日、その凱旋を待っていたように、片倉小十郎は白石城で息をひきとった。立派に身代わりをつとめた重綱に看取られ、道明寺合戦での家名高揚に満足し、政宗が出陣の折に親しく見舞ってくれた厚情をよろこびながら、この世を去ったのである。享年、五十九歳。

直江山城守

——直江兼続——

坂口安吾

坂口安吾《さかぐちあんご》　（一九〇六〜一九五五）

新潟県生まれ。東洋大学印度倫理学科卒。一九三一年、同人誌「言葉」に発表した「風博士」が牧野信一に絶賛され文壇の注目を浴びる。太平洋戦争中は執筆量が減るが、一九四六年に戦後の世相をシニカルに分析した評論「堕落論」と創作「白痴」を発表、〝無頼派作家〟として一躍時代の寵児となる。純文学だけでなく『不連続殺人事件』や『明治開化安吾捕物帖』などのミステリーも執筆。信長を近代合理主義者とする嚆矢となった『信長』、伝奇小説としても秀逸な「桜の森の満開の下」、「夜長姫と耳男」など時代・歴史小説の名作も少なくない。

昨秋、友人の家で、辻《つじ》参謀の相棒と称する中佐に会ったことがある。友人のところへ原稿を持参し、雑誌社へスイセン方を依頼に来たのだそうである。

この人物、日本では海軍中佐であったが、中共軍では中将で、武道十八般及び唐手等の段を合計すると四十七段になると称しておった。

この豪傑の話をどこまで信用してよろしいか分らないが、太平洋戦争のはじめに潜水艦に乗ってドカンと敵地を砲撃したと思うと、アッツ島へまわり、一転して南方の陸地の戦場に現れているというグアイであり、終戦後は、中共軍を指揮して朝鮮へなだれこんだと思うと、翌月には台湾に南国気分を味い、そのまた翌月は中共の博士と一しょに横浜へ上陸しているというようなグアイであった。

この豪傑にかかると、三千里どころか、三十万里でも三千万里でも潜行旅行は易々たるもののようで、お釈迦サマの説法すらも信じない私に、豪傑の話を信じろというのはムリである。

私の留守宅へも一度現れたそうだ。それは私が友人宅で彼に初対面の翌々日だった。

「郷里へ行く途中ですから、ちょッと入浴に立寄りました。東京では辻のことで種々御主人のお世話になりましたが、幸い辻の病気もよくなりそうですから御安心下さい」

玄関へ姿を見せた女房に向って、道路の上から大きな声で叫んだそうである。辻というのは目下も潜行中の参謀のことである。私が辻にいろいろ世話をしてやったなど、は外聞のわるい話であるから、女房はキモをつぶしたそうである。私が辻参謀の世話をしてやったなぞとはマッカなウソで、辻参謀に対面したこともなく、一文の喜捨もしていない、が面食った女房がお酒をもてなしてやると、ナポレオンの遠征も物の数ではないような武勇伝の数々を語ってきかせて、ひそかに某所に入院中の辻の病状をつぶさに伝えて立ち去ったそうだ。

女房の話をきいた消息通の説によると、辻参謀の入院中の場所と病状はウソではなかったそうである。

以上の話だけだと、いかにもホラフキのイカサマ師のようであるが、ホラフキの点は確かなようだが、必ずしもイカサマ師ではないような気がする。その目がいかにも澄んでいるし、常に嘻々としてミジンもカゲリのない様が、彼の童心を証しているようであったから。

ちかごろ昔の将軍連がハリキリはじめたそうであるが、そういう時世におされた俄かづくりのハリキリ方とは意味がちごう。多くの昔の将軍連はションボリした時期があってのハリキリ方だが、この豪傑の人生には一度もションボリした時間がなかったように見えた。

戦争もたのしかったが、負けて逃げまわってイタズラするのが、これまた無性にたのしくてやりきれないというように見えた。

「たぶん、辻参謀も同じような男だろう」

と私は考えた。私が豪傑に対面したとき、私自身も潜行中ではあったが、とても彼のように嘻々として無性にハリキるような上質な潜行ぶりではなかったから、そのオドロキはいささか妙であった。怒心していいのか、バカにしていいのか、分らんようなオドロキではあった。

辻参謀という男も彼同様にハラン万丈の戦争狂、冒険狂というのであろうが、戦地の将軍連の酒池肉林《しゅちにくりん》の生活に激怒して、抜刀してパンパン屋へ乗りこみ遊興中の将軍連をふるえ上らせたそうだ。冒険に対して生一本で他に俗念のすくない清潔な様子は私が対面した彼の相棒と称する人物に於ても同じであった。

ちょッとスケールは違うが、海軍の山本《やまもと》元帥という人が、俗念なく戦争にうちこんでいたようである。彼はこの戦争に反対だったそうだが、負けることがハッキリ分っていたから反対だっただけの話で——否、負ける戦争と承知でも、その戦争ぶりには天来のハリキリ方が感じられるようである。

紀元二千六百年式典に招待されたとき、

「司令長官が軍艦を離れては、誰が海をまもるか」

と出席を拒絶したそうである。まだ大戦争のはじまる前の話だ。彼の生来のハリキリ方を見るべきである。

★

直江山城守《なおえやましろのかみ》という人物も一面に於ては無邪気で素直なハリキリ将軍であった。私は彼の時代に同じように生一本のハリキリ将軍を他に二人知っている。

一人は彼の主人であり、師であった上杉謙信《うえすぎけんしん》である。

他の一人は、彼の弟子たる真田幸村《さなだゆきむら》である。なぜ弟子かと云うと、天正十三年に彼は上杉家へ人質となり、直江山城の教育をうけたらしいフシがあるからである。

教祖の謙信は仏門に帰して僧形《そうぎょう》で戦場へ現れるという一生不犯《ふぼん》の戦争狂であるが、弟子の山城も、又弟子の幸村も、同じように正義をたて、勇みに勇んで戦争をやり、戦略をねるのが大好物の俗念のすくない人物であった。まったく慾得ぬきなのだ。義を立てて、一肌ぬいで戦うのが好きなだけだ。そして、謙信と山城の生れた国から山本元帥も生れたのである。教祖謙信の流れをくむ最後の弟子かも知れない。私も同じ国の生れであるが、とてもこう無邪気で勇敢で俗念のない戦争マニヤになれるような大ソレた人物ではないのである。

無慾な奴ほど手にあまるものはない、という南洲先生の説の由であるが、まったく右の三人の師弟は、彼を相手にまわした者にはヤッカイ千万な困り者であった。まず謙信には武田信玄《たけだしんげん》が手こずった。

信玄は都へ攻めのぼって日本の大将軍になりたいのだが、謙信という喧嘩好きの坊主が彼をみこんでムヤミに戦争をうり、全然たのしがっているから、都へゆっくり攻め上るヒマがないのである。見こまれた信玄は、大こまりであった。なにぶん相手の坊主は天下の大将軍になろうというような慾がないのである。ただもう信玄を好敵手と見こんで、その戦略に熱中して打ちこんでいるのである。

謙信も晩年に於て都へ攻め上ろうとし、まさに出陣に当って、病死した。これだって、自発的に都へ攻め上ろうと思ったわけではない。時の朝廷にたのまれた。そこで、ミコシをあげることになった。この「たのまれる」というのが大事なところなのである。大義名分が何よりの大好物だ。末の弟子の山本元師も似たようなことを云ってる。「負ける戦争には反対である。けれども国家が戦争を決意した以上は、徹底的にやる」

謙信流と云うべきであろう。

山城も、幸村も、そうだった。彼らは頭は悪くはない。つまり、見透しは至極シッカリしているのである。けれども、ハッキリ負ける見透しが分っていながら、たのまれれば、嘻々として、勇みに勇み、また冷静メンミツそのものの作戦にうちこむのであった。

読史家の多くは云う。まさに京をめざして出陣という時に謙信が死んだから、織田《おだ》信長《のぶなが》は命拾いもしたし、天下も拾った、と。そうでしょうか？　私は信長が勝ったと思うよ。

史家は云う。信長は膝を屈し、まさに哀願泣訴する如くにして、謙信の上京をおくらせ思い止まらせようとした、と。しかし、それが信長の作戦であったろう。そして、出陣のおくれた謙信は、それだけ田舎豪傑であったと私は思う。

信長は刀よりも槍を、槍よりも鉄砲を、兵器の主要なものとして選び、それによって戦争に勝っていた。謙信が鉄砲を重視したような形跡は見られない。

なるほど、後年の上杉藩は鉄砲を重視した。上杉家に伝わる「鉄砲一巻の事」はその事実を語っているが、そこに語られていることは、越後から会津へ国替えになる時から後のことで、謙信の歿後《ぼつご》、主として直江山城守の事蹟《じせき》にかかっている。

信玄相手に田舎のイザコザにたのしく打ちこんでいた謙信は、近代兵器ということを余り考えない男であった。相手の信玄は織田信長よりも早く鉄砲に注目し、それを取り寄せた男であった。しかし、当時の鉄砲は火縄銃であるから、タマごめして火がつくまでに時間がかかる。一発うって二発目までの時間に敵に斬りこまれる不利があった。

そこで信玄は鉄砲に見切りをつけた。そして、敵の鉄砲と闘うには、一発目を防ぐ用意があればよい。それを防げば二発目までに斬りこむことができるから。そう考えた。

そこで第一発目のタマよけ専門の楯をつくった。それでよいと思ったのである。

織田信長はその反対をやった。彼は一発と二発目の時間をなくすることを工夫した。鉄砲そのものの改良は不可能であったが、その用法によってタマごめの時間をなくしたのである。

彼は鉄砲陣地の前面に竹の柵をかまえ、その内側に鉄砲組を三段に配列させた。第一列の発射の次に第二列が、そのまた次に第三列が、そして、第三列の発射が終る時には第一列のタマごめの用意ができ上っているという方法であった。

武田軍は第一発目だけを防ぐ楯《たて》に守られて、信長の鉄砲組の柵に向って向う見ずに突撃し、大半が討ち死して敗走したのである。これらの武田方の猪武者と追いつ追われつ勝敗なしの好取組をたのしんでいた謙信は、信長の鉄砲作戦に打ちかつ用意があったかどうか、私はあやしいものだと思うのである。

さすがに弟子の山城は、新兵器に敏感であった。彼の時代になって、上杉家の鉄砲戦術は完備したのである。

謙信が死んだおかげで信長が命を拾ったかどうかは疑問だが、信長が死んだおかげで、直江山城とその主人の上杉景勝《かげかつ》が命を拾ったのは事実であった。山城はほぼ天下平定しつつあった信長にたてつき、まったく勝味のない防戦中、信長の死によって、助かった。負けはハッキリ分っているのに、オレだけはたった一人信長にたてついてみせる、と景勝は豪語した。それはむしろ軍師たる直江山城の考えであろう。山城はそういう男だ。信長が憎いわけでもなければ、恨みがあるわけではない。行きがかり上の問題だ。むしろ戦争の相手である故に、彼にとってはある種の「なつかしさ」のこもった相手であるかも知れない。謙信の流儀も、そうであった。

直江山城のこの流儀に一番イヤな思いをさせられたのは、徳川家康《とくがわいえやす》であった。

★

家康の兵力を東へひきつけておいて、そのヒマに、西で秀頼《ひでより》を擁して挙兵するという関ケ原の策戦の第一課は直江山城が立案し、それに力を得て石田三成《いしだみつなり》が事を起したと云われている。

しかし、石田三成はどうしても関ケ原の戦争にまで至らねばならぬ筋があったが、直江山城にはそれがない。これも行きがかりの問題にすぎないのだ。そして、また、困ったことには、大義名分という謙信流の戦争憲法第一条がチャンとそろっていた。

直江山城の行きがかりとは、三成と彼との年来の交誼《こうぎ》である。信長の死後、彼に代った秀吉と上杉景勝とは一転して交誼を深めるようになった。信長の死の翌年には、すでに両者は誓書を交し、両家の交誼は、三成と山城が代表して行うようになったのである。それからの交誼であった。

秀吉は上杉景勝を会津百二十万石に封じた。家老の直江山城は米沢三十万石の領地をもらった。これは秀吉《ひでよし》が特に景勝に命じてさせたという説があるが、確証はない。

上杉百二十万石は、徳川、毛利《もうり》につぐものだ。山城はその家老にすぎないが、彼以上の石高《こくだか》をもらった大名はたった十人しかいない。即ち、徳川、毛利、上杉、前田《まえだ》、伊達《だて》、宇喜多《うきた》、島津《しまづ》、佐竹《さたけ》、小早川《こばやかわ》、鍋島《なべしま》、の十家である。次に堀秀治《ほりひではる》が越後三十万石で、彼と同じ石高。次が加藤清正《かとうきよまさ》二十五万石。石田三成も二十万石にすぎない。名実ともに大名以上の家老が現れたのである。

会津は奥州という熊の、月の輪に当るようなところであった。奥州は昔から反乱の多かったところで、その気風は秀吉のころに至っても絶えなかったところである。仙台には伊達政宗《まさむね》という小うるさい田舎豪傑も居るが、常陸《ひたち》から秋田へ封ぜられた佐竹氏が土民に信者の少からぬ豪族であった。

こういう小うるさい奥州の熊をノドの月の輪でグッと押えつけている力が必要であった。表裏の少い上杉景勝はその適役であったが、秀吉としては、景勝よりも、家老の直江山城の方がもッと実質的にタヨリとなる人物であったろう。

山城の領した米沢が、まさに月の輪の要点だった。秋田方面からの通路をさえぎり、一山こえて仙台の背面へなだれこむ要点であった。

伏見城に大名たちが集ったとき、伊達政宗が金貨をとりだして見せた。みんなが手にとって珍しがって眺めたが、山城だけは扇の上にうけて、ころがして眺めている。それを見た政宗は、奴め、陪臣《ばいしん》だから（陪臣とは大名の又家来ということ）卑下して手にとらないのだなと考え、

「遠慮なく手にとって眺めたまえ」

と云った。すると山城は答えて、

「先公謙信以来、先鋒の任について兵馬をあやつる大切な手に金貨なんか握られないね」

と扇子を一と煽《あお》ぎしたから、金貨は政宗の膝《ひざ》の前へとんでいって落ちたという。

これは伝説のたぐいであろうが、しかし政宗という田舎豪傑を押える役割の山城の位置を巧まずして表わしているように思う。

山城守は中央政府に接触以来、三成とは最も深く交り、また秀吉に信頼せられた。そういう行きがかりはあったけれども、家康と反目しなければならないような必然的なものは他に見出すことができない。彼が関ケ原の首謀者であったことから考えて、彼と家康との本来の不和を人々は想像し、当てはめているだけのことにすぎない。

家康はたしかに英傑である。そして、英傑を知る明のすぐれている山城がそれを知らなかった筈はない。のみならず、家康は石橋を叩いて渡る人のように思われているが、盟約に義理をたてて、負けることが分りきった戦争を買ってでて、大敗北し、危く生きて逃げ戻り、大飯食って血まみれのままグッスリねることが出来るようなバカげたことのできた大人物でもあった。性格に於て一脈山城に通じている人だ。そして山城よりも一まわり大きい人物だった。

むしろ二人はひそかに相手の人柄を知り合い、心境を知り合っていたであろう。

関ケ原の乱後、首謀者の一人とハッキリ分っている山城が、山城だけが、さしたる刑もうけず、ただ会津百二十万石の上杉家が米沢三十万石に減らされただけだった。米沢三十万石とは本来山城の領地であった。

私は思うに、行きがかりの義理を愛する戦争マニヤという以外に他意のない山城の心境を、家康は誰よりも見ぬいていた。のみならず、山城という人物が自分にとって有用なことを知っていた。なぜなら、この光風霽月《こうふうせいげつ》の心境とも称すべき策戦マニヤが、自分のためにも奥州の熊のノドの月の輪を押えてくれることを信じていたのだ、と私は思うからである。

主家が三十万石にへらされても、山城は五万石もらった。けれども、五千石しか受けとらなかったという。彼は家康からもA級戦犯扱いはうけなかったが、彼のために領地の大半を失った主人からも全然怒られもしなかった。無慾テンタンの冒険家で、天下を狙うわけでもなく、光風霽月の策戦マニヤの心境が主人にも理解せられ、愛されていたのであろう。主人は山城よりも五ツ兄であるが、まるで二三十も弟のように、そして、山城に傾倒師事しているかのように察せられるフシも見える。そのために家来が大きく見えるのは当然だが、主人も大きく見える。そして主従に共通していることは、表裏が少く、慾念が薄かった、ということであった。そして、策戦マニヤではあったが、野心家ではなかった。こんなのを敵にまわすと、余計な大汗をかかねばならぬ。家康はまさに大汗をかかされたけれども、怒らなかった。今度山城に大汗かかされる人物は、すでに自分ではなくて、自分の敵がそうなるハメになるだろうということを見ぬいたからであった。

関ケ原戦争の作戦第一課、挙兵の巻は山城が立案した。そして、その通りに挙兵の巻はうまく運んだ。しかし、西へ引返した家康は、関ケ原の戦争に於て、たった半日の戦争に於て、三成を破った。金吾秀秋《きんごひであき》の裏切によってである。それも、作戦であった。三成の敗北に変りはない。山城の敗北にも変りはなかった。また何をか云わんや、である。山城は光風霽月であった。

★

山城守は、生家は樋口という。生家の身分は低かったが、後に重臣の直江家へ養子となったのである。

彼は少年時代に謙信の小姓に上った。石田三成は彼と同年の生れで、秀吉のお茶坊主上り。育ち方もちょッと似ている。

謙信の側近に侍《じ》して、その死に至る彼の十九歳まで薫育をうけたから、主人であり教祖でもある策戦マニヤの良いところは大がい取り入れてワガ物にしていた。

謙信は文事も愛し、詩人でもあった。さもあろう。詩人でなければ、彼のように慾念のすくないチャンバラ・マニヤは考えられないことである。天下の大将軍などゝいうことは殆ど考えたこともなく、ただもうたのしんで信玄を追いまわし、敵が困れば塩を送ってやったり、その敵の死をきけばポロリと箸を落して、アア好漢を殺したか、と一嘆きとは、実にバカバカしいほどたのしそうではないか。

弟子の山城も文事を愛し、彼もまた詩人であった。決してヒネクレた詩人ではない。

当り前だ。非常に素直な詩人であった。どうも、漢詩であるから、私には充分な鑑賞の能力はないが、月を月とよみ、白を白とよむような、素直で、また平凡な詩人であった。ヒネクレたところがなく、深みを出そうとするようなアガキも見られない。つまり、慾のない詩と云うべきであろう。彼の人柄はそういうところにも現れている。

山城は朝鮮役に従軍のとき、宋版の漢籍等、当時すでに本国の支那で見かけることのできないような貴重な活版本を持って帰った。それは今日でも米沢に残っているそうだ。彼は師の謙信、弟子の幸村に比べて、人柄は一番温厚で、特に事を好まぬ性質のようだ。策戦マニヤではあるが、戦争マニヤではなかった。決して、いわゆる策師ではなく、光風霽月の策戦マニヤと云うべきであった。

こういう彼の温和で素直な心境は、新井白石《あらいはくせき》のようなヒネクレた史家には分りッこない。直江山城といえば大そう才走った策師黒幕と考えられがちであるが、彼の目的を正しく考えると、俗人の俗念のようなものが殆《ほとん》ど見ることができないのだ。

関ケ原の役後、彼は景勝に従って江戸へでた。徳川秀忠《ひでただ》はこの主従の懐柔策として上杉邸訪問を考えていたが、危うんで実行しかねているのを山城は見てとったから、景勝の方からどうぞと御来臨を乞わせ、自分たちの家来は全部別邸へ遠ざけ、徳川家の家臣に来邸を乞うて準備接待一切に当らせた。秀忠は安心して交驩《こうかん》したと云う。

いかにも、へつらッて策をねっているように見られ易いであろうが、秀忠に訪問の意志があり、ただ危険を怖れて実行し得ないことが分っている上に、山城自身にも一向に他意も害心もないとあれば、一番カンタンにそれを実証して心おきなく交驩するカンタン明快な手はこれに限るではないか。策というよりも、むしろメンドウで、ヒネクレたところや、表裏というものが、ないせいだ。一見、奇策の如くであるが、実は甚だ明快に、ただ手ッとり早くその物ズバリと物の本質をつく策をとっているだけのことであろう。彼にとっては奇も変もなく至極平凡当然な手段にすぎなかったのであろう。

領地を治めるにも、一番当り前のことをしているだけだ。政治と云い、戦略と云い、要はそこであろう。鉄砲のタマごめに時間がかかるとあれば、その時間をなくする何かの工夫が必要なだけだ。実に当然な話であるが、それが実は天才にだけしか分らない。本当に当り前のことは、天才の独創によって発見されるものだ。

直江山城は信長、秀吉、家康に比べれば、どうしても一まわりスケールの小さい人物ではあるが、その天分は田舎豪傑の域を脱したものであった。

伊達政宗とか黒田如水《くろだじょすい》のような策略的な田舎豪傑の目から見ると、たかが大名の家老に満足している山城がバカに見えたであろう。なるほど石高は三十万石という一流の大名のものではあり、豊臣家も徳川家も山城を扱うには別格で、よその家老は呼びすてだが、彼にだけは殿をつけていた。そういう特別の格式はあったが、要するにたかが大名の家老にすぎんじゃないか。別格の扱い程度に満足しているなんぞは尚さらバカの証拠だ。こういうように考えられたかも知れない。

しかし、本当に天分ある人間は、道をたのしむことを知っており、本来の処世に於ては無策なものである。秀吉にしても、家康にしても、信長が急死して天下の順が自分にまわりそうになるまでは、自分の天下、というようなことは考えていないのだ。秀吉は信長の一の家来で満足したのであろうし、家康は別格の盟友で満足していたであろう。本当に天分ある人は、本来そういうものである。

直江山城だって、その通りである。直接天下者の家来であろうと、又家来であろうと、家来に二ツはありやしない。真に実力ある人間にとっては、そういうものだ。

政宗や如水はそうではなかった。彼らは天下の広大のことも、物の怖れも知らない田舎侍にすぎないのだ。ただもうドサクサまぎれに一かせぎして、それで天下がとれる気になっていたのだから、笑止である。

直江山城に至っては、秀吉や家康よりも、性格的にひどく無慾淡泊で、あるいは、そういうところに彼の弱点があったかも知れない。なぜなら、必要は発明の母という通り、慾念は成功の母かも知れないからである。

彼は百二十万石の大名ぐらいには、いつでもなれる立場にいた。つまり、主人を倒して、とって代ればすぐさま天下一二の大大名になれる立場におり、主人と意見が対立してもフシギではないような場合も再三ならずあった筈である。

しかし彼には主人にとって代る必要などは毛頭なかったのである。上杉の家老で充分に自分の天分をたのしむ機会はあるのだから。上杉の主人であることと、家老であることにはなんの変りもない。要するに上杉家を動かす者は彼なのだ。主人と家老に実質的に差がないこと、そこに至ることが大そうな天分ではないか。その上の必要がないことを知るのも天分である。

山城はその鋭さに於ては信長に通じ、快活なところでは秀吉に通じ、律儀温厚なところでは家康に通じ、チミツな頭とふてぶてしさでは三人に同時に通じていた。つまり三人の長所はみんな持っていた。しかし、なんとなくスケールが小さいのは、その天性の無慾のせいによるのかも知れない。

★

謙信、山城、幸村と三人ならべると、私は山城が一番好きである。山城が一番素直で、ひねくれたところがないせいもあるが、天分も一番すぐれているように思う。

人々は彼が上杉の家老にすぎないために天分が家老なみだと思うようだが、彼がもしも謙信の立場におれば、その時こそ信長は安心できなかったろうと思うのである。

山城が謙信ならば、もッと早く中原に向って進撃し、したがって信長の征覇も危かったように私は考えているのである。

山城は武田信玄相手の戦争ごッこに、いつまでも、いつまでも、全然たのしんで打ちこんでいるようなチャンバラ好きの気風は少いのである。もッと本質的なものに打ちこむ男である。

山城が上杉家の中心人物となった時には、すでに上杉家が中原へ進撃できるような機会も大義名分もなくなっていたし、中原を定めた人の努力ははるか強大なものに育っていた。そういうメグリアワセであり、行きがかりであっただけである。そして、そのメグリアワセや行きがかりに抗して一か八かの勝負を強いてやりたがるようなヒネクレ方は彼にはなかった。彼が強大な信長や家康に抗したのは別の行きがかりである。そして、いったん抗した以上は、傲然として相手をヘイゲイし、ひるまない。

関ケ原の戦争全体を通観すれば、山城が立案して果した彼の役割までは、完全に彼が勝っていた。負けたのは三成である。

もしも三成が勝った場合、三成が西国を領し、山城が東国を領する密約であったなぞと勝手な邪推があるけれども、山城とはおよそそのような人物ではないのである。東国を領したいような根性があれば、天下を領するであろう。しかし、彼にそのような野望があれば、たかが大名の家老の職に平然と甘んじている筈がないではないか。

この彼の素直さがヒネクレ人に分らないのだ。

彼の一生はハラン万丈というべきものであった。身は大名のただの家老でありながら関ケ原の主謀者の一人であり、そしてその戦争に負けた。しかも彼の一生はどこにもアクセクしたようなカゲリがなく、悠々としてせまらない。鉄のような「責任」の念が確立していなければ、こんな生き方はできるものではない。武人としてはまことになつかしい人柄ではないか。

謙信や幸村に似たハリキリ将軍は現れるが、山城のようななつかしい武人はめったに現れるものではない。

大谷刑部《おおたにぎょうぶ》

——大谷吉継——

吉川英治

吉川英治《よしかわえいじ》（一八九二〜一九六二）

神奈川県生まれ。父の事業の失敗で小学校を中退。川柳界で活躍した後、東京毎夕新聞に入社し社命で『親鸞記』を執筆、関東大震災を機に専業作家となる。初期作品には『剣難女難』、『鳴門秘帖』など伝奇小説も多いが、次第にリアリズムを重視するようになり、一九三七年から連載した『宮本武蔵』以降は、歴史小説が中心となる。一九三八年から連載を開始した『三国志』は、日本人が知るスタンダードな三国志となり、戦後に連載し、平家を悪とする歴史観を覆した『新・平家物語』で菊池寛賞と朝日文化賞を受賞。イデオロギー色を排した『私本太平記』を完結させた翌年に亡くなった。

馬と兵と女

七月の上旬である。唐黍《もろこし》のからからとうごく間に、積層雲の高い空が焦《や》けきッた鉄板みたいにじいんと照りつけていた。

――真っ黄いろな埃《ほこり》がつづく。

淀《よど》を発した騎馬、糧車、荷駄、砲隊、銃隊などの甲冑《かっちゅう》の列が、朝から晩まで、そして今日でもう七日の間も、東海道の乾きあがった道を、続々と、江州路から関ケ原を通り、遠く奥州方面へ向って下ってゆくのであった。

「夏の戦《いくさ》はたまらんぞ」

「――さりとて、冬も」

「雪に馬の斃《たお》れることはないが、暑さでは、馬さえ斃《や》られる」

「夜は藪蚊《やぶか》、昼はこの炎天」

「一雨来ぬかな」

「この空では――」

「いッそ、敵にぶつかって、いざ戦となれば、暑さもくそもないが」

「敵は、上杉《うえすぎ》。――まだ白河会津までは何百里」

「いっそ物の具など、捨ててしまいたいが、裸で戦もなるまいし……」

「うだるなア」

「ははは」

騎馬と騎馬の上で、笑い合う声までが、干乾《ひから》びて、埃に咽《む》せそうになる。

それでも、馬上の部将格の者には、行軍のあいだに、そんな余裕もあったが、歩卒の心臓は、口もきけなかった。

自暴《やけ》に、竹筒の水を飲み、それが無くなると、泥田の水でも、小川でも、水を見ると、餓鬼のように口をつけ、そして荷駄の手綱を持ち、銃や槍を担《かつ》ぎ、部将に叱りとばされると、又隊伍を作り、火みたいな息をついて、

（ああ、まだこの辺は、美濃だ。――白河、会津の上杉領までは）

と、道よりも気の遠くなる心地で――泥の汗を、肱《ひじ》でこすっては、行軍した。

「こん畜生、又坐ってしまやがッた。――叱《し》っッ！　叱っッ！　横着野郎めッ――」

大荷駄のうちで、突然、発狂したような足軽の呶号《どごう》が起る。日射病で又二頭の馬が大きな腹を横にして斃れてしまったのである。その腹を、手綱で撲《なぐ》りつけていたが、馬は、口に白い泡を噛んで、眼を鈍《にぶ》くしながら、撲る人間を、恨めしげに見ているだけであった。

「捨ててゆけ、捨ててゆけッ」

部将の声に、病馬の背から、荷が解かれ、他の糧車や馬の背へ移されると、もう陣列は待っていなかった。

それでも――遉《さす》がにまだ呼吸《いき》のある病馬を、見捨てかねるように、四、五人の足軽は後に残って、水を浴びせたり、薬を咬《か》ませたり、手当していた。

黍畑《きびばたけ》、桑畑などから、それを見つけて、附近の部落の腕白者や、洟垂《はなた》れを背負った老婆《としより》などが、蝗《いなご》のようにぞろぞろ出て来て、

「やあ、馬が死んでら、泡吹いて――」

「戦にならねえうちにの」

「弱え馬だな」

「こんなこんで、上杉征伐に行ったら、上杉にぶち負けるだろうで」

行軍からは落伍するし、馬は起たないし、汗だくになって、焦々《じりじり》していた歩卒は、

「こいつら！　何云うか」

槍の柄で、唐黍の首を横に撲りつけた。

わっ――と逃げる子供の群に突かれて、桑畑の畔《くろ》に蹌《よろ》めいて、痛そうに眼をうるませていた若い女が、ふと、足軽達の眼にとまった。

「？　……」

見ていると、女は、踏まれた足の土を払って、そこへ取り落した四角な――重箱で

も包んであるらしい——その包みを抱え拾って、そして、自分達の方へ近づいて来た。

「あの……ちょっとお伺いいたしますが」

「あ、何だね」

美しい女性を見ると、汗も涼やかに乾くように、足軽たちは各〻息《めいめい》を休めた。

「ただ今、ここを通りました御軍勢は、大谷刑部《おおたにぎょうぶ》様の御家中でございましょうか」

「うんにゃ——」と、首を振って——「吾々は、小笠原秀政《おがさわらひでまさ》の手の者だ」

「では、その前にお通りになったのが」

「いやいや、今日、先頭に参られたのは、本多忠勝《ほんだただかつ》様の隊と、榊原康政《さかきばらやすまさ》様の隊」

「では、大谷様の御人数は」

「さ……刑部少輔《しょうゆう》様は、越前の敦賀《つるが》城から御発向で、やはり今度の上杉攻めには、徳川内府様の軍に従《つ》いてお出ましになるとは聞いていたが、いつ頃この辺を通るやら？」

すると、他《ほか》の一人が云った。

「先刻《さっき》通ってきた垂井《たるい》の宿《しゅく》に、たしか、大谷刑部少輔吉継《よしつぐ》様御宿舎という立て札を見たように思うが」

「では、今夕あたり、垂井へお着きになるのかも知れんな……。女子《おなご》、とにかく垂井へ行って訊いてみたら何《ど》うだ」

「ありがとう存じまする」

女は、そう聞くと、炎天も埃も厭《いと》わずに、焦《や》ける道を垂井の方へ急いでゆくのであった。

病馬の手当を忘れて、歩卒たちは、その後ろ姿を振り向いていた――

「百姓の娘でもなし……町家の女とも見えんし……何者だろう」

「うつくしい！」

「大谷家の人数のうちに、許嫁《いいなずけ》の若侍でも居て、それを訪ねて行くのじゃないか」

「いやになるなあ！　……あっ、おいっ、此馬《こいつ》はもう助からんぞ」

瀕死《ひんし》の馬の口輪をつかんで、一人は、邪慳《じゃけん》に揺りうごかしてみた。

麦菓子

巨《おお》きな樹立《こだ》ちに囲まれていて、ふところの広い平庭である。樹々の蔭には、もう夕闇が漂って、蚊ばしらの唸りが何処ともなく耳につく。

垂井の宿長《しゅくおさ》の邸《やしき》だった。

大谷刑部少輔吉継の紋を打った幕が、そこの土塀や中門を繞《めぐ》らして、厩《うまや》には、馬の嘶《いなな》きが旺《さかん》であった。宿場には、彼の手兵が分宿し、往来には、篝火《かがり》が夕月を焦《こ》がすほど煙を揚げている。

「これで三度目だ、いくら撒《ま》いても、乾き限《き》っているので、水を吸ってしまう」

具足を付けた儘《まま》の小者が、手桶と水柄杓《みずびしゃく》を持って、庭へ水を打っていた。

そして前栽《せんざい》にある車井戸のほうへ戻って来ると、髪も裾《すそ》も埃にまみれた――然しどこか気品のある若い女が――門前から中を覗いて、悄々《おずおず》と、去りがてに佇《たたず》んでいる。

「誰だ、其女《そち》は。――ここの宿長の召使か」

「いいえ、あの……」そう咎《とが》められるのを待っていたように、女はすぐ云った。

「大谷平馬《へいま》様にお目にかかりたいのでございますが……」

「平馬？」

小者たちは、顔を見あわせて、

「平馬って、誰だろうか。家中に左様な名の者はないが」

すると、女は、あわてて云い直した。

「申し違えました。――平馬様というのは御幼名、刑部吉継様のことでございます」

「え、殿に」

「豊前《ぶぜん》の乳母《うば》の娘が参ったと仰しゃって下されば、きっと、殿様も覚えておいで遊ばすことと存じます。お取次ぎくださいませ」

「さ……何うしたものだろうか。とに角、ちょっと待て、御組頭まで伺って来るから」

途端に、何か、ぞっと背すじに寒いものを感じて、

（――この人が、母のいつも話す刑部様か？）

と疑い、

（自分の母が、幼少の時、お乳を上げたという刑部様は、もっと、おやさしい人のように云うていたが？　……）

と思った。

彼女の母は、まだ彼女の生れぬ頃、豊後《ぶんご》の片田舎の郷士《ごうし》の子息に、乳人《めのと》として乳の奉公をしていた事がある。その貧しい郷士の子が、今の敦賀城の大谷刑部であった。珠のように端麗なお人であったと母からは聞いていたのに――今見れば、どうであろう、その面影もありはしない、気の弱い者がこの蚊うなりのする仄暗《ほのぐら》い書院の内で、一目そのお顔を不意に仰いだら、気を失ってしまうかも知れない。

刑部は、業病《ごうびょう》だった。もう十年余り前から、病兆《きざし》が出て、今では一見してそれと分る癩《らい》の相好《そうごう》をしている。

髪は、禿《は》げ上がり、顔は赤黒い無気味な照りを持って、腫《は》れた唇のわきには、紫いろの斑痕《ぶち》が出来ていて、人の二倍もあるかのように全体が畸形《きけい》に大きく膨《ふく》れているのだ。――無論、睫毛《まつげ》も落ち、視力も、燈火がポッと見える程度で、眼の前、五六尺のまわりしか見えないらしい。

「うむ……うむ……乳母がの……わしに」

こう幾度も頷《うなず》いて、心なしかその睫毛のない眼をしばだたいて、刑部はお篠のことばを聞いていたが、やがて、庭の方へ向って丁寧に頭《かしら》を下げ――

「かたじけないと云うてくれよ。麦菓子も早速食べよう、守護札も肌につけて戦に出よう」

と、云った。

近侍に、重箱をとらせ、すぐその麦菓子の一片をとって味わいながら、

「お篠とやら、そなたは、乳母の何人目の子じゃ」

「四人目の娘でございます」

「そうか、乳母は今、何うして暮らしているの」

「二番目の兄が、この宿場の在方《ざいかた》で、手習師匠をしておりまする。それへ身を寄せて、中風を養生しておりますが、もう老《よ》る年のこととて」

「…………」

黙って、刑部はまた頷いた。そして、

「喜太夫」

と、近習番の三浦喜太夫へ顔を向け、何か囁《ささや》くと、喜太夫が奥へ入って、手庫《てばこ》を取り寄せて来た。白紙の上に十枚の黄金がならべられ、それを包むと、縁先へ出て来て、

喜太夫の手から刑部の心もちをお篠に伝えていた。

お篠は、そんな大金をもらって行って、母に叱られはしないかと、惑ったり断ったり、もじもじしていた。

その間に——刑部はもう書院の席を立ちかけて、奥へ渡る廊下へ出ていた。この垂井へ着くとすぐ、佐和山の石田三成《いしだみつなり》へ使いにやったその使者が今帰って来たと告げて来たからである。

使者の用向きは、今度の上杉討伐に、三成の子息隼人《はやと》も従軍することになっていたので、それを誘いあわす為であった。——所が、その使者と共に、何用か、三成の家臣樫原《かしわら》彦右衛門が伺候したというので、奥へ立ちながら、刑部は、

「はて？」

と、考えていた。

三成と刑部とは、莫逆《ばくぎゃく》の友である。——佐和山と、敦賀とは離れていても、心はお互いに常に近かった。

開けひろげた三方の柱に、簾《すだれ》がかけてある。水を打った植込みの蔭には、チチと涼やかに虫の音《ね》がながれ、そこにも仄《ほの》かな短檠《たんけい》が、微風にまたたいている。

簾の前に、刑部は坐った。——彼は、よほど親しい仲でない限りは、いつも、簾越しに会うのを礼儀としていた。

「彦右か」

「はっ……」

樫原彦右衛門は、その次の間に、両手をついていた。簾越しの白い人影を仰いで、

「炎暑の御陣立ち、御大儀にござりましょう」

と、云った。

「む……。戦は、いつもよいものではないが、わけて、夏の陣立ちは、あの具足というやつが、着るだけでも、容易でない。わけてもこの身の如き病体には……」

と、虫の音に、言葉を切って、

「――時に、治部《じぶ》殿は、御閉居以来、どうじゃの、元気か」

「自適いたして居りまする」

「この度、東北に於て、上杉景勝《かげかつ》、直江山城守《なおえやましろのかみ》などが、乱を為《な》し、その御平定に、徳川内府が赴かるるについて、予《かね》て、内府の心証を損ねておる治部殿にとっては、茲《ここ》、又とない取做しどころと――こう刑部自身は考えた故、御子息の隼人殿を誘いあわせたが、お出でましは何うじゃな。治部殿には又何ぞ一徹に我《が》を固持して居らるるのではないか」

刑部の低くて太い声には、憂いがふくんでいた。――三成の為に、若年から刎頸《ふんけい》を誓っている友の為に。

久潤《きゅうかつ》

彦右衛門は額《ぬか》ずいて、

「――実は今日も、御子息の隼人、同道のつもりでござりましたが、お察しの通り、治部に於かれましても、少々、存念《ぞんねん》がござりまして、それに就き、この佐和山の近くを御通行は、又とない折、親しゅうお目にかかって、御話しいたしたい儀もある由にござります故、長途のおつかれもある砌《みぎ》り、何とも恐れ入りまするが、曲げて御来駕あるようにと、主人よりの口上にござりまする」

「わしに……佐和山まで来てくれとか」

「はっ」

彦右衛門は、簾ごしに、凝《じっ》と刑部の顔いろを見ていた。――この人を、どうあっても、一度は主人の居城まで連れてゆかなければ君命を辱《はず》かしめる事にでもなろうように。

「ふむ……」

容易には、刑部は頷かないのである、家康《いえやす》と三成との関係――又すでに垂井まで来ている自分が、行軍を止めて、佐和山城へ立ち寄ったという事が、上杉攻めの発向に日を急いでいる他の諸侯へ響いたら、何んな嫌疑をうけるか――そういう事も無論考えずにはいられない筈である。

「……ウむ……そう云うてか……ふム……」

いつ迄も、同じ呻《うめ》きとも返辞ともつかない呟きを繰返していたが、やがて彼の心はだんだん佐和山に蟄居《ちっきょ》している不遇な友のほうへ傾かずには居られなかった。

「参ろう。……明日《あす》の夕」

「えっ、御来駕、下さりますと？」

「ひそかに」

「元よりでござります」

彦右衛門が退ると、近習の三浦喜太夫が庭さきへ廻って来て、

「殿……。先程の娘に、おことばの金子《きんす》とらせました処、欣ばしげに、唯今、あちらにて遠くお姿を拝んで帰りました」

「誰か、従《つ》けてやったか」

「はい、夜道のこと故、兵を二人ほど添えて遣わしました」

「よう気づいてくれた……。蚊がおるなあ」

「また、少し燻《いぶ》しましょうか」

「ムム焚《た》け」

喜太夫は、榧《かや》の葉を、縁で燻《く》べ初める。その煙が逃げてゆく廂《ひさし》に、薙刀《なぎなた》のような宵月が映《さ》していた。

刑部は、月のほうへ顔を向けた。油で濡れているように、顔の凹凸《おうとつ》が青く光る。

「早いのう……何もかも一瞬じゃ……乳母も老いる筈、その乳母の手を離れてから三十年、治部と知り合ってから二十二年」

パチパチと、蚊いぶしの榧の火が静かに刎《は》ねている。

「喜太夫」

「はい」

「書院にのこして来た麦菓子をこれへ。そして、茶をも一つ」

小姓が、それを持ってくると、

「思い出すぞ」

呟きながら、刑部は麦菓子を小さく折って、唇《くち》へ入れながら――

「喜太夫、これはわしが幼少の好物。……久しぶりで、少年の頃の味が思い出された。そちも一つ食べぬか」

――それに答えかけて、喜太夫は、はっと、べつな方へ耳を奪《と》られた。戛々《かつかつ》と、大地を打ってゆく馬蹄の響きである、又、夕立のようにわらわらとすぐ塀の外を続いてゆく兵の跫音《あしおと》であった。

「やっ？　……あれは」

蚊遣《かや》りの側から腰を泛《う》かしかけると、槍組頭《がしら》の湯浅五助が、

「何事でもございませぬ」

と、そこへ告げに来た。

喜太夫は、怪訝《いぶ》かって、

「然し、何じゃ今頃……」

「いや、後より立った京極高知《きょうごくたかとも》と、佐々行政《さっさゆきまさ》などの人数が、夜泊りもせず、先を争うて、行軍いたし居るのでございます」

刑部はそら耳に聞いていたが、膿《うみ》の出る頰へ、白い布《ぬの》を当てながら、にやりと苦笑していた。

「さても、功に飢えている人々だの。淀、大坂よりこの数日に発向した者共だけでも、七十余大名、五万余の兵と聞く。多寡が上杉の会津一城を抜くのに、ちと物々しい騒ぎではある。いずれ一先《ひとま》ずは江戸表で、軍議その他の余日もあろうに、夜を通してまで先を争い行くのは、功利以外の何ものでもない。ただ徳川《とくがわ》内府のお覚えのみを気がねして、齷齪《あくせく》と、夜半まで駈ける小心な大名共の肚の底が見《み》え透《す》いて愍《あわ》れが深い……。あははは、思うても暑いことだな」

心耳心眼

「左近。まだか」

治部少輔三成は、佐和山の一室で、陽が薄れるともう待ちわびていた。

石田には過ぎ者——とさえ死んだ太閤が云った島左近が、ただ一人、今日の侍側をゆるされて、次の間にいたが、

「あ……お見えのようで」

と、出迎えに立った。

湖水はまだ明るかった。湖北の山々や、対岸の叡山《えいざん》、四明ケ岳などは、もう夜の黒い相《すがた》を纏《まと》っていたが、城の大廊下には、水から映《は》える青い夕明りが板を流れている

——


「よい城だの」

賞めながら、大谷刑部は、侍臣の手に、指の端をほんのわずか持たせて、歩いて来た。

「——背に、伊吹の嶮《けん》、北国東海の二道を扼《やく》し、舟路《しゅうろ》一駆《いっく》すれば、京は一瞬の間にある。——しかも、平和を愛して、自適するにも、絶佳の景」

見えでもするように、湖のほうへ、又、城の庭へ顔をうごかしつつ、

「ここか」

と、着席する。

すぐ、三成が見えて、

「刑部、久しいのう」

「おう……」

声のほうへ、刑部は顔を向け、

「治部か、一別以来」

と、すこし頭《ず》を下げた。

三成は、凝と白絹につつまれている友の頭をながめて——

「よう、出陣されたな」

「なんで？」

「その病体を提《さ》げて」

「戦は体ではせぬ、気だな。——駄目だと思うたら、この吉継など、今日が今日、ここでも駄目になれる」

「ふム……いつも」

三成は、微笑を、頰にのぼせて、杯を取りあげた。

「ひとつ」

「茶をもらおう」

「酒は」

「やめた」

「さすがに、刑部も病《やまい》には勝てず、酒までやめられたか」

「いや、……これがな」

と、刑部は、貝の肉のように赤く爛《ただ》れている自分の両眼を指さして云った。

「……飲むと、これがすぐ悪うなる。飲まいでも、近頃は、めっきり見えぬが」

「……見えぬ？」

「うむ……。そこにいるお許《もと》の姿も、墨で描いたようにぼっと影しか見えぬ。治部、晴々と笑った時のお身の顔を、もいちど見たいぞ」

「そんなか……」

三成は、痛ましげに、眉を顰《ひそ》めた。――彼がその後の刑部を想像していた以上に刑部の容体は悪いのだ。つぶさに見ればよく歩けると思うような五体である。先刻《さっき》から左の手をうごかさないでいたが、それは白布で首に吊っている為で、燈火がその顔へかかるのも忍びない気がする程、相好も以前よりくずれていた。

――友を傷む気持ちと共に、三成は落胆《がっかり》したような暗い血を、顔いろに沈めてしまった。頼みとする唯一の者が――これでは――ああこの体では――と心で長嘆して居るように。

湖の夜風が、冷々《ひえびえ》と忍んでくる。二人は、ゆれる灯影をよそに、暫く黙然としていた。

「……だが刑部」

「うム？」

「其許《そこもと》の、いわゆる気は、昔ながらであろうが、眼まで、そのように不自由では、戦場へ参っても、働きは成るまいが。……それでもやはり内府の声がかりとあれば、押してても出向かねば成らぬかの」

「内府の……」

聞き咎《とが》めて、

「治部、それは、皮肉か」

「世間の当りまえな考え方じゃ」

「人は知らず、刑部この体で、何の栄華栄達を望もうぞ。又この刑部には、秀頼《ひでより》公は心底に在《お》わすが、徳川内府などに、追従《ついしょう》は持たぬ。――ただ、秀頼公おすこやかに、一日もはやく、御成人あれと祈るのみじゃ。その間は、世も泰《やす》かれと祈るのみじゃ。――為には、徳川内府の命にも応じて、戦もせずばなるまいが」

「さ……その戦が出来ようかと案じられるが」

「お身にも似合わんことを云う。一人と一人の太刀打すら、あれは剣でするのではない、精神《こころ》でする。いわんや、戦を眼でするか、眼で采配がとれようか。肉眼で見える陣地や兵のうごきだけを以て戦をする阿呆《こけ》があったら、忽《たちま》ち敗けじゃ。――即ち将の采配は、十方無碍《むげ》の活眼でとる、活眼とは、心の眼《まなこ》。……吉継まだ心の眼まではつぶれん」

「なるほど」

「まだある」

語気に熱をおびてくると、その客よりは、三成の眉に、急に明るいものが冴えてきた。

「――耳だ、この耳、これも心耳としてつかえば、居ながらに、天下のうごきを聴き、兵の跫音、弾《たま》のうなり一つでも、よく三軍の配備を知ることはできる。人間、鼻が無うても、眼を奪られても案外、不自由はせんものじゃよ」

「いや、よくわかった」

「だのに、酒まで禁じて、もう四、五尺先すら見えぬ眼を、未練げに大事がるのは、これや又、べつな理《わけ》というもの。……箸を取るとか、厠《かわや》へ立つとか、とかく身のまわりの些細事には、近侍の世話にもそうなりとうないでな」

三成は、あやうく涙がこぼれかけた、この友にも、紅顔の青春の日があったことをふと思って。

更けゆく湖心

「時に」

と、三成は、ことばと共に、膝をあらためた。

「このたびの儀、徳川内府の上杉攻め――お許は何う思うな」

刑部は、響きに答えるように、

「治部」

詰め寄って――

「それだな、今宵、お身がわしに会いたいというそこの要《かなめ》は」

「ウム！　刑部の意見が聞きとうて」

「わしの意見を聞いて何うするか。治部少輔三成にもなんぞあろうが」

「この身の心底は、後で述べる」

「ではまず、愚見を申すならば、上杉景勝はそも何《いず》れじゃ、直江山城、このたびの挙兵は、旺なことだ。当時、徳川内府を向うに廻して、卑下《ひげ》を持たずに戦える気骨者は、あの男か、さもなくば、眼の前にいる石田治部、こう二人しか天下におるまい」

三成の苦笑は、刑部には見えないらしい、白い布を出して、時々痛む瞼《まぶた》に当てながら、

「――だが、好漢惜むべしという言葉は、あの山城の今度の挙兵に当てはまる。結論から先に申そうなら、可惜《あたら》、北国一の英傑も、今度は一《ひと》たまりもない、断じて敗れ申そう。――何となれば、猛将、強兵は、彼の信じる所であろうが、人心の帰趨《きすう》がどこにあるか、諸侯の仰望が、上杉、直江にあろうか、古今の大才を持ちながら、茲の天下の勢いがどう流れているのかを知らんものじゃ」

凝と、天井へ顔をあげる――

三成は、沈黙して、氷のように聴いていた。

「――抑々《そもそも》が、もう故太閤殿下の朝鮮役が、一つの時勢を更《か》えている。――乱世という雲は、あの折から日本の空を去っているのじゃ、同時に、人心は戦に倦《う》み、その後の戦は、戦を無くするための戦、――真の支配者を定めるための戦にすぎぬ。さるを、殿下の亡き後も、大仏殿の建立を始め、諸事の大工事に、少しも四民の安堵を計られぬ為、民は、いつのまにか、徳川内府の政策に耳を傾け、諸侯は、争って、幕下に参じ、でなければ大坂城と、徳川家と、七分三分に帰する所を狡《ずる》く見ている。その証拠には、内府の一声には、今度の会津攻めでも、即日に七十余侯の大軍が東下している

のみか、家康の一笑一顰《いっぴん》をおそれて、先を争ってゆくさまは、むしろ浅ましいものがある。……だが、それが時流じゃ、見くびれぬ時の勢だ、直江山城は内府を敵と心得て、その時勢を敵としていることに気がつかぬ」

「――だが、刑部」

「なんじゃ」

「山城は、私怨私慾で兵を挙げたのではない――少くとも、彼の血には、まだ故太閤殿下の」

「いや」

手を振ろうとして、膝からすこし手を持ち上げ、

「治部、そこの見極めは、むずかしいぞ。山城も、さる者」

「人は知らず、この三成は信じる。直江兼継《かねつぐ》は、豊家《ほうけ》を思う人間のひとりに相違ないと。――彼は、故殿下の御亡前の誓約を忽ち裏切って、秀頼公の天下が、日に日に、家康の手に移ってゆくのを見て居られぬ漢《おとこ》なのだ」

「そうかなあ……」

と刑部は深く吐いて――

「そうあれば、同じ敗れる迄も、山城の為に、欣ぶが」

「思うてもみい！　刑部」

三成の耳朶《みみ》は、紅かった。――刑部は自分のほうへ、彼がズズと畳をずる音をさせて来たので、ハッと肩を持ち直した。

「つい昨日《きのう》は、諸国の大小名も、武士も、下民も、故太閤殿下の恩徳を称《たた》え、今日は、そのように、徳川内府ならでは、夜も日も明けぬというような――そんな軽薄な人心を――世態を――お許は憤《いきどお》ろしいとは感じないか」

「わしは、怖しいと思う」

「怖しいとは」

「倦《う》む、すぐ、望む。そうして、いつか戴くところの司権者を変えてしまう、下民の力と、その飽き性《しょう》が恐い。――武家は天下を、自分の弓矢で奪っていると思うているか知らぬが、そうじゃない、天下は下民がうごかしているのじゃ」

「いや、そうとばかりは云えん。――彼等には、選ぶべきを選ぶ知識がない。――喩《たと》えば、徳川内府の如き老獪《ろうかい》に、われ等は天下を渡すわけには参らぬ！　秀頼公をさしおいて、のめのめと、内府の思うつぼへ天下を差し出して、何と、故太閤殿下へ、あの世で会わす面《かんばせ》があるか」

「では――どう召さる心底な？」

「時は、今だと思う」

「今？」

「直江山城が、北国東国に拠《よ》って、内府へ加担の軍を、遠く寄せつけているこの秋《とき》に、秀頼公の御教書を乞い、西に毛利《もうり》、島津《しまづ》を起たせ」

「待たれい」

刑部は、三成の語気を、こう鎮《しず》めて、

「お身は、山城と、逸早く、脈を引いて居られたな。――上杉の挙兵は、お身の策謀か」

と、問いつめた。

三成は、そう問われることを、待っていた。

「そうだ！」

「ふウ……む」

「刑部」

「…………」

「刑部！　こう打ち明けたからには、お許にはぜひこの加担をしてもらわねばならぬ」

「打ち明けた者――それは――この刑部と、誰とに」

「安国寺恵瓊《あんこくじえけい》」

「安国寺？　……うむ、毛利輝元《てるもと》を引き入れる手びきにな」

「その方は、慥《たしか》に起つ」

「あぶないものよ」

「いや」

「いや、毛利じゃない。この企《くわだ》て、どう案じても、刑部には、勝目が考えられんのじゃ……。困ったことをやられたの」

刑部の肋骨《ろっこつ》が大きく一つ喘《あえ》いだ、彼のたださえ皮膚の色をしていない皮膚は、友の為に憂いに充ちてしまった。頸《くび》の根が折れたように、いつまでも、顔を上げないのであった。

茶の日

刑部は、三成の企てを、意外とはしなかった。——然し、口を酸《す》くして、その成算のない企てである事を説いた。

万一、この謀挙が成功したとしても、その結果が、果して三成の考えているように行くか何うか？

又、三成の頼みとする毛利、これが、今の輝元のような人物では頼みにするにも足らないし、直江山城にしろ、まちがえば、家康と手を握る惧《おそ》れも多分にある——。なぜならば、上杉の背後にいる伊達《だて》が起たない、伊達政宗が起つ場合は、当然徳川に組するに極っている、伊達上杉の両立は、地形や家がらから見ても考えられない事である。

その他、味方と数える者が、どれ程、腰がすわっているか、疑問ではないか、たとえば金吾中納言《きんごちゅうなごん》――浮田《うきた》――其のほか。

いや、第一にである。

治部少輔三成という者それ自身が、人望に於いて、これだけの大事を為すには、まだ足りない、人物としては、太閤が眼鑑《めきき》ずみである。誰も、才智、誠意、潔癖、まして正しい事を正しいとする人間である点でも、当代稀れな人材とは認めているが、それと、徳望とは、又べつだ。人が頼るという事ともべつだ。内府に比しては、若すぎるし、戦場往来の古武者《ふるつわもの》から見れば、切れすぎて、線がほそい、いわゆる、文官型の人物と視《み》ている、武人とは反《そり》のあわない事は、太閤在世中からの事ではないか。

等、等、等――刑部はいくつもの理由をあげ、

「治部、頼むから、今度の企ては思いとまってくれ」

と、誠意を面《かお》に燃やして云い、更に、

「――なぜ、安国寺へ打ちあけるくらいなら――いや直江山城に囁《ささや》く前に、一言、越前敦賀まで、使を飛ばしてはくれなかったか。わしは、それが悔やまれる。平常の疎

遠がわるかった」

と、歯の根を噛んで云うのであった。

三成は、打たれたように、黙っていた。

だが、彼としては、もう退《の》っぴきならぬ所まで、こうして居ても、大事は進んでしまっているのだ。

又、家康と彼との間は、要するに、合わない仲で、われ彼を打たねば、彼われを打つという宿命的な立場にも措かれている。

おのれを知る者の為めには死す——という侍の道からいえば、太閤殿下の恩顧をかざし、浮薄な人心へ、皷《こ》を鳴らすことだけでも——と、その決心の程は、さすがに、固いものなのである。

「困った……困ったことよの……」

刑部は、繰返すのみだった。

「やるなら、やるで、山城などがあせぬうちなら、家康の首を奪る算段も、ほかに策がないでもないに……今となっては」

と、嘆息の後を又、

「弱ったことを……」と、全身を当惑の中に没してしまうのであった。

真意を——そして信念をも——友に告げてしまうと、三成は、後を心すずしげに、静かに、隅へ立って、茶の風炉釜《ふろがま》に向っていた。

遠い磯鳴りのような釜の湯音のうちに、更《ふ》けた夜を感じながら、二人は、暫く、背と背を向け合っている……

だが、刑部は三成の心を――三成は刑部の心を、凝と、互いに推し測っていた。

（うんと云うか、いやと云って帰るか？）

刑部は、

と三成は、湯柄杓を釜に入れる。

（やめてくれ！　思いとまってくれ！　今、貴様が死んで大坂城はどうなるのだ！）

絶叫したいような気持ちを、胸に緊《は》りつめて。

三成は、自分のたてた茶を、帛紗《ふくさ》にのせ、

その間に――

「刑部、不手前だが、こよいは近侍を遠ざけておるから、渇《かわ》きしのぎに」

と、差し出した。

黒茶碗の中に、緑いろの泡があざやかに浮いている。刑部は、その茶のかおりを嗅《か》ぐと、はっと、或る一つの記憶を呼びおこした。

…………

もう十余年も前になる。

まだ太閤殿下在世の盛《さかり》だった。茶会が流行《はや》り事《ごと》で、大坂城でも、醍醐《だいご》でも、度々秀吉の催しがあり、諸侯も側衆も、それにはよく同席したものである。

すでに、その頃から、大谷刑部には、今の病気の兆候が皮膚にあらわれかけていた。彼の側に坐ることを厭《い》む大名もあるし、大廊下ですれちがって、袂《たもと》の触れぬようにして人は歩いた。

かまわないのは、誰よりも、太閤であった、無造作に彼に佩刀《はかせ》を預けることすらあった、多感なそして若い刑部は涙をこぼした事がある。――すると、或る時の茶会に、彼はもう一人、温かい人間に出会った。

それは、石田三成だった。

三成とは、十六歳からの知己《しりあい》なので、豊後の片田舎に郷士の子としていた自分の才を認めて、その頃姫路城にいた羽柴秀吉《はしばひでよし》に話し、初めて、秀吉という人物と自分との機縁を結んでくれたのも実に、三成なのであった。

けれど――刑部はその後、自分も、秀吉の恩寵をうけて、一人前の男となると、必ずしも、自分を世に出してくれた三成が、傑出した人間とは思えなかった、才、正義、潔癖は認めていたが、何処か、冷たい理性家すぎる点を飽き足らなく感じていた、先輩として、恩人として、礼儀は執るが、好きになれなかった――何うしても或るところ以上に深くなれなかった。

ところが。

その茶会では、自分の次に、三成が坐っていた。そして、濃茶《こいちゃ》の茶碗が、太閤から、順に呑み廻しに移ってくるうちに、刑部は、その茶を一唇《ひとくち》ふくみながら、たいへんな粗相をしてしまった。——と云うのは、すでに、病があって、鼻腔が弛鈍《しどん》になっていたせいであろう。茶の中へ一滴の水洟《みずばな》をこぼしたのである。

はっ……と刑部は自分の顔いろの変り方が自分の眼に見えた気がした。

——と、次の席にいた三成が、

（いただきましょう）

と、云う。

刑部は、うろたえた。

他の人々の静かな眼も複雑にうごいた。

（いや……これは）

と、云わざるを得なかった。

すると三成は、にこと笑って、

（私で止めまする）

三成の指に、力を感じたので、刑部は胸を躍らせながら離した。三成は、何の事もないように、飲みほして、作法のように、茶碗をおさめた。

——それからである。刑部が、三成の冷たく見える性格の中には、誰も知らない熱い熱いものが、灰をかぶっている事を知ったのは。

そして、この友の為には——とひそかに思い、すすんで刎頸《ふんけい》の交りを求めて行った。三成は又、自己に、衆望の足りないことを知っていたので、刑部の世話といえば、誰よりも、彼が先にして来たのである。

誤算

「今夜は、帰らせてもらおう」

「もどるか」

「む……」

刑部は、とうとう、応とは云わなかった。厭《いや》とも云わないのである、黙って、佐和山から駕に乗って、夜半《よなか》に垂井へもどった。

駕のうちに、揺られながらも、

(思い止まらせたい！　……何としても！　……)

それしか、考えられないのであるが、もう引き戻せる三成でない事は、彼も観念していた。

（引き戻せないとしたら？）

今は、それを思うのだ、それを思い悩むのだ。

翌日――

垂井を立つはずの、大谷勢は、依然として、宿長の邸に滞在《とどま》っていた。

（御病気が急に変って――）

という噂が宿にひろがった。

刑部の室《へや》には、実際、憂暗の気が簾のうちに籠っていた。白い夜具が、きのうの昼中、きょうは宵からのべてあった。

その上に、仰臥しながら、刑部は、見えない眼を天井に向けたまま考えていた。

もう、迷っていない！

あの一碗の茶のかおりで、彼の胸は定まっていた。必ずしも人間、英雄でなければならない事はない。成算に立ち、大局に動くことばかりが、武士でもない。

（三成！　くれてやるぞ！　おれの生命《いのち》は）

然し――まだ佐和山へ答えを送ってやらないのは、とつこうつ、この天下の大破局を、いかによく彼に味方するか――整えを味方に持たせるか――そして戦うか？　戦うからには勝たねばならないのだ――勝てないと分っている戦にも。

小西行長《こにしゆきなが》、あれはまず三成でうごく、前田《まえだ》も、義理で起とう、増田《ました》、長曾我部《ちょうそかべ》、丹羽《にわ》、浮田、島津は如何に。

真田――あれこそは兵数にかかわらずぜひ味方にしなければならない一人だ、三成は、果して、そこ迄、眼をつけているかな。

「喜太夫」

夜半だった。

「はっ……」

「五助に、この文持たせて、秘かに佐和山へつかわせい」

（いつのまに……）

と、三浦喜太夫は驚いた、手紙は書けていたのである。湯浅五助が、それを持って、佐和山城へ急いだ後、すぐ、垂井を出立の命令が触れ出された。

然し――東海道へではない。刑部少輔事病気と触れて、越前敦賀へ引っ返したのである。

×　　×　　×

乳白色の闇である、夜は明けているのだ、然し、咫尺《しせき》の外を弁《わきま》えない今朝の霧であった。

九月十五日は、前日から降りに降って、今朝もまだその濃霧の裡《うち》に、時々、ひどい土砂降りが翔《か》けてくる。

関ノ藤川、牧田川、相川、杭瀬川《くいぜ》など、関ケ原の曠野と盆地を迂繞《うね》る河川は真っ赤に濁り、滔々《とうとう》と、泡を嚙んで太い水量《みずかさ》を押し流していた。

霧が襲《く》る――霧が去る――

時折、陽が射した。

曠野をかこむ丘、山、峰が黒々と肌を露《あら》わす。その要所要所に、柵《さく》が見え、旗差物が濡れて立ち、人馬が点々と望まれた。西軍石田三成以下、小西、小早川《こばやかわ》、毛利、長束《なつか》、安国寺、長曾我部、浮田、大谷――などの八万――或は十余万とも号している大軍の陣営である。

もう、各所で戦端はひらかれている。

泥になって殺到した東軍と。

その東軍の総帥徳川家康は、桃配山《ももくばりやま》に本営をおいていた。

見ると。

松尾、南宮、平野をのぞく以外は、すべて戦闘の喚声《かんせい》だった。

(この一隊《いちげき》に――)

と、三成は思った。

家康の本拠を衝けば、必勝は疑がいない。

彼は、笹尾の丸山に立って、

「刑部は？」

と、一方を凝視した。

こんどの乾坤一擲《けんこんいってき》に、彼が、誰よりも頼みとしているのは、大谷刑部である。その刑部の陣は、もう関ノ藤川を渡りこえて、東軍の藤堂《とうどう》、京極《きょうごく》、織田《おだ》の大軍へ、奮刃をあげて、ぶつかっているのだ。

があっーん、
だだだだっ、
と云うような地崩れとも砲声ともつかない音響に交《ま》じって、人馬の声と、金属的な響きとが、絶えず鼓膜を圧してくる。鉢金に締めつけている頭脳が、時々、じいんと、痛んで鳴る。

「やっている……」

三成は、見えない友の姿へ、微笑を送った。大きな満足につつまれた顔だった。

——刑部の生命《いのち》をこのたびは何も申さず進上しようと佐和山へ云ってよこした彼の最後の手紙がふと眼にうかぶ。

「——狼煙《のろし》！　狼煙！」

旗本へ叫ぶ。

手筈があったのだ。

ずどんと、黄色い一条の煙が宙へ走りのぼった。味方金吾中納言秀秋《きんごちゅうなごんひであき》の一万五千と、吉川広家《きっかわひろいえ》の手勢が、これを合図に、山を下りて、敵の背後をつく約束であった。

「どうした事だっ。――五助っ、見て来いっ」

三成は、焦《いら》だって、湯浅五助を、島左近の所へ走らせた。

左近も、地だんだを踏んでいた。――何度、合図を示しても、金吾秀秋も、吉川広家も、言い合せたように動こうとしないのである。

機は逸しかける！

大谷刑部の陣からも、小早川隆景からも、催促の急使が駈けた。――だが、秀秋の陣では、老臣が出て、勘の悪い返辞をしたり、言を左右にしたりして、埒《らち》があかない。

――同じように、正午頃には、家康の方からも、

「すでに、関ケ原は合戦の真ッ最中である、かねての御誓約どおりに、裏切り召されよ」

と、度々の催促が通っていた。

尚、動かないのである。――家康は、

「小伜めに計られたか」

と、陣地に立って、指を噛んでいたが、金吾秀秋と広家との向背ひとつで、戦は味方のやぶれか勝かの境になると、

「誘い鉄砲を撃ちかけい」

と命じた。

日和見《ひよりみ》の秀秋の陣へ、誘い鉄砲が浴びせられた。——その時である。一万五千の兵が、わあっと、裏切りの鬨《とき》をあげて、大谷刑部の側面へ、不意に、六百の鉄砲をそろえて撃ちながら、山を駈け下って行った。

一つの丘

「案《あん》の定《じょう》な」

大谷刑部は、金吾秀秋の裏切と聞くと、そう呟いて、

「——手から水が漏れたか、ぜひもない、この上は」

と、輿《こし》の四方を払った乗物から身を出しかけると、旗本たちが、

「ここも、はや余りに敵と間近、お移し申しあげまする」

と、輿をかつぎ上げて、丘の小高い所へ駈けのぼった。

小銃の弾が、輿の竹に、刎ね返った。刑部は、

「乗物を、南へ向けい」

と云った。

近習たちは、わざと、灌木の蔭へそれをすえたのであるが、君命なので、やむなく、敵の大軍へ姿を曝《さら》すような場所へ、輿を置いた。

凝と、その中で、刑部は、彼のいわゆる心眼と心耳とで、関ケ原一帯にわたる東軍と西軍のすさまじい戦闘を視ているのである。

その日の彼の支度を見ると、肌には練絹《ねりぎぬ》の二ツ小袖、上には墨で蝶散らしを描いた白の鎧直垂《ひたたれ》をかけ、兜《かぶと》はかぶらず、浅葱《あさぎ》絹のふくろ頭巾に、朱の頰楯《ほおだて》をして、緒を顎《あご》にむすんでいた。

……視える！　……聴こえる！

刑部の胸には、鏡のように、時勢の渦が——その赴く流れの行方が映る。

今、刑部のまわりには、五、六十人の兵が囲んでいた。ほかの手勢は、裏切者の秀秋の大軍とぶつかって、敵を三百五十も討ち、味方も百以上の死傷を出したので、その後は、四散してしまっている。刑部のすがたを丘の上に見つけて、喘《あえ》ぎながら集まって来る者もあったが、極めて、少数だった。

その者たちは、皆、主人の前にぬかずいて、

「平塚因幡《いなば》殿も、討死いたしました」

「重政殿も、お見事に」

と、味方の悲壮な敗報ばかりを伝えた。

「うむ……。うむ……」

刑部の顔には、血膿《ちうみ》がながれていた。血の涙のように家臣たちには見えた。

一族あらかた、先を急ぐ木の葉のように散り終った。刑部は、然しまだ輿のうちに、黙然と、坐していた。

「……治部も、遂に、行くところまで来てしもうたな惜しい男だが」

呟くのが、側の者に微かに聞えた。

見えぬ眼が、その時、きっと横を見た。騒《ざわ》めきのうちに、何を知ったのであろう。

「五助かっ」

と、云った。

「はっ、五助、参りました」

湯浅五助がもどったのである。

刑部は、この男の報告を待っているのだ。

「勝敗は」

と、やや急《せ》いて訊く。

「いかようとも、もはや、もり返す策《て》だてはないかと存じまする」

五助の落着いたことばを聞くと、

「そうだろう」

常と変らなかった。

「皆の者、前へ」

と、呼び集めて、血を絞《しぼ》っているように開かない瞼を、家臣の上に向けた。

「よく戦ってくれた。……かような不具の主人を持って、晴々しき思いもさせず、今日までの忠勤、刑部、何と礼を云おうぞ」

「…………」

轟々《ごうごう》と人畜の殺戮《さつりく》に空も鳴り大地も沸《わ》いている死の旋風《せんぷう》の中で、ここの主従だけは、ひっそりと、嗚咽《おえつ》のうちの親と嬰児《あかご》のようになっていた。

「――しかも、最後の日まで」

と、云って刑部もさすがに声をつまらせた。家臣たちは、曾つて見たことのない主人の相貌を初めて見た、そして見る事の終りだと思った。

「……この眼が、見ゆるならば、そち達と共に、駈け下りて、手ずから一戦、武士《もののふ》らしい死に様を遂げたいとは思うが、この不自由。わしはわしで、死《し》の途《みち》をとる。其方《そち》共も、各〻、目ざましゅう死のうと思う者は行け、わしに関《かま》わずに望む敵を目がけてゆけ。又、故郷《ふるさと》へ去りたいと思う者、老いたる親でもある者は逃げたがよい。――為《す》る事はもうわれ等は為《し》たのだ！　然し、いずれにせよ、今がわかれ、せめて声など聞き措きたい、各〻、わしの前へ来て名を名乗り、それを永別として散ろうぞ――」

「はっ……」

　暫く、誰も声を出さなかったが、もう丘に近い河原地まで、敵と、少数の味方との声や打物の喚《おめ》きが聞えて来たので、刑部は、

「猶予すな」

　と、叱った。
　四、五十名の家臣たちは、各〻平常の役名と姓を名乗って、それを別れに、槍を把《と》って、丘から敵の中へ駈け去った。——刑部が名も知らない厩の口取の小者までが、名乗って去った。
「……もうそれだけか」

「五助だけがお付添い申しております る」

「うむ、そちはまだ居てくれい」

　と、冥想するように、輿の中に俯向《うつむ》いて、何を思ったのか、刑部はにやりと笑った。

——功利に動き、功利の為に節を売り、功利のために戦っている無数の叫喚《きょうかん》を、愍《あわ》れむもののように、皮肉な微笑をたたえているのだった。

「——よかった。治部は、どこまでもわしの善友じゃった。この体で、こういう折もなく生き永らえていても、精々あと五年か十年。……わしは為ることを為た。……尠《すくな》くとも功利のために動いたのではない。これも、治部の恩だ、よい友は持ちたいもの

よの」

云い終った途端に、――五助は、丘の後ろから駈け上って来る敵を見たのである。

「お覚悟」

と、主人へ叫んだ。

刑部は、

「おう」

と云って、輿から体を出しかけた。湯浅五助は、その頸《うなじ》をのぞんで、ぴゅっと刃を斜《はす》に鳴らした。そして、主人の首を抱きしめると、袖にかかえて、泣くとも怒るともつかない血相を持った儘《まま》、乱軍をつつむ白い霧の中へ駈け入ってしまった。

天下を狙う

——黒田如水——

西村京太郎

西村《にしむら》京《きょう》太郎《たろう》（一九三〇〜）

東京生まれ。都立電機工業学校（現在の都立産業技術高等専門学校）を卒業後、人事院に勤務し、一一年間公務員生活を送る。一九六三年、『歪んだ朝』で第二回オール讀物推理新人賞を受賞、翌年には初の長編『四つの終止符』を刊行。一九六五年には『天使の傷痕』で第一〇回江戸川乱歩賞を受賞している。デビュー当初は社会派推理が中心だったが、次第に作風を広げ、スパイ小説やSF、本格ミステリーも執筆。十津川警部を鉄道事件に起用した『寝台特急殺人事件』以降は、トラベル・ミステリーの第一人者として活躍。『終着駅殺人事件』で第三四回日本推理作家協会賞を受賞、二〇〇四年に日本ミステリー文学大賞受賞。

一

まだ、秀吉《ひでよし》が在世中のことである。

気に入りの侍臣に向って、冗談まじりに、きいたことがあった。

「このおれが死んだあと、天下を狙うのは誰か、わかるか？」

難問である。下手に返事をして、秀吉の怒りを買ったら、打首になりかねない。きかれた侍臣は、青い顔になった。黙ってしまった。

「どうだ？」

と、秀吉にきかれて、

「見当がつきませぬ」

と、答えると、

「当らなくてもいいから、名前を挙げてみよ」

と、しつこく、いった。秀吉は、自分の出した質問を、楽しんでいる様子だった。

天下人になってからの秀吉には、上に立つ人間がいなくなったせいか、我ままが多くなった。それに、人が当惑するのを、喜ぶ風もある。

「まず、誰が、天下を狙う器量人と思うな？」

秀吉が、重ねてきくので、侍臣も答えないわけには、いかなくなった。

「徳川家康《とくがわいえやす》さまは、いかがでございますか？」

「ふむ」

と、秀吉は、うなずいたが、すぐ、苦い顔になって、

「あれは、別格じゃ」

と、いった。家康の大きさは、秀吉にとって座興にするには、気が重い存在だったのである。

「他に、誰と思う？」

「前田利家《まえだとしいえ》さまは、いかがでございますか？」

「利家は、性善《せいぜん》に過ぎる。わしの統一した天下を奪い取る気は起こすまい」

「毛利輝元《もうりてるもと》さま？」

「輝元のごとき退嬰《たいえい》的な性格で、天下が取れるものか」

「上杉景勝《うえすぎかげかつ》さま？」

「覇気あるも、地の利を得ぬ。中央に位置せぬものが、どうして、天下に号令できようか」

「宇喜多秀家《うきたひでいえ》さま？」

「秀家は、八方美人じゃ。保身の術には秀れているが、それだけでは、天下は取れ

ぬ」

秀吉は、一人一人、否定していった。気に入りの侍臣と二人だけで、気ままに喋《しゃべ》っていることが、ひどく楽しそうでもあり、一刀両断に、人物評をやることが、得意気でもあった。老人の稚気だったかも知れない。

侍臣が、並べた名前は、五大老と呼ばれていた大名である。

侍臣は、次に、五奉行の名前を挙げた。前田玄以《まえだげんい》、浅野長政《あさのながまさ》、増田長盛《ましたながもり》、長束正家《なつかまさいえ》、それに、石田治部少輔三成《いしだじぶのしょうみつなり》の五人がある。侍臣が、五大老、五奉行の名前を口にしたのは、秀吉が、この十人を、重視していると、思ったからである。事実、秀吉は、病死する十三日前、有名な遺言状を書いているが、その中に、次のように記している。

――返々、秀よりたのみ申候。五人のしゆたのみ申候。いさい五人の物ニ申わたし候。なこりおおく候。以上――

この文中にある、五人のしゆ（衆）は、五大老のことであり、五人の物というのは、石田三成ら五奉行のことである。これを見ても、秀吉が、十人の大名を重視していたことがわかるのだが、侍臣との問答の時には、簡単に、首を横にふって見せた。

侍臣は、一層、当惑した顔になった。

「他に、天下を狙うような器量のある人間は、見つからぬか？」

秀吉は、笑いながら、侍臣を見た。

「加藤《かとう》さまは、いかがで、ございますか？」

「清正《きよまさ》か」

秀吉は、にやりと笑った。

「あれは、武辺第一かも知れぬが、智略に欠ける。所詮《しょせん》は、天下は、望めまい」

「福島正則《ふくしままさのり》さま？」

「あれも、清正と同じだ。しかも、短慮者だ。天下を取る器ではない」

「――」

「他には？」

「もう、思い浮びませぬ」

「そちは、一人忘れておる」

「どなた様のことで、ございましょうか？　殿下のあと、天下を治めるような器量のある方は、思い浮びませぬが」

「一人いるのだ」

秀吉は、天井を見上げて、くっくっ笑った。

「この男、親の腹におる時から、天下を狙っていたような男でな。どこか、禿鷹《はげたか》に似ておる」

「どなた様のことで、ございますか?」

「わからんか?」

「見当がつきませぬ」

「あいつじゃ。あいつじゃよ」

秀吉は、大きな声でいってから、ひどく影のある笑い方をした。自分の死後、天下の覇権を狙って、相たたかう大名たちのことを、考えたのかも知れなかった。

侍臣は、笑い続けている主君の顔を、ぼんやりと見つめていた。秀吉のいったのが、誰のことか、侍臣にも、すぐわかった。

豊前中津《ぶぜんなかつ》城主、黒田長政《くろだながまさ》の父、黒田如水《じょすい》のことに違いなかった。

そこまでは、すぐわかったが、彼には、足も悪く、あまり風采《ふうさい》の上らない黒田如水が、秀吉のいうように、天下を狙う人間には、どうしても、思えなかった。

年若い侍臣は、きっと、主君が、冗談をいったのだと、考えてしまった。

二

秀吉が、黒田如水の野心に気付いたのは、信長《のぶなが》の命を受けて、中国攻略に従っていた時である。

備中《びっちゅう》高松城を攻囲中に、信長変死の報せを受けた。

本能寺の変は、秀吉にとって、文字通り青天の霹靂《へきれき》であった。瞬時、どう動いたらよいかわからなかった。

眼前には、攻囲中の高松城がある。その背後には、毛利の三万の大軍が控えている。このまま、引き返せば、必ず追撃を受けよう。と、いって、べんべんとして、毛利軍と対峙《たいじ》しているわけにもいかぬ。秀吉にとって、生涯でもっとも、困惑し、同時に、強い決断に迫られた時である。

秀吉は、軍師格で従事していた黒田官兵衛《かんべえ》（如水）を呼んで、対応策をたずねた。

その時、官兵衛は、信長の死を聞いて、にやッと笑ったのである。

「おめでとうございます」

と、官兵衛はいった。

「これで、天下は、貴方《あなた》様のもので、ございますな」

その時の黒田官兵衛の声を、秀吉は今も憶えている。

（この男は、誰が天下を取るかということしか考えていない）

と、秀吉は、思った。確かに、信長の死は、秀吉にとって、天下を握るチャンスかも知れなかったが、同時に、涙なしには、受けとれぬ凶事でもあった。それを、官兵衛は、むき出しに、「おめでとうございます」と、いったのである。

（この男は、わしが死んでも、おめでとうございますと、いうだろう。そして、恐らく、その言葉を、自分自身に向って、いうに違いない）

と、秀吉は思った。

だが、秀吉は、黒田如水という男を、嫌いではなかった。むしろ、駄々っ子みたいに、

「俺は、天下が欲しい」と、眼をぎらぎらさせている官兵衛が、好きであった。

（わしが死んだら、他の諸大名は、空涙を流すだろう。だが、この男だけは、一滴の涙も流すまい。そして、にこにこ笑いながら、今度こそ、俺の天下だと、決めこむに違いない）

秀吉は、そう思った。自分の死後のことを考えるのは、愉快ではなかったが、黒田如水の顔を思い浮べると、何か、爽快《そうかい》な感じがした。

秀吉が、如水に好感を持っていたのは、その気性の他に、如水の容姿のせいも、あったかも知れない。

秀吉自身、幼少の折、猿と呼ばれていたように、風采《ふうさい》はあがらぬ方である。

黒田如水も同じであった。生れつき、体軀矮短《たいくわいたん》である。しかも、秀吉に従って転戦

中、伊丹《いたみ》城で災難にあい、足を不自由にしてしまった。その上、皮膚病で頭髪をやられて、頭は、禿げあがっている。

そんなところにも、秀吉は、親近感を持っていたのかも知れない。

慶長《けいちょう》三年八月十八日。秀吉が、死んだ。六十二歳である。

秀吉の死を、一番喜んだのは、徳川家康である。「好機到来」と、感じたが、勿論《もちろん》、野心は、おくびにも出さなかった。

病が重くなった時に、秀吉が、家康を病床に呼んだ。

「このたびの病は、とうてい平快する見込みはない。いまもし、わしが死ねば、たちまち天下は瓦解《がかい》し、兵乱が起こるにちがいない。徳川殿は、軍慮の知識、文武の良将、この兵乱を鎮める器量のあるものは、徳川殿以外にはありえない。それゆえ、天下の軍勢の権は、徳川殿に譲り申そう。秀頼《ひでより》は幼にして父とわかれ、孤独となるは不憫《ふびん》であるが、どうか、成長の後、その器量を計って、どのようにでも、取り計って貰いたい」

と、いった。

黒田如水であったら、それならばと、喜んで、天下の権を譲り受けたかも知れない。自分の意志を、かくすことの嫌いな男だからである。

だが、老獪《ろうかい》の家康は、はらはらと、落涙して見せた。そして秀吉に向っては、こう答えている。

「それがしは、短才浅慮、とうてい天下の兵権を握り、四海を治める重任に堪えませぬ。殿下万歳のあと、秀頼卿がおわしますうえは、四海のうちたれか違乱の者がありましょうか。しかし、人心は測りがたいものです。よくよく神算を遺して、ご子孫長久の基を、おかため下さい。それがしは、決して、その任ではありません」

勿論、この言葉が、嘘《うそ》っ八であることは、秀吉が死んだあとの家康の行動が、はっきり示している。

家康の天下取りの野心は、岡崎城主であった時からのものである。爾来《じらい》、三十六年。天下の実権を、わが手に掌握したいという野心は、妄執にまでなっている。

秀吉の頼みぐらいで、ぐらつくものではなかった。

秀吉の前では、落涙し、「不肖なれば、天下の大任は果しがたし」などと、いったが、秀吉の死を知った時、家康は、待ちに待った時が来たと感じた。勿論、涙などは、流しはしない。

黒田如水も、勿論、秀吉の死を悲しみはしなかった。この男には、人の死を悲しむという心情はない。また、家康のように、嘘涙を流して見せるなどということも出来ない性格だった。

九州で、秀吉の死を知った時、如水は、家臣を相手に酒を飲んでいたが、かッと、

大きく眼をひらいて、

「これぞ、天地の慶祝」

と、怒鳴ったという。

黒田如水にとっても、家康と同じく、秀吉の死は、好機到来であったのである。

三

如水は、直ぐ、謀臣の竹中外記《たけなかげき》を呼んだ。

外記は、三十六歳の若さだったが、才智に秀れていたので、如水が重用していた男である。その関係は、昔の、秀吉と、如水自身のそれに似ていた。

如水は、外記と二人だけになると、

「秀吉公が亡くなられた」

と、いった。

外記は、黙って、如水を見ていたが、

「これで、風が変わりますな」

と、いった。

「どう変ると思う?」

「簡単には、申し上げられませぬ。殿は、どう思われます？」

「わしにも、わからん。だが、そちのいう通り、これで、風が変る。風雲に乗れば、天下も掌握できる。そう思わぬか？」

「思いますが、その道は、嶮《けわ》しかろうと存じます」

「わしに、力が足らんというのか？」

「いえ、殿には、天下人たる器量が、ございます。しかし、事を計るは人なれど、事を成すは、天なりの諺《ことわざ》が、ございます」

「うむ」

「まず、天下の形勢を把握することが、先決で、ございましょう」

「どう動くと思う？」

「天下を狙う第一の人物は、殿を除きますれば、徳川家康かと存じます」

「うむ」

「家康を倒さずに、天下を握ることは、出来ませぬ」

「倒せるか？」

「まず、無理でございましょうな」

「無理か」

如水は、にやにや笑った。

「無理だが、倒さねば、天下を握れぬというのか?」

「御意」

「困ったな」

如水は、笑いを崩さずに、いった。別に困惑している様子ではなかった。

外記の方も、微笑していた。

「徳川家二百五十五万石に比べて、ご当家の禄高《ろくだか》は、わずか、十八万石でございます。戦えば、必ず敗れましょう」

「負けるだろうな」

如水も、あっさりといった。

「勿論、対等に戦ったらの話だが」

「御意。徳川殿を煙たがっておられるのは、殿だけでは、ございませぬ」

「それが面白いところだ」

如水は、盃を口に運んだ。

「家康に対抗するのは、誰と思う?」

「まず、石田三成」

「うむ」

「毛利輝元」

「うむ」

「島津義弘《しまづよしひろ》」

「うむ」

「小西行長《こにしゆきなが》」

「うむ」

「上杉景勝」

「前田利家は、どうだ？」

「人物、勢力ともに、徳川家康に対抗できましょう。しかし、老齢ゆえ、家康に対抗する気力があるかどうか疑問で、ございますな」

「加藤清正は、どうだ？　武辺者で、通っておるが」

「家康を煙たく思っていることは、間違いございますまい。しかし、近頃は、保身に汲々《きゅうきゅう》としているとか、聞いております。事が起これば、保身のために、家康の麾下《きか》について、戦うかも知れませぬ」

「――」

如水は、黙って宙を睨《にら》んだ。いくたりかの大名の名前が、彼の頭に浮んでくる。もし、天下を二分した戦いが始まれば、その時こそ、権謀の限りをつくして、天下を、この手に握って見せる。

「戦いがあると思うか？」

暫《しばら》く、間を置いてから、如水は、外記にきいた。

「ありましょう」

と、外記は、いった。

「問題は、その戦が、小さなものか、天下を二分するような大きなものかということで、ございましょう。もし、大きな戦となれば、ご当家にとって、願ってもない好機。絶対に、どちらにも加担なさっては、なりませぬ」

「わかっておる」

如水は、外記に向って、にやッと、笑って見せた。

外記も、笑った。

「双方が、疲労の極に達した時、殿が、精兵を集めて、中央に突進なされば、天下を掌中に握られることは、いとも簡単なことにございましょう」

「わしも、そうありたいと思う」

如水は、外記に向って、うなずいて見せた。

四

如水は、諜報方《ちょうほう》の雑賀弥平次《さいがやへいじ》を呼んだ。

「すぐ、部下を連れて、大坂へ行け」

と、命じた。

「秀吉公死んで、天下の風雲は、急を告げている。わしは、その動きを知る耳と眼が欲しい。九州にいて、中央の動きを知る耳と眼がな」

「かしこまって、ござる」

と、弥平次は、いった。

「中央の動き、細大もらさず、報告致します」

「部下は、いくら連れていってもよい。金を、いくら使ってもよい。得るところを考えれば安いものだ」

「はッ」

「わかったら、すぐ行け」

その日のうちに、雑賀弥平次以下、二十人の者が、筑紫《つくし》を出発して、大坂へ向った。

如水は、九州に腰をすえて、じっと、その報告を待った。

最初にもたらされた報告は、秀吉の死を境に、武将派と文官派の間に、露骨な争いが生れ始めたというものだった。

武将派というのは、加藤清正、福島正則、浅野長政といった、槍《やり》一筋で、のし上って来た大名たちである。それに反して、文官派は、石田三成、長束正家といった机の上の手腕で、大名に取り立てられた者で形成されている。

この二派の間に、争いが生れるようになったのは、秀吉の朝鮮遠征からである。武将派の大名は、遠い異郷で、生死をかけて戦っている。その間、文官派の大名たちは、平和な国内で、秀吉の機嫌取りをしている。しかも、武将派の大名の論功行賞は、文官派の手に握られている。そんなところから来た軋轢《あつれき》である。

秀吉の在世中は、それが、押さえられていたが、秀吉が死ぬと、両派の不満が、一時に爆発したのである。

如水は、報告を聞いて、ほくそ笑んだ。とにかく、彼にしてみれば、中央に、争乱が起きて欲しいのだ。

「ところで、徳川殿は、どうしておられる?」

如水は、報告に来た小者に質問した。

「徳川殿は、どちらに、味方しておられるのだ」

「徳川さまの噂は、全く、耳に致しません」

「どういうことだ？　それは」

「どちらにもつかず、ひややかに、両派の争いを、見ておられるのではないかと、存じますが――」

「そうか」

如水の顔に、ふっと、影が射した。小者を退らせると、

（狸め）

と、如水は、舌打ちをした。自分が、天下を取るとき、もっとも大きな障害になるであろうと思われるのは、徳川家康と、外記もいったし、如水自身も、そう思っている。今度の報告で、それを、再認識した恰好《かっこう》であった。

中央の動きは、その後も、めまぐるしかった。

九月三日、五大老、五奉行連名で、秀頼擁立の誓書を書く。

その報せを受けた時、如水は、外記と顔を見合わせて、苦笑した。

「噴飯ものだな」

と、如水は、いった。

「誓書など、何枚書いたところで、何の役に立つというのだ。いざとなれば、紙の上の約束など、何の役にも立たん」

「一時の気休めには、なりましょう」

外記は、落着いた声で、いった。

「問題は、その気休めが、いつまで続くかということですな」

「一ヶ月持つかな」

「さあ」

外記は、首をかしげた。

「一月と持たぬと思いますが――」

外記の予言は、適中した。

その月の下旬になって、家康は、勝手に、伊達政宗《だてまさむね》や、福島正則などと、縁組みを取りかわした。「諸大名の縁組みは、全て、秀吉の許可を得なければならない」となっていたし、秀吉の死後も、この掟《おきて》は守ると、誓書が出してある。家康は、その誓いを破ったのである。

この報告を受けた時、如水は、「始まったな」と、思った。

「始まりましたな」

と、外記も、いった。

「家康は、明らかに、わざと、誓書に違反したのです。恐らく、自分の勢威が、どれほどのものか、試す積りでしょう」

「前田利家や、石田三成が、どう出るかだが?」

「一応の詰問は致すでしょうな」

「あの狸めが、そんなことで、尻尾《しっぽ》を出すものか」

如水は、笑った。如水には、その結果が、わかるような気がした。きっと、狸親爺《たぬきおやじ》が、相手方を、まるめこんでしまうに違いない。

毛利輝元、宇喜多秀家、石田三成らは、大坂城内で協議し、詰問の使者を、家康に送った。

しかし、その結果は、如水の予測した通りであった。家康は、のらりくらりと、相手をはぐらかした揚句、年が明けてから、やっと、誓書を、差し出した。縁組みについての忠告は了承したとは書いてあったが、謝罪の文句は、一言も書かれては、いなかった。大老や奉行には、重ねて、家康を詰問する勇気がなかった。それどころか、「さっそく、御同意頂き、恐縮つかまつる」と、家康に、頭を下げているのである。

「想像した通りだな」

と、如水は、外記と顔を見合わせて、笑った。

「家康め、まんまと、自分の威勢を示すのに成功したな」

「これで、秀吉公の遺功も、地に堕ちましたな」

「家康め、さぞ、得意だろう。刃向う者なしと知って」

「単騎で、家康に対抗できる者はいないと、わかりましたが、家康を心良く思わぬ者が、連合すれば、対抗し得ましょう」

「まとめる人間がいるか?」

「わかりませぬが、中央にも、人はおりましょう。反徳川が、かたまれば、一方では、家康に味方する者も集ります。そうすれば――」

「天下が二分するか」

「好機到来ということに、なりましょう」

「そうありたいものだ」

五

だが、如水が望むような戦雲は、なかなか生れなかった。

如水は、かすかに焦燥を感じ始めた。

慶長四年三月。

大老前田利家の死が、知らされた。

如水は、前田利家の死が、何を意味するのか、それを考えてみた。

「家康の地位は、これで、ますます強いものになるでしょうな」

と、外記は、いった。

「それは、わかっている」

如水は、やや、不機嫌に、いった。

「問題は、家康に対抗する力だ。前田利家が死んだあと、誰が、狸親爺に対抗すると思う」

「加藤清正や、福島正則では、その任ではないでしょう。前田利家ほどの人望がありません」

「では、誰だ？」

「恐らくは、石田三成」

「うむ」

と、如水は、うなずいた。

「あの男は、才もあり、気力もある。だが敵が多過ぎる」

「敵を作れるほどの人物でなければ、家康には、刃向えますまい」

「それも、そうだな」

如水は、笑った。が、眼は、笑っていなかった。

如水は、石田三成という男を、よく知っている。彼が、石田左吉《さきち》と呼ばれていた少年の頃から、知っている。

伊吹《いぶき》山の貧乏寺の小坊主から、秀吉に認められて、江州佐和山《ごうしゅうさわやま》十九万石の大名にまで出世した男である。頭がいいし、政治的手腕にも、秀れている。あの男が、家康の傍若無人な行動を、黙って見ている筈《はず》がない。きっと、立つ筈だ。如水は、そう信じた。

また、石田が、家康に対抗して、立ち上ってくれなければ、困るのである。

その石田三成が、武将派との争いから、五奉行の地位を追われ、佐和山へ隠退したと、知ったのは、二ヶ月後である。如水へ知らせたのは、雑賀弥平次だった。

如水は、驚いて、

「本当か？」

と、何度も、ききかえした。本当だとわかると、これも、家康の謀略に違いないと思った。狸親爺らしいやり方で、自分に反対する勢力を、少しずつ、中央から、追い払っていく積りだ。

「どう思う？」

如水は、外記にきいた。

「狸もなかなかやるぞ」

「やりすぎるということも、ございます」

と、外記は、冷静に、いった。

「あまり、相手を追い詰めると、かえって、危険なものです。窮鼠《きゅうそ》かえって猫を噛《か》むの例えも、ございます」

「石田三成が、鼠《ねずみ》か？」

「石田どののことは、私よりも、殿の方が、よくご存じでは、ありませぬか？」

「そうだ。あの男のことは、良く知っている。隠退生活に、甘んじていられるような男ではない」

「それならば、石田三成が中央から追われたことは、かえって、戦いの近いことを、示しているかも知れませぬ」

「確かに、そうも、いえる」

如水は、うなずくと、再び、雑賀弥平次を呼んだ。

「江州佐和山へ行け」

と、如水は、命じた。

「石田三成の動勢を、探ってくるのだ。もし、おだやかに、隠退生活を送っているなら、報告に戻らずともよい。そのまま、大坂へ行け。だが、少しでも、石田三成の動きに不審な点があれば、すぐ、報告に戻れ」

「承知つかまつりました」

弥平次は、一礼して、飛び出して行った。

六

弥平次は、なかなか戻らなかった。

再び焦燥が、如水を捉え始めた。中央の動きも、活発ではなかった。

一ヶ月が、何事もなく過ぎた。戦火の匂いは、何処からも、漂って来ないのだ。

雨のひどく降る日に、弥平次は、ずぶ濡れになって、江州佐和山から、戻って来た。

待ち兼ねていた如水は、直ちに、報告を聞いた。

「あれは、ただの隠棲《いんせい》生活では、ございませぬ」

と、弥平次は、いった。

「佐和山では、盛んに、浪人を召し抱えております」

「ふむ」

如水の眼が輝いた。やはり、予感は、当っていたのだ。

「他には？」

「武器弾薬、それに兵糧も、盛んに、城内に蓄えております」

「ふむふむ」

如水は、次第に上機嫌になっていった。

「他に、会津《あいづ》の上杉家とも、しきりに、連絡を取っているようで、ございます」

「上杉とか」

如水には、うなずくものがあった。石田三成が、上杉景勝や、その臣下で、米沢《よねざわ》二十四万石の城主でもある直江山城守《なおえやましろのかみ》と、親交のあることは、如水も、知っていた。

成程と、思った。三成も政治家だ。彼一人で、家康に対抗できないことは、よく知っているのだ。だから、北の上杉、直江と組んで、家康を挟撃する積りだ。

「面白くなってきたぞ」

如水は若者のように、血が躍るのを感じた。上手《うま》くいけば、覇権が、自分の手に、転がりこんで来るのだ。

やがて、上杉家は、公然と、家康に反抗し始めた。明らかに、石田三成との了解のもとに、動いているのだ。

慶長五年六月。

家康が、上杉討伐の兵を起こした。総兵力十五万の大軍である。

雑賀弥平次は、飛びかえって、それを報告すると同時に、

「噂によりますと、石田三成は、家康に向って、会津討伐の軍に加えて欲しいと、申し出た由です」

と、つけ加えた。

如水は、げらげら笑い出した。狐と狸の化かし合いだなと思った。

「それで、家康は、何と答えた？」

「貴殿は、後方にて、ご見学あれと、返事した由」

「あははは」

如水は、笑った。

「どっちもどっちというところだな」

「戦雲は、動き出しましたな」

と、外記も、頬を紅潮させて、如水に、いった。

「これで、石田三成が挙兵すれば——」

「必ず挙兵する」

如水は、大きな声で断言した。

「必ずだ」

「石田三成が挙兵すれば、天下分け目の戦いになりましょう。その時には、殿にとって、天地の慶祝——」

「今から、準備せねばならぬ」

「——」

「まず、浪人を集め、武器弾薬を、ととのえておかなければならぬ」

「はッ」

「そちが、手配せい」

「承知つかまつりました」

「その準備が出来たら、あとは、吉報を待つだけだ」

如水は、宙を睨んで、いった。

七月十七日。

如水は、石田三成挙兵の報告を受けた。来るべきものが来たと思った。

如水は、雑賀弥平次の報告を元に、両軍の戦力を比較してみた。
○東軍（家康方）―徳川家康、福島正則、加藤清正など、総兵力約十万四千。
○西軍（三成方）―石田三成、島津義弘、宇喜多秀家ら、総兵力約八万五千。
「兵力は、ほぼ、拮抗《きっこう》していますな」

外記は、如水の顔を見て、いった。

「問題は、石田方が、寄せ集めの軍隊であることですが」

「その欠点は、東軍にもある」

と、如水は、いった。

「福島正則や、加藤清正は、別に、大義名分があって、家康に味方しているわけではない。どこまで本気で働くか、狸親爺も、気がかりで仕方がないだろう」

「東西両軍とも、向背の定かでない分子を抱えているとなると、行動も、慎重にならざるを得ないかも知れませんな」

「この合戦は、どの位続くと、思う？」

「恐らく、長引くでしょうな」

外記は、考える眼で、如水を見た。

「兵力が、相拮抗《あい》している場合は、川中島の上杉、武田《たけだ》両勢の戦いを考えるまでもなく、戦いは長期化するものです。ひょっとすると一年は続くかも知れませぬ」

「一年か――」

如水は、頭の中で、その長さを測ってみた。

両軍の戦いが、長引けば、長引くほど、如水にとって、好都合である。そうなれば、徳川方も、石田方も、疲弊する。

その時、九州から、大軍をひきいて中央に進めば、天下の権は、ひとりでに、如水の掌中に、ころがりこんで来よう。

「一年は、要らぬ」

と、如水は、いった。

「半年でいい。半年戦いが続いてくれたら、その間に、九州全土を、席巻し、後顧の憂いを無くしておいて、中央に兵を進めることが出来る」

「九州の平定なら、半年は要しますまい」

外記は、微笑を見せて、いった。

「殿の采配《さいはい》、それに、わが精兵を持ってすれば、恐らく、三月で、九州全土を、掌握できるものと思います」

「うむうむ」

如水は、上機嫌で、うなずいた。当代第一の戦上手を以って任じている如水である。九州の掌握ぐらい、瞬時の間にという自負がある。半年といったのは、慎重に、いったまでであった。

外記の言葉を待つまでもなく、短期間に、九州を平定する気でいた。

七

如水は、次の日から、直ちに、行動を起こした。

今日を期して、養い、鍛練していた三万の精兵は、獲物を求める鷹のように、豊前中津城から、溢《あふ》れ出た。

如水は、家来に担がれながら、指揮を取った。

久しぶりの戦であった。

しかも、天下が賭けられた戦いである。如水の眉に激しい気魄《きはく》が溢れていた。

まず、赤根山に進んで、富来《とみく》城を攻めた。

三日目に、富来城攻略。

続いて、大友義統《おおともよしむね》を立石城に攻め、激闘三時間、大友の軍は敗北し、義統は、剃髪《ていはつ》して如水に降伏。

如水は、軍を進めながらも、絶えず、中央の動きに、神経を尖《と》がらせていた。

九月に入って、西軍の主力は、大垣《おおがき》城に集結した。その兵力約五万。

十四日には、徳川家康も、大垣城の対岸、岡山に到着。集結した東軍の兵力は、約七万五千。

如水は、陣中にも、中央の地図を持ち込んで、外記と共に、戦いの帰趨《きすう》を占っていた。

「恐らく、戦場は、関ヶ原になろう」

と、如水は、地図を見ながら、いった。

「家康も戦上手。西軍にも、大谷刑部《おおたにぎょうぶ》という戦上手がいる。対峙したまま、容易に、戦いは、仕かけまい」

「長引きますな」

「長引いて貰わねば困る」

と、如水は、笑った。

兵力が大きくなればなるほど、その行動は慎重になるものである。

如水は、そう思っている。

この東西の戦争は、どう少く見つもっても、三ヶ月以上は、続くと、如水は、見ていた。

それは、一つの賭けでもあった。

如水にとって、時間との戦いであった。

九月十五日、如水は、軍を熊本に進めた。

九州席巻は、目前であった。

九月二十日、宮崎城を攻略。

「ひとまず、終ったな」

と、如水は、外記にいった。あとは、機を見て、中央に兵を進めるだけだと思った。

実は、この時、すでに、関ヶ原の戦いは終っていたのである。

如水は、それを知らなかった。

兵をまとめて、中津城に帰った時、その知らせが、如水を待っていた。

如水にとって、それは、悲報であった。

僅《わず》か四時間半で、西軍が壊滅したと聞いても、如水は、信じられなかった。

今度の戦は、少くとも、三月は続く筈ではなかったのか。それが、僅か四時間半で、終ってしまうとは。

「天、われを見捨て給うか」

と、如水は、慨嘆した。

今日までの雌伏は、天下の権を握らんが為だったのである。

そのチャンスは、一瞬にして、如水の眼の前から、去ってしまったのである。

「まだ、お諦めは、早すぎましょう」

と、外記は、なぐさめるように、いった。

「まだ大坂城には、家康に対抗して、秀頼がおります。東西の争いは、まだ続きましょう」

「馬鹿な」

と、如水は、苦い笑い方をした。

「たかが城一つが、どうして、あの狸親爺に対抗できる。もはや、徳川の天下と、決ったようなものだ」

「――」

「好機去る。好機去る」

如水は、天を仰いで、何度も、同じ言葉を呟《つぶや》いた。
その後、如水は、急に老込んでしまった。
かがやきを持っていた彼の眼は、そのひかりを失なってしまった。
死に臨んで、如水は、この時を回顧して、
「関ヶ原で、石田が、今しばらく支えてくれたら、俺が、天下を掌握したかも知れぬ」
と、いった。
秋雨の降り注ぐ寒い日、黒田幕府をひらくことが出来たかも知れぬ男が、死んだ。

片腕浪人

——明石《あかし》全登《たけのり》——

柴田錬三郎

柴田錬三郎《しばたれんざぶろう》（一九一七〜一九七八）

岡山県生まれ。慶応大学在学中から「三田文学」に小説を発表。大学卒業後は日本出版協会に入るが、一九四二年に招集。南方に向かう途中で乗艦が撃沈されて漂流するが、奇跡的に救助される。一九五一年発表の『デスマスク』が芥川賞と直木賞の候補となり、翌年『イエスの裔』で直木賞を受賞する。小説の基本はエントネ（人を驚かせること）にあるとし、『眠狂四郎無頼控』、『赤い影法師』〈柴錬立川文庫〉シリーズなど奇想天外な伝奇小説を得意とした。『三国志英雄ここにあり』で吉川英治文学賞を受賞。『復讐四十七士』が絶筆となった。

一

明石掃部助全登《あかしかもんのすけたけのり》が、左腕の激痛に襲われたのは、関ヶ原役の直後であった。

明石掃部助全登は、宇喜多秀家《うきたひでいえ》の軍師であった。

その地位は、上杉《うえすぎ》家に於《お》ける直江山城守兼続《なおえやましろのかみかねつぐ》に似ていた。

職禄《しょくろく》は宇喜多家家宰・四万石であったが、『別本当代記』には、

「明石掃部助は、太閤《たいこう》取立の者、十万石取申候《そうろう》」

とあり、また、『土屋知貞私記』には、

「太閤直参《じきさん》なり、十万石ほどの身代」

と、ある。十万石は、嘘《うそ》だが、直参格であることにはまちがいなかった。官位は従《じゅ》五位下《ごいのげ》、左近将監《さこんしょうげん》であった。

その父飛騨守景親《ひだのかみかげちか》は、はじめ、浦上宗景《うらがみむねかげ》に仕えて、備前児島郡に一城をかまえていた。

浦上宗景が滅亡後、景親は、宇喜多直家《なおいえ》に随身《ずいじん》した。景親は、智勇《ちゆう》を兼備し、宇喜多家の興隆を扶《たす》けたので、四万石の大身《たいしん》にとりたてられて、柱石的存在となった。掃部助は、その嫡男《ちゃくなん》で、和気《わけ》郡の大股《おおまた》城にいた。

主君の秀家は、父直家とちがって、狂気めいた所業が多かった。中納言《ちゅうなごん》になった頃《ころ》より、それが甚《はなは》だしくなった。鷹匠《たかじょう》三百人をかかえ、黄鷹千羽を飼ったことなども、その一例で、

「わしは、いずれ大納言になるであろうゆえ、公卿《くぎょう》ぶりをならわねばならぬ」

と云《い》って、猿楽《さるがく》に熱中し、その日常を、公家《くげ》そっくりにしたりした。

秀家が、増上慢になったのは、太閤から秀吉《ひでよし》の一字をもらったり、秀吉の養女となった前田利家《まえだとしいえ》の三女を娶《めと》ったり、五大老の一人に補せられたりしたことである。

当時、他の大名も多くそうであったが、宇喜多家も、領内の諸城を守る重臣らが、交替で、国政を執行していた。

直家の頃は、譜代家老戸川《とがわ》平右衛門秀安《ひでやす》、長船又右衛門、岡《おか》平内利勝《としかつ》らが、国政をみていた。

長船又右衛門は、その守城虎倉城で、謀叛《むほん》に遭って殺され、次いで、岡平内が文禄《ぶんろく》の役に加わり朝鮮で陣没したので、戸川平右衛門の嫡男助七郎達安《みちやす》が、執政を継いだ。

太閤秀吉が逝《い》った頃から、宇喜多家の家臣団の間柄《あいだがら》が次第に険悪になった。

秀家が、夫人前田氏の付人として、岡山城へやって来た中村次郎兵衛を、施政仕置きに加えたからである。

中村次郎兵衛は、秀《すぐ》れた才識の持主であったが、切支丹《キリシタン》宗徒で、同じ耶蘇《ヤソ》教の長船

紀伊守、浮田太郎右衛門らと親しくなり、これに対して、戸川助七郎、花房助兵衛職《はなぶさすけひょうえもと》之《ゆき》ら日蓮《にちれん》宗派の武弁派が、

「邪智あるものを、国の政《まつりごと》に加えるのは、御家を危くするものである」

と、公然と主張した。

一方、秀家は、公卿ぶりの驕慢《きょうまん》から、失費おびただしく、また領民の反対を押しきって検地を強行して、烈《はげ》しい不満を買った。

そうした時、たまたま、夫人が重い病いに罹《かか》ったので、秀家は、戸川、花房ら重臣のすすめによって、日蓮宗僧侶《そうりょ》に、治癒《ちゆ》祈禱《きとう》をさせた。

ところが、なんのききめもなく、夫人は逝った。

激怒した秀家は、戸川、花房はじめ日蓮宗派の家臣に、改宗を厳命した。しかし、かれらは、日蓮宗を固守して、改めなかった。

ここに於て、切支丹・日蓮の両信徒が、党派的対立を表面化し、宇喜多家にとって、存亡《そんぼう》にかかわる騒動となった。

両派いずれも、戦国武辺の気風を、骨までしみ通らせた頑《かたく》な者ぞろいであった。

とりわけて、日蓮宗派側には、花房助兵衛など、故太閤をやりこめた武辺もいた。

小田原役の時であった。

秀吉は、長びいた役の無聊《ぶりょう》のなぐさめに、能を催していた。

その本陣の前を通る者は、いちいち下馬したが、花房助兵衛だけは、平然として馬上でうち過ぎようとした。

番卒がこれを見咎《みとが》めると、助兵衛は大音をあげて、

「戦場に在って、能楽を玩《もてあそ》ぶうつけの大将に向って、下馬する法やある」

とののしるや、ぺっと唾《つば》を吐きすてておいて、通り過ぎてしまった。

この報をきいた秀吉は、激怒して、秀家を召すや、

「花房某を、打首にせい」

と、厳命した。

秀家はやむなく、座を起《た》って、おのが陣屋へ向った。一町も行かぬうちに、秀吉の小姓が追って来て、呼び戻《もど》した。

秀吉は、なお不機嫌《ふきげん》な面持《おももち》であったが、

「一旦《いったん》の怒りにまかせて、打首にせよ、と命じたが、花房は剛直の士ときくゆえ、罪一等を減じて、切腹を申しつける」

と、命じた。

切腹は、不名誉ではない。秀家は、畏《かしこま》って、本陣を出た。

するとまた、一町も行かぬうちに、小姓が走って来て、「いまいちど、関白のおん許《もと》へ――」

と呼び戻した。

秀家を前にした秀吉の機嫌は直っていた。

「いま、天下に、予に向って、斯様《かよう》の大言を吐く者は、花房を措《お》いて他《ほか》にないと知ったぞ。一命を助けてつかわすほどに、加増してやるがよかろう」

三転して、褒美《ほうび》となった。

これは、あきらかに、諸侯の心を巧みに掌握する秀吉の演技であった。

それにしても、秀吉に唾を吐きかけた花房助兵衛職之の剛腹《ごうふく》は、相当なものであった。

やがて――。

戸川助七郎、花房助兵衛ら日蓮派は、秀家のために暗殺される危険をおぼえて、宇喜多家を退去した。

関ヶ原役で、宇喜多家は滅亡したが、同家を退去した戸川助七郎、花房助兵衛は、東軍に加わって戦い、役後、戸川は備中《びっちゅう》庭瀬二万九千石、花房は備中高松八千二百二十石の知行を与えられた。

二

明石掃部助全登は、この騒動の間、和気郡大股城を動かず、時折り片上の入江に、小舟をうかべて、釣《つり》を愉《たの》しんでいた。

家臣が、調停をなされては、とすすめたが、掃部助は、笑って、

「君臣の間が破れたものを、どうつくろうてだてもあるまい」

と、しりぞけたものであった。

掃部助は、主君秀家が驕慢《きょうまん》にわれを忘れているが、決して暗愚ではない、と看《み》ていた。

また、宗門信仰にこりかたまった両派が、ついに和睦《わぼく》することはない、と知っていたのである。

もともと、宇喜多家と明石家は、浦上宗景に仕えた朋輩《ほうばい》であった。

下剋上《げこくじょう》の時代であり、宇喜多直家が、主家浦上氏を滅し、備前及び美作《みまさか》を平定し、さらに播磨《はりま》西部の二郡と備中の一部を攻め取って、中国屈指の戦国大名にのし上ったので、明石景親は、やむなく、その足下に屈したのであった。

したがって、掃部助は、秀家に対して、純粋の譜代家臣の料簡《りょうけん》を持っていなかった

のである。

後世の君臣の間のつよいつながりというものはなかった。

慶長五年、東西の衝突が発して、はじめて、明石掃部助全登は、起《た》った。

宇喜多秀家は、西軍首脳の一人に推されて、備前、美作合せ一万八千余を率いて、進撃したが、掃部助は、その先鋒《せんぽう》をうけたまわり、まず、伏見城攻略に参加した。

小早川秀秋《こばやかわひであき》、島津義弘《しまづよしひろ》、毛利秀元《もうりひでもと》らとともに攻口《せめぐち》の司令となった秀家は、掃部助に、攻撃方法をまかせた。

伏見城の攻防は、七月十九日薄暮にはじまり、八月一日にいたって、鳥井元忠以下千八百余ことごとく、討死した。寄手《よせて》の死傷は、それより上まわり、三千人に及んだ。

宇喜多勢も、二百余を失った。

休むひまなく、西軍は、伊勢口、美濃口《みのぐち》、北関口へ押し出した。

宇喜多勢は、伊勢口から、関ヶ原に押し出した。

先鋒となった明石掃部助は、まず、東軍の一将中村一栄と、福田畷《なわて》に戦い、これを撃破した。

本戦となるや、掃部助は、八千余を率いて、東軍の驍将《ぎょうしょう》福島正則《ふくしままさのり》の隊と激突した。

福島丹後、尾関石見《おぜきいわみ》、長尾隼人《ながおはやと》らは、いずれも名だたる部将であったが、激闘半刻《はんとき》も経《た》たぬうちに、数町を後退せざるを得なかった。

宇喜多勢と福島勢の旗幟《きし》は、入り交って、槍《やり》と槍、剣と剣、槍と剣、騎馬と騎馬、騎馬と人、五体と五体をぶちつけ合い、怒号と悲鳴をほとばしらせ、血飛沫《ちしぶき》を散らした。

人馬の渦《うず》が、秋草を蘇芳《すおう》に染めて、凄《すさま》じい勢いで、移動した。

福島勢は、いったんは、押しかえしたものの、ついに、宇喜多の先鋒隊を抜くことは不可能とさとった。

関ヶ原の戦いは、霧雨の降りしきる中を、夜明けとともに開始され、双方合わせて二十万が、統一のつかぬまま、各軍思い思いに激闘して、未刻《ひつじ》(午後二時)に終っている。

天下を分けるこの戦いは、小早川秀秋の徳川方への裏切りによって、勝負が決した。

石田三成は、戦機が熟した頃合、かねての手筈《てはず》通りに、烽火《のろし》を、陣地の丸山、及び小西行長、宇喜多秀家の背後にある天満山に挙げた。

これに応じて、松尾山に布陣した小早川秀秋が、一挙に、東軍めがけて攻め下る筈であった。

小早川秀秋は、動かなかった。

さらに——。

南宮山《なんぐうさん》にあった毛利秀元、吉川広家《きっかわひろいえ》も、動かなかった。

しかし、東軍側としても、小早川秀秋の旗色が、こちらに動くか否《いな》か、不安であった。内応の密約こそしてあったが、秀秋が、突如として、西軍に荷担することも、充分予想された。

家康は、弱冠の頃から、不安焦躁《しょうそう》にかられる時は、しきりに指の爪《つめ》を噛《か》むくせがあったが、この時も、終始、指の爪を噛みつづけていたという。

午刻《うまのこく》になっても、まだ勝敗の行方がきまらないのに苛立《いらだ》った家康は旗本の久保島孫兵衛を呼んで、松尾山へ奔《はし》って、こころみに、鉄砲を撃ちかけてみよ、と下知《げじ》した。

小早川秀秋は、鉄砲を撃ちかけられては、旗色を明らかにせざるを得なかった。

小早川勢が、松尾山を下り、大谷刑部少輔吉継《おおたにぎょうぶしょうゆうよしつぐ》の陣営に向うのを見てとって、家康は、東軍に総攻撃を命じた。

一瞬にして、東西の均衡は崩れた。

大谷吉継は、かねて、小早川秀秋に異心があることを看破していたので、小早川勢が松尾山を下って、こちらへ向って来ても、あまりおどろかなかった。

刑部少輔は、癩《らい》をわずらい、全身が冒され、双眼は殆《ほとん》ど盲《めしい》に近かった。

しかし、戸輿《とごし》上に在る吉継は、急報を受けても、平然として、

「よい！」

ただ一言だけ云った。

自軍だけでも、充分、小早川勢を引き受ける自信があった上に、戸田重政《とだしげまさ》、平塚為広《ひらつかためひろ》らの隊をして側面から援護させる作戦を策していたのである。

裏切りというものに対しては、逆に、士気は倍加する。大谷勢は、一挙に、小早川勢を、五町あまりも撃退して、三百七十余の屍《しかばね》を、野にさらさせた。

ところが、その直後、脇坂安治《わきさかやすはる》、小川祐忠《おがわすけただ》ら、小早川勢の側面に備えさせておいた味方が、秀秋とともに、突如として、東軍に寝返ったのであった。

癩を病んだ智将は、憤死した。

小西行長《こにしゆきなが》勢も、崩れ去った。

この動揺が、福島勢と互角に闘いつづける宇喜多勢に波及した。

秀秋の裏切りの報に接した秀家は、眦《まなじり》を裂いて、憤怒した。

「よしっ！　金吾のそっ首は、この秀家が、刎《は》ねてくれるぞっ！　者共、つづけっ！」

馬腹を蹴《け》って、疾駆しはじめた。あとに四五十騎がつづいた。

その時、疾風の勢いで、追いついて来たのが、明石掃部助であった。

「狂気沙汰《ざた》は、お止《や》めなされいっ！」

掃部助は、馬の口を、ひっ摑《つか》むや、叫んだ。

「なにが狂気沙汰かっ！　金吾の裏切り、断じて許せぬぞ！　退《の》けっ！　この秀家が討ち果してくれる！」

「お待ち下され、ここは、大将の討死される場所ではござらぬ。もし、ここで、殿が討死されたとせんか、秀頼《ひでより》公の後見を、誰人《たれのひと》にまかせますか。……勝負は、兵家の常、いまはいったん退いて、後日、再挙を計るこそ、武将のとるべき道と存ずる。死に急ぎめさるな。死ぬべき秋《とき》は、岡山城に天下の軍勢を引き受けて、矢つき、刀折れた後のことでござるぞ！」

いさめられて、秀家も、ようやく納得した。

掃部助は、秀家を遁《のが》しておいて、二千余の手勢を駆使して、殿《しんがり》をつとめ、自身も血路をひらいた。

三

掃部助が、左腕に激痛をおぼえたのは、関ヶ原から潜行して、京都へ出、大坂へ遁れて、一船をやとって、海路から備前へ還《かえ》ろうとした時であった。

掃部助は、耳朶《じだ》に一矢、左の太股《ふともも》に槍傷《やりきず》を蒙《こうむ》っていたが、左腕には、微傷だに受けていなかった。

まだ二十八歳の掃部助は、持病というものを知らず、このたびの敗走潜行にも疲労というものを、おぼえていなかった。

その原因が不明なままに、掃部助は、激痛に堪えて、ひそかに、岡山城下に至った。

主君秀家は、還って居《お》らず、敗報とともに、留守居の士兵は四散し、そのあとを、土寇《どこう》が襲って、城内の穀物、什器《じゅうき》ことごとく掠奪《りゃくだつ》し去って、惨たる跡が、掃部助を待っていた。

掃部助は、やむなく、数人の家来を引具《ひきぐ》して、備中《びっちゅう》の足守《あしもり》にかくれた。

左腕の激痛は、ますます増し、夜半もねむれぬ悪化状態を辿《たど》った。

某日――。

縁側に出て、陽《ひ》だまりの中に坐《ざ》し、庭はしの柿《かき》の木が、熟柿《じゅくし》一個をのこして、冬を迎えている蕭条《しょうじょう》たる景色を、眺《なが》めやっているうちに、掃部助は、ふと、思いついて、

「松助――」

と、郎党の一人を呼んだ。

縁さきへ蹲《うずくま》ったのは、背中にこぶを背負うた小男であった。

岡部松助というこの男は、伊賀者であった。

いわば、傭《やと》われ忍者であったが、いつとなく、掃部助に心服して、忠実な郎党になっていた。

「お前は、刺青《いれずみ》ができるか？」

掃部助は、訊《たず》ねた。

「はい——？」

松助は、怪訝《けげん》な視線を、主人に向けた。

「伊賀衆に、顔に青痣《あおあざ》がある者が居り、その痣に、白粉《おしろい》を刺してやったことがございますが、うまく消すことはできませなんだ」

「わしの左の腕に、刺青をしてくれぬか」

「はい」

松助は、主人の左腕が原因不明の激痛に襲われつづけていることを、きかされていた。

掃部助は、松助に筆墨をはこばせると、入墨すべきものを、したためてみせた。

まず——。

十字架を描いた。

掃部助は、熱烈な切支丹信徒であった。大坂に在った頃《ころ》は、在留の伴天連《バテレン》とまじわって、その教義を毎日講義してもらったものであった。

次いで、掃部助は、横文字を書いてみせた。

Acasi-Camon Giouanni, molto fuon christiani
「こう彫ってくれい」

「これは、どういう意味でございますか」

「明石掃部じゅあにい、最も善《よ》き耶蘇《ヤソ》教徒という意味だ。……たのむ」

「かしこまりました」

松助は、平伏した。

武辺が入墨する先例はあった。

天正十五年二月十七日のことであった。

大和《やまと》大納言秀長は、上方勢六万余に、中国勢三万余を加え、総勢九万の大軍を率いて、三原弾正《だんじょう》のたてこもる日向《ひゅうが》の高城へ攻め寄せた。

その時、島津中務《なかつかさ》は、二万余を引具して、雲霞《うんか》の敵軍へ、奇襲を敢行した。

一騎当千の薩摩隼人《さつまはやと》は、その場で、五百余人討死した。

その討死した隼人の死体の右腕には、いずれも、

「今月今日討死何某」

と、入墨してあった、という。

薩摩隼人の気概を、それで示していたのである。

まだ入墨は、市井無頼《しせいぶらい》の徒のひけらかしの飾りものにはなっていない時代であった。

不具の忍者は、簓《ささら》をつくると、掃部助の疼《うず》きつづける左腕へ、墨を入れはじめた。

掃部助は、沈黙を守り、微動だにしなかった。

入墨は、二日で終了した。

その翌日、掃部助は、松助を呼び、

「奇妙だぞ。痛みが止ったぞ」

と、告げた。

「これは、ぜずすの恩寵《おんちょう》かも知れんぞ」

「有難《ありがた》いことでございます」

松助も、顔をかがやかした。松助もまた、切支丹に帰依《きえ》していたのである。

「松助――」

「はい」

「関東は、やがて――幾年先かわからぬが、いずれは、大坂城を滅亡せしめようとするであろう。……徳川内府は、大の耶蘇ぎらいだ。天下を取ったいま、必ず、奉教の禁令を布《し》き、所在の教徒を狩るであろう。大坂城は、迫害された信徒らが、逃げ込むのを、守護するに相違あるまい。そうなれば、内府は、それを名目として、大坂城を攻めるであろう。……その秋、わしの致し様は、きまって居る」

「はい」

「もとより――天下の趨勢《すうせい》は、決定して居り、徳川家を倒すことは、とうてい叶《かな》わぬ。……大坂城は、滅びる宿運をさけられぬ。しかし、わしは、大坂城に味方せぬわけにはいかぬ。わしは、大坂城とともに、滅びるであろう」

「…………」

「その際、お前は、決して討死してはならぬ。わしが討死したならば、この左腕を切断して、長崎へ趨《はし》れ。日本を去るようろっぱ船を見つけて、この左腕をあずけ、ろうまのばちかんなる宮殿へ持参し、救世主ぜずす・きりすとと、さんたびるぜんのおん前に捧《ささ》げるように、たのんでもらいたい」

「かしこまりました。必ず、果しまする」

松助は、誓った。

爾後《じご》、掃部助の左腕の激痛は、不思議にも、嘘のように消えて、再び起らなかった。

四

明石掃部助全登の予想は、的中した。

家康《いえやす》・秀忠《ひでただ》の切支丹迫害は、日を追うにつれて、烈《はげ》しくなった。

大坂城の面々は、切支丹信徒たることを意に介せず、処遇にきわめて寛大であったので、しぜんに信徒が大坂の管内に聚《あつま》った。

慶長十九年初頭に至って、徳川《とくがわ》幕府は、日本全土に、厳重なる禁教令を下《くだ》し、信徒一人の存在も許さぬ方針を明らかにした。

大坂城の執政片桐市正且元《かたぎりいちのかみかつもと》は、やむなく、管内に住む信徒らを追捕《ついふ》する命令を下した。

この情勢を看《み》て、掃部助は、急遽《きゅうきょ》、備中から出て、迫害を蒙《こうむ》る信徒らを、ひそかに救護して、播州《ばんしゅう》の山中にかくした。

その年十月一日――。

豊家の社稷《しゃしょく》を保つことに全力を尽して、ついに、大坂城内から裏切り者と断定され、切腹を迫られた片桐且元が、弟主膳《しゅぜん》とともに退去した。

大坂城は、孤立無援の中で、徳川幕府に対して、挙兵した。

豊臣秀頼は、檄《げき》を、諸国に送って、太閤旧恩の大名をはじめ、関ヶ原の残党を招き、また、主家を喪《うしな》った牢人《ろうにん》たちを募集した。

しかし、大名たちは、ただの一人も、招きに応じなかった。

それに応じて集まったのは、すでに大名たる希望のない武将、牢人たちばかりであった。

真田左衛門佐幸村《さなださえもんのすけゆきむら》が、五十万石の約束で、六千の手勢を引具《ひきぐ》して、高野山麓《こうやさんろく》から、やって来た。長曾我部宮内少輔盛親《ちょうそかべくないしょうゆうもりちか》が、土佐一国復領の約束で、三千の旧家臣を率いて、加わって来た。

京新町通りで子供らに手習いさせていた仙石豊前《せんごくぶぜん》が、千余を連れて、入城して来、つづいて、毛利勝永《かつなが》が、土佐の浦戸から脱出して来た。

織田《おだ》左門、京極備前《きょうごくびぜん》、石川玄蕃《いしかわげんば》、その弟肥後康勝、後藤又兵衛《ごとうまたべえ》、山川帯刀《やまかわたてわき》、北川次郎兵衛ら、ぞくぞくと入城して来た。

明石掃部助全登が、入城したのは、最後であった。しかし、掃部助は、その前に、すでに、ひそかに、大坂城に入り、秀頼に面謁《めんえつ》して、

『天主の教徳を率いて、当家のために忠義を励むに於ては、天下一統の後、日本全土の信徒に、信仰の自由を允《ゆる》すべし』

という教書をもらい、それによって、諸方に蟄伏《ちっぷく》している切支丹信徒を糾合することに、全力を挙げていたのである。

もとより——。

明石掃部助は、大坂方が、徳川家康が率いる雲霞の大軍に抗して、勝利を得るなどということは、夢想だにしていなかった。

ただ、熱狂的な切支丹信徒が、いかなる迫害を蒙ろうとも、改宗せぬことが明白である以上、その行末が、掌《たなごころ》を指《さ》すごとく判《わか》っていた。

——迫害によって、殺される命運ならば、ここで、華々しい一戦をこころみて、信

徒一同、枕《まくら》をならべて討死するにしかず。

掃部助は、そう考えたのであった。

掃部助が、かかげた旗の下には、高山右近《たかやまうこん》の旧臣らも馳《は》せ参じ、また南蛮交易に従事する長崎の巨商村上東安が、その嫡子《ちゃくし》に、大砲、小銃及び多額の軍資金をはこばせて来た。すぺいん、ぽるとがるの宣教師――いわゆる伴天連たちも、殉教の情熱に燃えて、入城して来た。

明石掃部助は、入城するや、直ちに五人衆の一人に挙げられ、二千の衆を擁して、三の丸南方の守備に任じた。その陣営には、十字架とぜずす・きりすと像ならびに聖い、や、こぶ像を描いた大旗六旒《りゅう》を、城壁上にひるがえした。

豊臣《とよとみ》秀頼に忠誠を誓ったのではなく、また、大名を夢見たのでもなく、掃部助は、あくまで、殉教の目的を以《もっ》て、この世から華やかに散って、天国《はらいそ》へ移ろうと、ほぞをきめていたのである。

五

大坂冬の陣は終り、中間講和の後、いわゆる夏の陣になった。

二の丸、三の丸を破壊され、周囲の濠《ほり》を埋めたてられ、まるはだかの本丸ひとつになった大坂城めがけて、徳川家康は、老いの目の閉じぬうちに、その滅亡を見ようとして、十万の大軍を率いて、押し寄せて来た。

これを迎え撃った大坂方は、第一軍・後藤又兵衛、薄田《すすきだ》隼人正兼相《はやとのしょうかねすけ》、明石掃部助、山川帯刀、北川次郎兵衛ら、兵数約六千四百、第二軍・真田左衛門佐幸村、毛利勝永ら兵数一万二千——合せて、一万八千四百であった。

五月六日。

後藤又兵衛が第一軍先鋒《せんぽう》となって、道明寺《どうみょうじ》方面へ前進し、そのあとに、明石掃部助は、他の武将らとともに、つづいた。

後藤又兵衛は、わずか二千八百の手勢を引具して、この方面の敵三万三千の大軍に向って、まっしぐらに突入した。

掃部助が、そこに至った時、又兵衛基次《もとつぐ》は、すでに弾丸を胸に受けて、討死していた。

勝に乗じた敵軍に、真正面から激突した大坂勢は、みるみるうちに、斬《き》りたてられた。

そこへ第二軍の真田幸村が到着して、寄手《よせて》中の精鋭である伊達政宗《だてまさむね》勢を破ったので、敵の前進を、誉田《こんだ》で食いとめることができた。

掃部助は、半刻《はんとき》の闘いのあいだに、肩に銃創を蒙っていた。

彼我両軍の睨《にら》みあいとなっているところへ、若江方面の敗報がとどき、城中からの使騎があいつぎ、味方の退却をうながした。

真田幸村が、ここは一手に身共が引き受けるゆえ退却されたい、と諸将に引きあげをもとめた。

しかし、毛利勝永はじめ、一同は、動こうとしなかった。

その時、掃部助が、やおら立ち上った。

「討死は、明日にいたす」

その一言で、一同も納得して、撤退することにした。

明けて七日――。

天王寺から岡山口にわたって、城南一帯に、最後の血戦が行われた。

城中の戦略に、全精鋭を投入し、敵勢を城外に迎撃して、その前衛を片はしから撃破し、その隙《すき》に乗じて、秀頼自ら大旆《たいはい》をすすめ、一方、三百余の決死隊を用いて、敵の背後を迂回《うかい》して、総帥《そうすい》家康の旗本を奇襲して、その首級を挙げる、というにあった。

掃部助は、この決死隊の隊長を引き受けた。

午後に入って、戦闘は激烈をきわめたが、味方に勝機がめぐって来るけしきは、さらになかった。

秀頼の大旆は、一向に前進する様子もなく、敵勢は、茶臼山《ちゃうすやま》から天王寺方面にますます増援し来《きた》って、真田幸村・毛利勝永の旗じるしが、逆に押しかえされる模様と看《み》てとれた。

「いまだぞ」

掃部助は、三百の決死隊に、下知するや、船場《せんば》を駆けぬけ、生国魂《いくたま》の坂上に至るや、

「旗をかかげい！」

と、大声をあげた。

三百騎は、のこらず、その背に、十字架の旗を負うていた。

それを、左手にたかだかとふりかざすや、天王寺前の仕寄《しより》まで押し寄せた藤堂高虎《とうどうたかとら》の陣めがけて、まっしぐらに突入して行った。

これは、もはや奇襲ではなかった。

三百の旗をひるがえしたのである。さあ撃つがよい、とさそったようなものである。

華やかにして、無謀な突撃であった。

三百の旗は、凄《すさま》じい銃声をあび、忽《たちま》ち、半ばが地に落ちた。

そして敵陣に突入した半数の旗もまた、あっという間に、刀槍の渦《うず》にまき込まれて、消えた。

夕靄《ゆうもや》の流れる野を、血汐《ちしお》にまみれた一騎が、風の迅《はや》さで、疾駆してゆく。

不具の忍者が、重傷を負った主人を背負って、戦場を遁《のが》れ、方角をさだめずに、馬をとばしていたのである。

松助が背負った時から、掃部助は、失神していた。

もう二里以上も、駆け通したであろうか。

「松助――」

不意に、掃部助が、呼んだ。

失神状態をつづけているものと思っていた松助は、おどろいて、

「お気づきなされましたか」

「馬を停《と》めい。……わしを、おろせ」

「はい。なれど、まだ、ここらあたりは……」

「かまわぬ。おろせ」

掃部助は、草地へ横たえさせられると、

「松助――、どうやら、最期《さいご》が来た。この左腕を、切断してくれ」

と命じた。

「は……」

松助は、ためらった。

手当をすれば、充分一命をとりとめることができる、と考えられたのである。

「松助……、なにを躊躇《ちゅうちょ》いたして居る。はよう、せい」

「殿！　手当をいたしますれば――」

「莫迦《ばか》！　明石掃部助は、武士であるとともに切支丹信徒として、最期をかざる心得なのだぞ。……お前こそ、生きのびて、わしが与えた使命をはたせ。なろうことならば、この左腕を携えて、ろうまへ行け」

「はい――」

松助は、やむなく、小刀を抜いた。

掃部助は、宵闇《よいやみ》のこめて来た宙に、大きく双眸《そうぼう》をひらいて、

「果すべきことを果したな、わしは――」

と、呟《つぶや》いた。

……明石掃部助全登の左腕が、バチカンへもたらされたか否《いな》か、その証拠は、残ってはいない。

紅炎《こうえん》

——毛利勝永——

池波正太郎

池波正太郎《いけなみしょうたろう》（一九二三〜一九九〇）

東京都生まれ。下谷西町小学校卒業後、株式仲買店などを経て横須賀海兵団に入団。戦後は都職員のかたわら戯曲の執筆を開始、長谷川伸に師事する。一九五五年に作家専業となった頃から小説の執筆も始め、一九六〇年に信州の真田家を題材にした『錯乱』で直木賞を受賞。真田家への関心は後に大作『真田太平記』に結実する。フィルム・ノワールの世界を江戸に再現した『鬼平犯科帳』、『剣客商売』、『仕掛人・藤枝梅安』の三大シリーズは、著者の死後もロングセラーを続けている。食べ物や映画を独自の視点で語る洒脱なエッセイにもファンが多い。

一

毛利壱岐守吉成《もうりいきのかみよしなり》（勝信《かつのぶ》ともいう）は尾張出身の士で、若いころから豊臣秀吉《とよとみひでよし》にただならぬ目をかけられ、秀吉が歿《ぼっ》したときには、豊前《ぶぜん》・小倉《こくら》の城主となり六万石を領していた。

関ヶ原戦役がおこったとき、吉成は五十二歳であったが、西軍に与《くみ》し、

「もはや、ひとり立ちも出来ようから、貴さまが行け。わしは小倉を守る」

といい、一子・勝永《かつなが》に五百余の部隊をつけて出陣せしめた。

勝永は二十三歳の若い武将だが、初陣《ういじん》は第二次征韓軍《せいかんぐん》に加わった二十歳のときで、父と共に勇戦奮闘し、ことに加藤清正《かとうきよまさ》が籠城《ろうじょう》をした蔚山《うるさん》の救援戦には、豪傑の清正が勝永のはたらきぶりに瞠目《どうもく》してしまい、

「毛利のせがれを、おれの養子にしたい」

しきりに望んだというが、勝永も大切な後つぎであるし、この縁談はまとまらなかった。

清正に男子が生まれたのは三年後のことだ。

さて、関ヶ原のことだが……。

毛利勝永は、東軍の大将・徳川家康《とくがわいえやす》の首をはねてくれようといわぬばかりの意気込みで出て行き、あの天下分目といわれた九月十五日の決戦には、南宮山《なんぐうさん》の毛利秀元《ひでもと》や吉川広家《きっかわひろいえ》の軍に属し、待機をしていた。

ところが、毛利・吉川の西軍は東軍と単独講和をしてしまった。

吉川広家は毛利秀元の従兄《いとこ》にあたる毛利一族の長老だし、すべては広家一人が、ひそかに家康と通じ、事をはかったため、秀元でさえ決戦の最中《さなか》になり、はじめて単独講和の事を知ったほどである。

だから、その麾下《きか》にあって部隊をひきいている若い毛利勝永などに機密が洩《も》れよう筈《はず》もなく、

「な、何という怪《け》しからぬ……」

すべてを知った勝永が激怒し、

「ええ、もう、こうなれば、おれ一人でも……」

山を下り、戦場へ駈け向おうとしたけれども、すでに勝敗決していたという手後れで、

「おりゃ、父上に合わす顔がない」

勝永は、ふかく恥じた。

父親の方は、これまた九州にいて降伏である。

九州には加藤清正や黒田孝高《くろだよしたか》（如水《じょすい》）がいて、これが家康のためにはたらき、小倉城も黒田勢の攻撃を受けて降《くだ》ったのである。

何にしても、関ヶ原戦は天下分目の戦さなのであろうが後味の悪いことおびただしい。

どの大名も、きょろきょろと右顧左眄《うこさべん》のありさまで、家康が勝つか三成《みつなり》が勝つか、戦さも始まらぬうちに勝つ方へ味方しておこうというのだから、これはむずかしいことであった。

「勝敗は戦陣が終えてのみ、はじめてわかる！」

といい切るほどの毛利勝永から見れば、

「あれは、まことの戦さではない」

ということになる。

南宮山の吉川広家へ密使をやり、単独講和をすすめたばかりか、みずからも家康のために九州の鎮圧に当った黒田孝高などは、もっと戦さが永引けば中央へ乗出し、あわよくば家康をしりぞけて天下をつかむつもりでいたともいわれている。

とにかく、西軍は負けた。

毛利吉成父子《おやこ》も、家康のとがめを受け、所領は没収である。

吉成父子は、約三十名ほどの家来と共に、土佐へ流された。土佐は永らく長曾我部《ちょうそかべ》氏の君臨するところだったが、当主の盛親《もりちか》が関ヶ原では西軍に荷担し、ろくなはたらきもせずに恥をさらした上、これも領国没収となり、代りに、山内一豊《やまのうちかずとよ》が封ぜられたばかりであった。

「折あらば、毛利のせがれを取立ててやりたいと思う。大事にあつこうてやれよ」

と、徳川《とくがわ》家康が、ひそかに山内一豊にいった。

家康は、毛利吉成に助けられたことが一度ある。

秀吉が伏見城を築いたとき、家康は普請《ふしん》奉行を命ぜられたが、木材不足で音をあげたことがあった。むろん、木材は家康が負担しなくてはならぬ。

このとき、毛利吉成が、ひそかに豊臣家の木材を融通し、家康の難を救った。

このことは家康も忘れず、吉成も忘れていない。

土佐の山内家で監視を受ける身となって、その待遇ぶりから推《お》しはかり、

(家康公は、まだ御忘れでないと見ゆる)

すぐに吉成は感じた。

そう思えばこそ、いさぎよく小倉の城を捨てて降伏したのだ。

吉成は、まだ若い勝永の将来へ大きな期待をかけていたのである。

山内一豊は、土佐へ入国し、新領主として民政をととのえると共に、浦戸から土佐郡・大高坂《おおたかさか》山に居城し、ここに城下町をいとなんだ。すなわち現在の高知市だ。

高知城の本丸・二の丸の工事が落成したのは慶長八年だが、この年すでに、毛利勝永は吉十郎勝家《かついえ》という子をもうけている。

妻は於喜佐《おきさ》といい、山内家の臣・柏原長兵衛《かしわばらちょうべえ》の女《むすめ》で、だから、勝永が山内家の厄介《やっかい》者《もの》になってからの結婚ということになる。

於喜佐は肌《はだ》あさぐろく、眉《まゆ》はあくまでも濃く、小柄《こがら》ながらひきしまって、いかにも健康そうな肢体《したい》のもちぬしなのはよいが、

「せがれの嫁にというお心はかたじけないが、選《よ》りに選って、あのような……」

毛利吉成が、山内一豊の好意を怨《うら》んだほどの醜婦であったという。

このことを耳にした一豊夫人が苦笑を洩らし、

「於喜佐は勝永づれに勿体《もったい》ないほどの女ごじゃというてやれ」

と、いった。

於喜佐は、少女のころから、戦国の名婦として知られた夫人につかえていて、この縁談も、夫人がいい出したものである。

「いずれ、勝永どのは世に出よう。縁づいて間違いあるまい」

と、夫人は於喜佐にもいいふくめた。

勝永夫妻は吉十郎をもうけた後、女子一人を流産させてしまい、それからは子が出来なかった。

毛利父子は、浦戸に屋敷をもらい、形ばかりの監視を受けて暮していたが、高知城が完成した慶長十六年に、父の吉成が六十三歳で病歿した。

このときの、勝永の看護ぶりは非常なもので、死にのぞんだ吉成が、勝永ひとりに、「貴さまの孝養には何と礼をいうてよいか、筆舌につくしがたく、只《ただ》、ありがたく思いおる」

といい、

「貴さまの身については思い残すこともない。徳川からのまねきあらば、つつしんで受けよ」

と、おごそかにいった。

勝永は表情も変えず、

「承知つかまつる」

しっかりと答えた。

それから三年後に、大坂戦争が起った。

山内家では、すでに一豊が歿し、養嗣《ようし》・忠義《ただよし》の代となっていたが、むろん徳川家康に従い、大坂の豊臣軍を攻めることになった。

二

毛利勝永が土佐へ流されてから、大坂冬の陣の戦端がひらかれるまで十五年を経ている。

勝永は三十七歳になっていた。

この十五年の間、勝永は、もっとも理想的な子であり、夫であり、父であったといえよう。

関ヶ原までの勝永は、

「我子ながら、まれに見る武辺者《ぶへんもの》じゃ」

と、父・吉成があきれたほどで、平時でも暇《ひま》さえあれば、馬、槍、刀術に熱中し、勝永が十八歳のときに歿した母も、

「吉千代（勝永の幼名）には一日も早う、嫁を迎えて下され」

病床にあって、しきりに夫・吉成へたのんでいたそうだ。

それが、敗軍の将として土佐へ流され、於喜佐を妻にしてからは、人が違ったようになったものである。

父にも妻にも、子にも、家来たちにも、勝永は微笑を絶やしたことがなかった。

いつも機嫌がよかった。

いつも他人のために奉仕をした。

醜婦だといわれた於喜佐が、夫婦になって一年もすると、まぶしいばかりの女の幸福を全身に躍動させはじめ、吉十郎が生まれると、さらに彼女は、

「このごろの嫁を見ていると、醜女《しこめ》ともいわれなくなったわい。以前、あれに悪態を洩らしたは、まことにすまぬことであった」

と、吉成がいうほどになった。

於喜佐が、たまに御城へうかがい、一豊夫人に目通りをすると、

「そなたの顔を見ておるだけで、そなたの果報がようわかる。ほんになあ……」

夫人は、つくづくとためいきをもらし、

「女ごを美しゅうするものは、男のみじゃ」

と、いった。

何しろ、毛利勝永の愛妻家ぶりは、

「それほどまでにせずともよい。それでは嫁がつけ上ってしまうぞよ」

吉成が皺《しわ》だらけの顔をしかめ、小倉から附《つ》いてきた侍臣の船津四郎兵衛にいったほどだ。

吉十郎を生んだ、その産前産後などは、勝永はもう於喜佐の傍へつき切りになり、

女中たちの手も借りずに世話をし、

「遠慮するな」

朝夕は必ず、妻の躰《からだ》の凝《こ》りをもみほぐしたという。

勝永の奉仕は妻のみに向けられていたのではない。

同様に、父へも仕え、家来たちへも仕える。

主人が家来に仕えるというのは変なものだが、小倉から従って来た家来は、小者たちに至るまで、まめやかな主の配慮に感動しないものはなかった。

いくら優遇されているとはいえ、毛利父子は武家社会から追放された罪人なのであるから、いささかの贅沢《ぜいたく》もゆるされない。

勝永は、衣食の計を主人家来の区別をなくさせ、許可を受けて、父が小倉から持参をしたいくばくかの金銀財宝も未練なく家計へつぎこみ、これを平等に分ちあたえた。

さらに、妻の実家へ対しても心をつかい、柏原長兵衛夫妻につかえること、実父・吉成同様であった。

こうなると、於喜佐も黙ってはいられない。

嫁として義父の吉成につかえる態度に、真剣さとよろこびがみなぎっており、

「わしは、まるで配所に死ぬ気がせぬわい」

死の床にあって、吉成は感涙をうかべ、

「勝永はしあわせものじゃ」

嫁の手をとって何度もいった。

先ず、こういうわけで、毛利屋敷の人々は、十五年の間、貧しくとも春の陽光に包まれつくしたような歳月を送り迎えた。

その原動力となったのは毛利勝永みずからがしめした言動であってみれば、老臣・筒井丹後《つついたんご》が吉成の後を追うようにして歿するとき、

「これまで、ようも為《な》されましたな」

勝永をほめたたえた。

「武辺者が押しこめに会うてすることもないので、家をととのえることにしたのだ。ほめてもらうほどのことではあるまい」

勝永がこたえると、丹後は、

「家は人が生まれ、人が育つところ、これ一個の国――」

にらみつけるようにいい、

「若……いや勝永さま。爺《じい》は、あの世から……」

何かいいかけるのへ、勝永が押しかぶせるように、

「いうな。いうては味ない」

とどめた。このとき傍にいて於喜佐も数名の家来たちも、二人の胸底にひそむもの

をくみとれなかったようである。

慶長十九年秋――。

山内忠義は、軍をひきいて高知を発し、大坂城攻めに向った。

家康の命によれば、土佐（山内家）は和泉《いずみ》の沿海に舟師《しゅうし》を以《もっ》て碇泊《ていはく》、待機せよ、ということであった。

忠義を乗せた軍船が浦戸湾を出て行ったその夜に、毛利勝永が、妻をまねき、

「申すことがある」

にこにこと笑いながら、

「申しては、そなたを苦しめようと思うが、申さいでは夫婦の情がすまぬゆえ、申すことがある」

と、いい出した。

「はい？」

「このたびの戦さについては承知であろうが、……おれも、この十五年の間、この機《とき》を待っていた」

「は……？」

「豊臣家のための戦さに加わり、家康公の御首《みしるし》をこの槍先《やりさき》にかけよう機を待ち、いざ

となれば土佐を脱し、大坂へ駈け向う決死の覚悟で、そなたと夫婦になったこと、さだめし心外に思われよう。また見性院《けんしょういん》さま（一豊未亡人）もお見込み違いにて申しわけなく思うが……それはそれ、これはこれ。いつ死ぬる身やも知れぬと思い、おれも懸命、そなたにも、親たちにも家来どもにも我子にも、心をつくしてまいったつもりだ」

「では、あの……」

「わかってくれるか」

「あい……」

「このことは、おれ一人の思案ゆえ、一人にて土佐を離れるが、後に残るそなたも吉十郎も、きっと、おとがめを受けよう。それを思えば、おりゃ……」

絶句したかと思うと、いきなり妻を抱き寄せ、勝永が叫ぶようにいった。

「おりゃ、それを思うと足も翹《あ》げられぬ」

「翹げずには、すまされますまい」

「むむ……」

「お心弱いことを申されますな」

於喜佐は感動し、興奮しながらも、

「この十五年の果報は百年にもまさりまする」

と、いった。

「おれも、そう思う」

「ほんに？」

「まことじゃ」

そして勝永は、

「関ヶ原での不覚は、この、おれという男にとって一代の恥であった。われからわれにあたえた恥であるから、これは男としてそそがねばならぬ。もし生き永らえても、この恥そそがねば、おれも死ぬに死ねぬわ。亡《な》き父上は、おれが徳川に召出され家名をたてることをのぞんでおられたが、おれも死の床にある父上には強《し》いてさからわず、安堵《あんど》させておいた。なれど、おれが心は少しも変らぬ」

「その思いきわめたお心が、この十五年の間の、わが家のしあわせに結びついておりまするな」

「ふむ……そうかな」

「ありがとうござりまする」

このとき、一人息子の吉十郎勝家は十三歳であったが、すぐによびよせ、すべてを告げると、この息子は、

「父上と共に大坂へまいりまする。土佐にいて母上の足手まといになるのは厭《いや》でござ

る」

と、いい切り、頑《がん》として曲げなかった。

三

毛利勝永と吉十郎の父子は、船津四郎兵衛以下二十名の家来と共に土佐を脱出した。

そのころ、四郎兵衛は山内家に召出され、馬廻衆《うままわりしゅう》に取立てられていたのだが、

「たのむ」

勝永がもちかけると一も二もなく、

「御供《おとも》つかまつる」

といい、たくみに工作をして、或《あ》る夜、武装の勝永以下を堂々と浦戸の浜の関船《せきぶね》へ乗り込ませ、先に出発した軍船の後を追って出発する一部隊に見せかけて水主《かこ》や楫取《かんどり》たちを召集し、あっという間に海へすべり出してしまった。

このことが、山内忠義を通じて徳川家康の耳へ入ったとき、

「しもうたわ」

家康は苦笑し、

「土佐にいる豊前（勝永）がことを、すっかり忘れておった……」

つまり、勝永を迎え、家名をたててやることを忘れていたというのだ。

だが、そうなったとして、家康は尚《なお》も苦い汁《しる》を呑《の》むことになろう。

土佐でも、この事件は非常な評判となったが、見性院は、

「仕方のない勝永じゃ」

舌うちをしつつ、

「こうなれば、何も彼《か》も仕方あるまい。於喜佐をおよび」

と、監禁中の於喜佐を召出し、

「大坂へ行きたいか？」

「はい」

「悪い女め。うまく、しめし合せたの」

「申しわけござりませぬ。なれど私も十五年の間、いささかも気づかずに……」

「ふむ……それは、まことであるな？」

「喜佐は嘘《うそ》を申しませぬ」

「ふむ、ふむ」

沈思の後に、見性院が、

「よし、行きやれ」

「え……？」

「大坂へ行きやれ」

見性院は、於喜佐に衣服と路銀をあたえ、自由の身にしてやった。

於喜佐の実家には、何のとがめもなかった。


大坂冬の陣は、豊臣秀頼《ひでより》を中心に大坂城へこもる西軍九万七千。これを攻囲する徳川家康の東軍十五万五千余といわれた。

毛利勝永は、城の西方の外郭《がいかく》、今橋《いまばし》を守って五百の手勢をひきい、遺憾《いかん》なく勇猛ぶりを発揮した。

勝永が大坂へ入ったとき、諸方に牢人《ろうにん》として散らばっていた小倉時代の家来たちが続々と駈けつけ、総数二百をこえた。

冬の陣は、十一月下旬から約一ヵ月の間であるが、いわゆる〔天下の名城〕を落すための出血は容易なものではないと見てとり、老獪《ろうかい》な家康は、たちまち和戦工作をすすめた。

西軍の抵抗は頑強をきわめた。

たとえば、東軍の池田忠継《いけだただつぐ》の部隊が、何とか今橋を突破しようと数倍の兵力をもって打ちかかるのだが、

「無理じゃ、無理じゃ」

と、毛利勝永は銃隊と槍組をたくみにつかいこなし、みずから槍をふるって敵中へ躍り込み、目も当てられぬほど引き掻《か》きまわしてしまう。

「今橋は手うすじゃ。ぜひにも打ち破れ」

というので、家康は鉄の楯《たて》数張を池田忠継にあたえ、これを今橋の橋頭にたてて銃戦をやらせたが、どうしても突破出来ない。

あるときなどは、銃火が絶えたころを見はからい、勝永ひとりが馬をあおって駈け出るや、敵味方注視の中を、

「やあ！」

だだっと橋を渡り切って、東軍の鉄楯を蹴散《けち》らし、鉄楯にしがみついている敵十余名を、ことごとく槍先にかけ、はね飛ばしてしまったこともある。

東西の和議が成ったのは十二月二十日であるが、休戦となるや、船場《せんば》口に陣をかまえていた山内忠義のもとへ、ふらりと毛利勝永があらわれた。

無断脱走の罪をわびると共に、その後の寛大な処置への、

「御礼を申しあげたく――」

と、いうのであった。

忠義も顔をしかめながら、

「女房《にょうぼう》どのも大坂へまいったそうな。まことか？」

この問いに、勝永がこたえた。

「城中の女どもと共に、飯をたき汁を煮ております」

「ふむ。吉十郎は？」

「このたびの戦さにて、首三つをとりました」

「あの小せがれがか？」

「おそれいります」

「どうじゃ。勝永。戦さも休みとなったのであるし、一度、大御所へ目通りをして見ぬか？」

「これは……」

勝永は笑い出して、

「それが出来るほどなら、わざわざ殿にそむいて土佐からはるばると出てはまいりませぬ」

と、いった。

冬の陣の和議は、大坂方が、みすみす家康の術中におちいっただけのことで、あくまでも豊臣の息の根をとめる決意の徳川家康は、大坂城の外濠《そとぼり》から二の丸へかけての濠の一部を埋めたててしまい、またも開戦の口火をつけ、翌元和《げんな》元年五月、ふたたび大坂城へ攻め寄せた。いわゆる夏の陣である。

このときは西軍が五万四千に減っているに反し、東軍は冬の陣と同じ十五万余を動員している。濠を埋められ、裸となった城にこもって戦うのであるから、敗戦は必至であった。

毛利勝永は、真田幸村《さなだゆきむら》・長曾我部盛親と共に、実戦派の三武将として戦陣の主力となった。

「この上は、只一つ、家康の首を討つのみ」

勝永や幸村の狙《ねら》いは、この一点にしぼられている。

開戦となるや、激烈に両軍は闘い、五月六日の道明寺《どうみょうじ》・若江の戦闘を皮切りにして、早くも翌七日には決戦となった。

四

開戦に先立ち、山内忠義は密使を派して、再び毛利勝永をさそった。

「古き意地を捨てて、名誉ある家名の存続を考え、東軍に降ったらどうか。大御所もお心にかけられて心配されておられることでもあるし……」

というものであったが、勝永は、

「それがしの意地は古くして、しかも日に日に新しく、この意地は他に張り通すものではこれなく、われとわが身に立て通すものゆえ……」

と、はねつけ、さらに、

「人の墓も三代を経れば無縁となるが常道でござる。ましてわが名、わが家の名など世に残そうとは思いませぬ。なれど……土佐侍従への御厚恩にむくい奉《たてまつ》ることかなわず、おゆるしありたい」

申しそえた。

五月七日の決戦となった。

毛利勝永は、十四歳になった吉十郎と共に天王寺口《てんのうじ》へ出陣した。

天王寺口は、東軍主力を迎え撃つべき主戦場で、ここには真田幸村《さなだゆきむら》を総帥《そうすい》にした約一万五千が押し出し数倍の敵と対峙《たいじ》した。

決戦の火ぶたは昼ごろに切られた。

勝永は手勢一千余をひきい、正面から本多忠朝《ほんだただとも》・浅野長重《あさのながしげ》等五千の部隊と激突をした。

戦史に、こうある。

〔……毛利隊の逆襲を本多の兵、支《ささ》うるあたわず、たちまちにして銃卒七十余人、ここに死す。毛利勝永は、その隊を二分し、本多隊の左右を攻撃し、その右隊は本多の隣隊、すなわち秋田《あきた》、植村《うえむら》、松下《まつした》等の諸部隊を撃退し、ついに越前兵《えちぜんへい》の右隊へ突入し……」

この越前部隊のすぐうしろに、家康の本陣があったのだ。

勝永の勇戦に呼応《こおう》した真田幸村隊が、家康本陣目がけて突進し、家康が身をもって逃れたのは、このときである。

夏の陣は前後三日の戦いで終ったが、東西両軍二十万余が必死の攻防を展開したもので、このような大戦《おおいくさ》は、かつて例を見ない。

天王寺口の激戦最中に、大坂城内にいた於喜佐は、たまりかねて城外へ飛び出した。衣服の袖口《そでぐち》と裾《すそ》を切りつめ、脇差《わきざし》を腰に、髪をつめた頭へ陣笠《じんがさ》をかぶり、殺戮《さつりく》と叫喚と血しぶきが渦巻く戦場へ、彼女は夢中で躍り出した。

(出来得れば、夫と子の傍で死にたい)

この一念であったが、このため、於喜佐は反って生き永らえる結果となった。

天王寺口がついにやぶれ、真田幸村も戦死し、西軍総くずれとなったとき、

「これまで――」

毛利勝永は血と埃《ほこり》にまみれた凄《すさ》まじい姿で、大坂城内へ戻って来た。

むろん吉十郎とは戦場で別れ別れになっている。

(父も、すぐにまいる)

城内へ戻ったが、於喜佐の姿はない。

勝永の最期が近づいた。

八日の朝（ひるすぎともいう）――。

勝永は、豊臣秀頼、淀君《よどぎみ》と共に自決をした。

戦記に〔……秀頼乃《すなわ》ち自裁し、勝永これを刎《は》ぬ〕とある。

〔勝永の敵首を獲《と》ること幾十級なるを知らず〕と記した史書もあって、その武勇についてては、どれもこれも讃辞《さんじ》を呈しているのを見れば、彼の活躍がまさに本物であったことが知れる。

於喜佐は、ついに城へ戻れなかった。

戻ろうとしたとき、東軍はひたひたと城を包囲しつくしており、彼女は地獄のような戦場から、どこかへ消え去った。

後年、於喜佐は、

「死にそこないの尼でござりますよ」

と、よく人に語ったが、最後に死を思いとどまったのは、決戦の前夜の夫の言葉を思い起したからでもあった。

「死ぬるもよいが、共に相抱いて、というわけにもまいるまい。それならば、そなたには生き残ってもろうた方が、おれも吉十郎も心安まる」

と、勝永はいい、於喜佐が不満を訴えようとするや、

「土佐侍従にも見性院さまにも、われら夫婦は大きな負目《おいめ》を背負うてしもうた。ここを考えよ」

「いやでござります」

「まあ、よい。こうなれば、そなたの思い通りにせよ」

勝永の意は、もし生きていたなら、お前が山内家への謝意を何かの形でしめしてもらいたい、というのである。

死にそこねた於喜佐は仏門へ入り〔正栄尼《しょうえいに》〕となった。

見性院は、このことをきき、彼女に一庵《いちあん》をもうけてやった。これが元和二年秋のことで、翌三年十二月四日、見性院は六十二歳の生涯《しょうがい》を終えている。

於喜佐の……いや正栄尼の庵《いおり》は、洛北《らくほく》・松《まつ》ケ崎《さき》にあった。ここに、山内家代々の位《い》牌《はい》と、夫勝永をはじめ毛利家のそれをそなえ、正栄尼はしずかな日々を送った。

山内家からは一庵をまもるほどのものが届けられたときいているし、まるまると肥《ふと》った老年になった正栄尼の、意外にあかるく茶気にみちた挿話もあるが、もう語るべき余裕がない。

天寿百歳をこえたといわれる絵師・住吉雪峰《すみよしせっぽう》が正栄尼の依頼によって描いた毛利勝永の肖像が、いまも近江《おうみ》に残っている。

この画《え》で見る勝永は、黒の鎧《よろい》に、白地へ青竹の模様を縫いとった陣羽織をつけ、左手に太刀の柄頭《つかがしら》を、右手に采配《さいはい》をつかんだ色白の顔の細い眉といい、すらりとした鼻すじといい、まるで天女のような美男子に見える。

この肖像の片すみに、次の一首がつつましくそえられている。

ひたすらにのぼりきはめん妹背山《いもせやま》
　黄泉路《よみじ》の君と語り合ひつつ

現代《いま》から約三百五十年も前に生きていた或る夫婦のはなしである。

編者解説

末國善己

長引く不況や格差の広がりの影響もあって、二一世紀に入ってからの歴史小説は、失敗した部下は切り捨て、弱者を蹂躙《じゅうりん》した織田信長《おだのぶなが》を批判的にとらえる作品が増えている。それと歩調をあわせるかのように、天下統一はできなかったものの、地方で民が飢えない国を作ろうとした武将や、武将をサポートし誤った道に進ませないようにした軍師に着目する作品が多くなっている。この流れは、庶民の生活など顧みない現代の政治家への批判と考えて間違いないだろう。

二〇一四年のＮＨＫの大河ドラマ『軍師官兵衛』が、天下人に近づくにつれ、権力の〝魔〟に魅入られた豊臣秀吉《とよとみひでよし》に軍師として仕えた黒田官兵衛《くろだかんべえ》を主人公にしたのも、今、求められているのが、欲望に流されず政策立案にあたった軍師的な政治家であることの査証なのかもしれない。

本書『軍師は死なず』は、『軍師官兵衛』の黒田官兵衛と同じく、戦国時代を清冽《せいれつ》に、あるいはしたたかに駆け抜けた軍師を主人公にした時代・歴史小説の傑作をセレクトした。物語の舞台となるのは、戦国乱世が開幕した直後に活躍した太田道灌《おおたどうかん》が謀殺された一四八六年から、大坂の陣が終結した一六一五年までの約一三〇年。収録した一〇篇は、この間の戦国史を順にたどれるよう年代順に並べたが、エピソードの重複などを考慮して、多少の入れ替えを行ったところもある。

（『新田次郎全集　第二〇巻』新潮社）

新田次郎「太田道灌の最期」

太田道灌といえば、江戸城を作ったことくらいしか業績が浮かばないかもしれないが、関東管領を数多く輩出した山内上杉《やまうちうえすぎ》家の分家に過ぎなかった扇谷上杉《おうぎがやつうえすぎ》家の家宰として辣腕を振るい、扇谷家を関東の雄に押し上げた名将である。

道灌は、扇谷家当主・上杉定正《さだまさ》の信頼を得ていたが、それに不満を持つ一派が謀叛《むほん》を企てているとの噂を流し、悪口を信じた定正に暗殺されている。だが智謀をもって知られた道灌が、そんな罠《わな》に嵌まるだろうか？　本作は、和歌が巧みな女間者・伊野《いの》をめぐる道灌と定正の確執が、謀殺の遠因だったとして歴史を読み替えている。伊野が間者であることは早い段階で明かされるが、誰が送り込んだのかは伏せられているのでミステリー的な面白さもあり、最後までスリリングな展開が楽しめるはずだ。

山吹の花が、道灌と伊野の恋を印象深くしているが、これは鷹狩りの途中で雨に降られた道灌が、小屋で暮らす女に蓑を求めたところ山吹の花を渡されたという『常山奇談』のエピソードを踏まえたものと思われる。雨具にならない山吹の花を渡された道灌は激怒するが、この花は醍醐天皇の皇子・兼明親王《かねあきしんのう》が詠んだ「七重八重はなはさけども山吹のみのひとつだになきぞあやしき」を踏まえた返答であると家臣に告げられると、道灌は自分の無知を恥じ、歌道を志すようになったとされている。

刹那的な戦乱と後世まで残る和歌を対比することで、戦争の空しさを強調した手法も鮮やかである。

津本陽「鬼骨の人」　（『鬼骨の人』新人物往来社）

本作は、黒田官兵衛と並ぶ豊臣秀吉の軍師、竹中半兵衛《たけなかはんべえ》の生涯を描いている。

半兵衛が、美濃を盗み取った斎藤道三《さいとうどうさん》に家督を譲られた主君の龍興《たつおき》を諌《いさ》めるため、わずかな兵で難攻不落の稲葉山城を落としたのは有名だろう。だが、秀吉に仕えた半兵衛が、軍師としてどのような活躍をしたかは意外と知られていないのではないか。

著者は、美濃攻略を進める信長の先兵となった秀吉に、調略のための情報を伝えるところから始まり、実際に前線で作戦立案をした姉川合戦、横山城の攻防、長篠合戦まで、外交、合戦両面にわたる半兵衛の知られざる知略を丁寧に掘り起こしている。

特に、半兵衛が的確に陣形を修正して味方の被害を最小限に抑えた姉川合戦と、敵の動きを予測した上で練った戦術で秀吉を勝利に導く横山城の攻防戦は、最前線での戦いが迫力いっぱいに描かれており、圧倒的なスペクタクルが満喫できる。

著者は、半兵衛の功績が後世に伝わっていないのは、「手柄をすべて秀吉のものとして、惜しむところがなかったのであろう」と分析している。名誉も出世も求めず、ひたすら職務に邁進する半兵衛の姿は、真似ができないだけに感動も大きい。


（『山田風太郎 忍法帖短篇全集6』筑摩書房）

山田風太郎「叛の忍法帖」

信長が、側近の明智光秀《あけちみつひで》に討たれた本能寺の変は、歴史小説の激戦区で、これまでも多くの作家が挑んできた。本作も、謀叛に至る光秀の動向を新解釈で描いている。

物語は、牝馬《ひんば》の子宮をなめした膜頭巾を被ると、子宮に影響を与えられる阿波谷図書《あわだにずしょ》、陰毛で敵の体を縫い付ける刈羽《かりは》、男根の形をした懐剣の柄を擦ると、男を射精させることができるお霧《きり》、男に抱きつくと、離れた後も肉体の突出した部分が硬直したままになるお刑《のり》など、光秀の動向を探るために様々な勢力が送り込んだ忍者たち（どの忍者が、誰の依頼を受けているかは、ネタバレになるので伏せる）が、体得している忍法を使って、壮絶かつエロティックな戦闘を繰り広げることで進んでいく。

忍者の暗闘を通して、なぜ光秀は信長に命じられた家康《いえやす》の饗応役《きょうおう》を解任されたのか、古くからの盟友であり、娘の玉《たま》を嫡男の忠興《ただおき》に嫁がせていた親戚でもありながら、なぜ細川幽斎《ほそかわゆうさい》は光秀の味方にならなかったのかなど、本能寺の変を語る時には必ず取り上げられる謎に、新たな回答が与えられていくので、歴史好きほど驚きも大きいように思える。史実と奇想を矛盾なく混交させた、著者の名人芸にも注目して欲しい。

（『奥羽の二人』講談社文庫）

松本清張「背伸び」

今川義元《いまがわよしもと》の師匠であり、軍師も務めた太原雪斎《たいげんせっさい》、家康の側近となった金地院崇伝《こんちいんすうでん》と南光坊天海《なんこうぼうてんかい》など、武将の相談役となった僧は少なくない。これは当時、最高の知識人だった僧は、中国の軍書を読みこなし、漢文で書かれた公文書を作成することができ、〝無縁の者〟なので敵国に入って外交交渉を行うこともできたからである。

そして、毛利《もうり》家に仕えた安国寺恵瓊《あんこくじえけい》も、軍師となった僧の一人である。

少年時代から天才だった恵瓊は、自分の才覚だけで乱世を渡っていくことを決意。毛利輝元《てるもと》に上方の情報を流して信頼を得た恵瓊は、信長の家臣として目覚ましい出世を遂げていた秀吉にも接近。毛利と秀吉を両天秤にかけながら、自身も権力者への階段を上っていく。野望をたぎらせた恵瓊が、智謀と弁舌を武器に有力武将を手玉に取っていく展開は、ピカレスク・ロマンのような面白さがある。だが、分不相応に出世をした恵瓊は、絶頂期で足をすくわれてしまう。敗北して醜態をさらす恵瓊を詳細に描いたラストには、権力者を厳しく批判した著者の持ち味が出ている。

堀和久「片倉小十郎」

（『戦国の軍師たち』文春文庫）

過去を舞台にした作品は、フィクションを描く時代小説と史実を踏まえた歴史小説に大別されるが、もう一つ、さらに厳密に史料を評価し、歴史的な事件を再構築する史伝というジャンルがある。『伊達世臣家譜』『政宗記』『会津四家合考』などを踏まえながら、伊達《だて》政宗《まさむね》を支えた軍師・片倉小十郎《かたくらこじゅうろう》の実像に迫った本書も、史伝系の作品である。そのため、なぜ神職だった片倉家が伊達家に仕える武将になったのかが明かされるなど、目から鱗の指摘が連続する。ゲームの影響もあって、小十郎は若者にも人気の武将になったので、特にファンはこたえられないのではないだろうか。

主君と軍師というよりも、政宗と一心同体だった小十郎が、小浜城主の大内定綱《おおうちさだつな》と二本松城主の畠山義継《はたけやまよしつぐ》が手を組んだことで伊達軍が苦戦を強いられた小手森《おでもり》城の戦い、伊達家の存亡を賭けた秀吉との難しい外交交渉、そして葛西大崎《かさいおおさき》一揆を煽動した容疑で秀吉に召喚された政宗最大の危機などを、どのように乗り切ったのかも描かれているので、伊達家や政宗に興味がある人も満足できるように思える。

坂口安吾「直江山城守」

（『坂口安吾全集12』筑摩書房）

天草四郎《あまくさしろう》、道鏡童子、柿本人麿《かきのもとのひとまろ》、勝夢酔など七人の人物を取り上げた『安吾史譚』

の一篇。小説というよりも、歴史エッセイといった作品だが、安吾の歴史観や軍師への考え方が端的に述べられているので、取り上げてみた。

上杉家の執権として景勝《かげかつ》を補佐した直江《なおえ》山城守《やましろのかみ》兼続《かねつぐ》は、一九一〇年に福本日南が発表した『直江山城守』の昔から〝義将〟とされてきた。安吾は、その認識を受け継ぎながらも、兼続を「俗念のない戦争マニヤ」と少し変わった角度で切り取っている。

安吾にとって兼続は同郷（越後＝新潟県）の偉人だけに、やはり同郷で、太平洋戦争の開戦に反対しながら、勝利のために真珠湾の奇襲作戦を立案した山本《やまもと》五十六《いそろく》と重ねながら、陰謀をめぐらせた「策士黒幕」とのイメージを覆し、兼続を「無欲テンタン冒険家で、天下を狙う」ことも考えず、ただ自分の戦略が的中することに悦びを感じるような「ハリキリ将軍」だったとしている。兼続が、家康に逆らいながら上杉家の存続を許されたのも、単なる「策戦マニア」だったからという解釈も興味深い。

安吾は、鉄砲の三段撃ちを考案した信長を称賛する一方、伊達政宗と黒田如水《じょすい》（官兵衛）を「策略的な田舎豪傑」と皮肉っている。こうした人物像は、『信長』や『二流の人』とも共通しているので、本作と読み比べてみるのも一興である。

（『吉川英治全集　第45巻』講談社）

吉川英治「大谷刑部」

『名将言行録』が「才智聡頴、勤労倦まず」「衆を愛し、智勇を兼ね、能く邪正を弁ず、世人称して賢人と言ひし」と絶賛し、秀吉が百万の兵を与えて自由に指揮させてみたいと評したとも伝わる大谷吉継《おおたによしつぐ》は、石田三成《いしだみつなり》の相談役ともいえる武将である。

三成と直江兼続が盟友だったことから、関ヶ原の合戦は、まず会津で兼続が挑発行為を行い、激怒した家康が北上したところで三成が上方で挙兵、家康を挟撃して殲滅《せんめつ》する壮大な戦略だったといわれている（共謀説を否定する研究者もいる）。

著者は、三成・兼続の共謀説を採っているが、三成はさらに他の有力大名も巻き込んで緻密な家康包囲網を作っていたとする。この戦略に自信を持つ三成は、満を持して吉継に披露。計画を知らされた吉継は、すぐに三成の敗北を確信してしまう。一見すると完璧に思える家康包囲網の弱点が、吉継によって暴かれていく中盤以降の展開は、倒叙もののミステリーに近いものがある。

三成が敗れると知りながら関ヶ原に赴き、友情に殉じるため敵の大軍に挑む吉継と、その吉継に最期まで従う家臣たちの姿には、思わず涙してしまうだろう。

西村京太郎「天下を狙う」　（『天下を狙う』角川文庫）

本多正純《ほんだまさずみ》、土井利勝《どいとしかつ》、高杉晋作《たかすぎしんさく》、勝海舟《かつかいしゅう》など歴史上の人物を取り上げた連作集『天下を狙う』の一篇で、『軍師官兵衛』と同じく黒田官兵衛を主人公にしている。

本作は、秀吉の死で再び戦乱が吹き荒れることを察知した官兵衛が、スパイ工作に長けた竹中外記を手足のように使い、壮絶な謀略戦を仕掛ける後半生をクローズアップしている。官兵衛は、天下統一を果たす可能性が最も高い家康の力を削ぐため、失脚していた三成の利用を思いつき、三成挙兵のために陰謀をめぐらすのである。

関ヶ原の合戦の時に、官兵衛が九州で周辺諸国を攻めたのは、九州を統一して力を蓄え、上方にのぼって疲弊した〝天下分け目〟の合戦の勝者を討つためだったともいわれている。著者は、この説を一歩進め、官兵衛の計画は、もっと早い段階から進められていたとしているのが面白い。

作中で官兵衛は、九州統一を半年以内で果たせると考えている。現代の目から見ると悠長に思えるかもしれないが、秀吉と家康が激突した小牧・長久手の戦いは、家康の出陣が一五八四年の三月、退陣が一一月なので、〝天下分け目〟と呼ばれるほど大規模な合戦は、半年以上かかるのが常識だったことが分かるはずだ。その意味で、官兵衛の戦略は十分に現実性があるものだったが、家康が関ヶ原の合戦をわずか一日で終結させたことで、つけ入る隙がなくなってしまったのである。

柴田錬三郎「片腕浪人」

（『浪人列伝』講談社文庫）

明石《あかし》掃部助《かもんのすけ》全登《たけのり》は、宇喜多《うきた》秀家《ひでいえ》の軍師的な存在として関ヶ原の合戦に従軍、大坂の陣でも活躍した武将である。本作には言及がないが、キリシタンだった掃部助は、関ヶ原の合戦後、キリシタンだった黒田官兵衛のところへ身を寄せ、官兵衛の死まで豊前に潜伏していたともいわれている。そのため、『軍師官兵衛』とも縁がある人物といえる。なお、作中にある秀家に嫁いだ前田利家《まえだとしいえ》の娘は、豪姫《ごうひめ》のことである。

伝奇小説が得意な著者は、関ヶ原の合戦の直後から左腕に痛みを覚えるようになった掃部助が、配下の忍び松助に「Acasi-Camon Giouanni, molto fuon christiani」（明石掃部じゅあにい、最も善き耶蘇教徒）との刺青を左腕に彫らせると、痛みが消えたとの奇想を織り込んでみせる。

源義経《みなもとのよしつね》が生き延びて蝦夷地へ渡った、豊臣秀頼《ひでより》が落城寸前に大坂城から脱出し薩摩に落ち延びたなど、庶民に愛された英雄には生存伝説がついてまわる。大坂の陣で突撃したのを最後に行方不明になった掃部助にも、実は戦死しておらず、生き延びてヨーロッパへ向かったとの説がある。本作のラストと掃部助が左腕に入れた刺青の意味は、掃部助に生存説があることを知っていると、より感慨深く感じられるはずだ。

池波正太郎「紅炎」　（『完本池波正太郎大成　第二十五巻』講談社）

大坂の陣では、真田幸村《さなだゆきむら》に勝るとも劣らない活躍をしながら、あまり知名度は高くなかった毛利勝永《もうりかつなが》だが、ここ数年、中路啓太『獅子は死せず』や仁木英之『大坂将星伝』など、勝永に着目した作品が増えている。その原点といえるのが、本作である。

関ヶ原の合戦の時に吉川広家《きっかわひろいえ》の配下だった勝永は、広家が家康と単独講和したことで、戦わず敗北してしまう。戦後、土佐の山内家《やまのうち》に預けられた勝永は、妻の於喜佐と結婚、嫡男の吉十郎勝家《かついえ》も生まれ、貧しいながらも穏やかな日々を送っていたが、豊臣家が家康と戦うために兵を集めていると聞き、人生が一転する。

勝永から、「関ヶ原での不覚」をいまだに引きずり、男として恥をそそぎたいとの想いを告げられた於喜佐と吉十郎が、平穏な日常が壊れると知りながら下した結論は、夫婦の、そして親子の強い〝絆〟が伝わってくるだけに、胸が熱くなる。

情愛をテーマにしながら、お涙頂戴のウエットな世界になっていないのは、『剣客商売』や『仕掛人・藤枝梅安』など、情と非情の相克を描いた作品を数多く残している著者らしさが遺憾なく発揮されているともいえる。

【編者略歴】

末《すえ》國《くに》善《よし》己《み》

一九六八年広島県生まれ。明治大学卒業、専修大学大学院博士後期課程単位取得中退。時代小説・ミステリーを中心に活躍する文芸評論家。新聞・雑誌などに書評・評論を発表。著書に『時代小説で読む日本史』（文藝春秋）、『夜の日本史』（辰巳出版）、共著に『時代小説作家ベスト１０１』（新書館）、『名作時代小説１００選』（アスキー新書）などがある。編書に『国枝史郎探偵小説全集』、『国枝史郎伝奇風俗／怪奇小説集成』、『野村胡堂探偵小説全集』、『山本周五郎探偵小説全集』（全六巻＋別巻一）、『探偵奇譚呉田博士【完全版】』、『岡本綺堂探偵小説全集』（全二巻）、『短篇小説集　義経の時代』、『戦国女人十一話』、『小説集　黒田官兵衛』（以上作品社）、『軍師の生きざま』『軍師の死にざま』（作品社・実業之日本社文庫）などがある。

＊本書は実業之日本社文庫のオリジナル編集です。

実業之日本社文庫 ん23

軍師《ぐんし》は死《し》なず

2014年2月15日　初版第一刷発行

著　者　新田《にった》次郎《じろう》、津本《つもと》　陽《よう》、山田《やまだ》風太郎《ふうたろう》、松本《まつもと》清張《せいちょう》、
堀《ほり》　和久《かずひさ》、坂口《さかぐち》安吾《あんご》、吉川《よしかわ》英治《えいじ》、西村《にしむら》京太郎《きょうたろう》、
柴田《しばた》錬三郎《れんざぶろう》、池波《いけなみ》正太郎《しょうたろう》
発行者　村山秀夫
発行所　株式会社実業之日本社
〒104-8233　東京都中央区京橋 3-7-5 京橋スクエア
電話 [編集]03(3562)2051 [販売]03(3535)4441
ホームページ　http://www.j-n.co.jp/
印刷所　大日本印刷株式会社
製本所　株式会社ブックアート

フォーマットデザイン　鈴木正道（Suzuki Design）

ISBN978-4-408-55162-3（文芸）